Die Süßen

W0367527

MännerschwarmVerlag

Karl Friedrich von Linden

Die Süssen

Ein Berliner Roman

Mit einem Nachwort von
Joachim Bartholomae

Männerschwarm Verlag
Hamburg 2007

Dieser Druck folgt der Ausgabe aus dem Jahr 1909 im Verlag Carl Freund. Die wenigen Kürzungen sind durch [...] markiert. Rechtschreibung und Interpunktion orientieren sich am Original.

Bibliografische Information der Deutschen Bibliothek
Die Deutsche Bibliothek verzeichnet die Publikation
in der Deutschen Nationalbibliografie; detaillierte
bibliografische Daten sind im Internet über
http://dnb.ddb.de abrufbar.

Karl Friedrich von Linden
Die Süßen. Ein Berliner Roman
mit einem Nachwort von Joachim Bartholomae
© Männerschwarm Verlag, Hamburg 2007

Umschlaggestaltung: Carsten Kudlik, Bremen,
unter Verwendung eines Fotos von Bob Cheung - fotolia
Druck: Finidr s.r.o., Tschechien
1. Auflage 2007
ISBN 978-3-939542-10-0

Männerschwarm Verlag GmbH
Lange Reihe 102 – 20099 Hamburg
verlag@maennerschwarm.de
www.maennerschwarm.de

Erstes Kapitel.

Die ersten Abendschatten sanken über den Berliner Tiergarten. Der März neigte sich zu Ende, der einundzwanzigste war überschritten und fast schien es, als wollte der Frühling diesmal dem schematischen Zwang dieses Datums, das seinen offiziellen Anfang bedeutet, sich unterwerfen. Bis vor wenigen Tagen noch hatte der Winter seine Herrschaft behauptet, und er hatte es getan mit der autokratischen Härte eines sibirischen Tyrannen. Der eisigste Wind hatte tagelang vom königlichen Schloß her die Linden entlang geweht, und der Wanderer, den der Weg aus den allerdings nur wenig Schutz gewährenden Mauern der Stadt durch das Brandenburger Tor hinausführte in den Tiergarten, dem damals - wir sind im Jahre 1887 - noch keine Marmorfülle das Aussehen eines Friedhofes gab, tat gut mit Pelz und Tüchern sich auszurüsten und die Hände tief in den gefütterten Taschen zu vergraben, wollte er nicht die Finger zu unbeweglicher Steifheit erstarrt sehen.

Das war noch gestern so gewesen und heute ging ein lauer Frühlingstag zur Ruhe. Plötzlich, über Nacht war es gekommen und die Berliner, die am Morgen noch in Erinnerung an die Leiden der letzten Tage ängstlich verpackt auf die Straße getreten waren, hatte ein lauer Lufthauch zärtlich gegrüßt. Am Himmel lächelte eine blasse, aber doch fröhliche Sonne, und ihr Strahl schimmerte zwischen den kleinen, rauchartigen Wolken hindurch. Es war noch nicht der ganze Frühling! Wie eine junge Frau in der Morgenröte die Augen aufschlägt und müßig die Minuten verrinnen läßt, bis sie sich aufrichtet und die Morgentoilette beginnt, so hatte die Natur all ihre Mattigkeit noch nicht gänzlich abgeschüttelt. Der Tiergarten, die «Lunge» Berlins, schien sich mit Sonne vollsaugen zu wollen. Die großen Bäume zeigten noch unbedeckt ihr riesiges schwarzes Skelett, in dessen zahlreichen Armen einige unbewohnte, aus Strohhalmen fest gepreßte Nester dunkle Punkte auf dem blauen Hintergrund des Himmels bildeten. Vögel, die anscheinend im Aufklärungsdienst die warmen Kaminecken der Stadt verlassen hatten, zwitscherten umher. Fast noch unsichtbar sproß hier und da schon eine Halmspitze auf den großen Wiesenflächen zwischen den Stämmen, da, wo vor einer Woche noch der weiße Schnee wie ein unendlicher Hermelinmantel gelegen hatte.

Am Neuen See und an der Rousseauinsel hatten sich sogar die ersten Enten schnatternd auf die eisbefreite Wasserfläche gewagt. Der laue Wind erhielt das sonst so stille Antlitz der «Seeen» in beständig kräuselnder Bewegung und in dieser Bewegung verwischten sich die Reflexe der dunklen Contouren des Geästes, das über die Ufer ragte, zu zitternden Schlangenlinien. Die kleinen Pfade, die in späteren Sommertagen der Unterschlupf der kleinen Leidenschaften werden, waren sonderbarerweise wenig belebt. Hier und da schritt ein eiliger Passant, der, sein Ziel schneller zu erreichen, den Weg abkürzte, die schmalen Seitenalleen entlang, spazieren aber ging heut noch niemand.

Es war, als hätten die Berliner der Gunst des plötzlich eintretenden Frühlings nicht getraut. Kaum, daß man ein Kind an der Seite seiner Gouvernante sah, die schönen Reitwege harrten vergeblich der Hufe der Pferde, und selbst auf der Charlottenburger Chaussee und der großen Querallee, den beiden langen Zügen, die den Tiergarten vierteilen, sah man selten eine langsam fahrende Equipage, deren Insassen den jungen Lenz einatmen wollten.

Am Ende dieser großen Querallee, dicht am Ufer des

Spreearmes, der den Moabiter Stadtteil von Berlin trennt, liegt das Schloß Bellevue. Das langgestreckte Gebäude in seiner altpreußischen Einfachheit scheint wie aus dem fridericianischen Milieu Potsdams hierhergetragen, denn nichts in den reinen, ruhigen Linien dieser Fassaden gemahnt an den überladenen Protzengeschmack, in dem sich das Prunkbedürfnis des neuen Preußen architektonisch befriedigt.

Beim ersten Blick würde man es eher für einen Jagdaufenthalt als für ein königliches Schloß halten. Gegen Ende des achtzehnten Jahrhunderts wurde das Schloß Bellevue für den Prinzen Ferdinand von Preußen erbaut, um dann zum Eigentum eines anderen preußischen Prinzen zu werden. Das Gebäude besteht aus Erdgeschoß und einem Stockwerk, das von einem Ziegeldach bedeckt ist. Auf beiden Fronten mildert ein bis zur Mitte des Daches sich erhebendes, von vier Säulen getragenes griechisches Portal die Eintönigkeit der langen doppelten Fensterreihen.

Hinter dem Schlosse breiten sich alte Parkanlagen, deren Alleen fürstliche Paare betreten haben. Kostbare Blumen, gutgepflegte Bäume zieren die großen Grasplätze, Brunnen sprudeln in ihren Marmorbecken. Noch mehr wie in dem angrenzenden Tiergarten zeigen sich die Knospen, sprießt der Rasen, und an den Kreuzungen der Wege lächeln die fröstelnden Nymphen, die seit einem Jahrhundert den Park bewohnen, dem kommenden Frühling zu ...

***

Die Wache, die am Abend dieses ersten schüchternen Frühlingstages vor dem Schloßgitter, den dichten Bäumenmassen gegenüber, auf und ab ging, war ein ganz junger Soldat. Seine gut proportionierte Gestalt, soweit die Dunkelheit und der breite Mantel die Beobachtung nicht hinderten, und eine gewisse Reinheit des Profils, ließen einen Deutschen des Nordwesten oder einen Rheinländer erkennen. Ein feingespitzter Schnurrbart zierte die Oberlippe und sein kurzgeschnittenes Haar verschwand unter dem Helm. Als der Mond zwischen den Wolken erschien, funkelten in der Nacht die Spitze der Pickelhaube und die blanken Knöpfe der Uniform.

Langsam wandelte der Mann seine zweihundert Schritte auf und nieder. Heute zwang ihn nicht die frierende Hand am Gewehrkolben die Schulter alle Augenblicke zu wechseln. Manchmal zog er unter dem Mantel hervor die kleine silberne Taschenuhr, aber faul schien ihm der Zeiger über das Zifferblatt zu kriechen, und endlos dehnten sich die beiden Stunden, nach denen er abgelöst werden sollte. Manchmal horchte er auf, wie nach einem fernen Geräusch, dann ging er weiter ... eins, zwei ... eins, zwei ... und in der Stille dieses lauen Abends unter dem Silberlicht des fahlen Mondscheines schweiften seine Gedanken zurück zu dem kleinem Häuschen am Fuße des rheinischen Rebenhügels, zu jenem kleinen Garten, in dem er aufgewachsen war. Und während ihn seine Füße mechanisch neben dem Gitter entlang trugen, dachte er an seinen früh verstorbenen Vater, der mit vielen anderen der Heimat, während des großen Krieges auf dem Schlachtfeld von Mars-la-Tour den Tod gefunden hatte. Er selbst war damals noch ein kleiner Bube mit lockigem Haare, und des väterlichen Gesichts konnte er sich kaum entsinnen.

Aber er erinnerte sich seiner Mutter, die ihn, den letzten, besonders verwöhnt hatte, seiner Schwestern, seiner Schuljahre und seiner Spielkameraden. Alles war so weit, und soviel Zeit war seitdem verronnen ... Und dann dachte er an jüngere Zeiten, an die harte Tagesarbeit, die ihm das tägliche Brot sicherte und schließlich an die junge Tochter des Klempners, an die schöne Lucie, die ihm vor der Abreise nach Berlin unter dem großen Nußbaum die Treue versprochen hatte ... und immer weiter ging er auf und ab ... eins ... zwei ... eins ... zwei!

Plötzlich blieb er stehen ... Ein Schauer des Entsetzens lief ihm über den ganzen Körper ...

Er hatte einen Ruf gehört, einen Schrei voll Angst und Schmerz, der vom gegenüberliegenden Walde kam.

Kurz überlegte der kleine Soldat. Was tun? Sollte er die Dienerschaft des Schlosses rufen? Sollte er selbst in die Richtung eilen? Die Ordre aber war unzweideutig; in keinem Falle durfte er sich entfernen. Er lauschte, ob sich der Schrei wiederhole, aber alles war wieder ruhig geworden. Alles war still. Die Pappeln selbst bewegten sich nicht. Man hörte keinen Schritt. Hatte er übrigens einen Menschenruf gehört, oder hatten ihn nicht seine, durch die erste Nachtwache erregten Nerven genarrt? War es nicht eine Sinnestäuschung gewesen? Er blieb stehen, im Zweifel darüber, was er tun sollte. Dann zog er die Uhr und beschloß, zu warten. In einer Viertelstunde sollte er abgelöst werden. Er ging wieder auf und ab ... Eins ... zwei, eins ... zwei. Die Minuten schienen ihm lang wie Stunden – noch länger wie vordem.

Vier Mal zog er die Uhr, bis er schließlich in der Ferne Schritte hörte, deren rhythmischer Takt ihm die nahende Ablösung verkündete. Immer näher, immer deutlicher schallten die Schritte auf der harten Straße. Endlich blitzten zwei Helme am nächsten Bogen des Weges. Die Zeit war herangekommen; der Gefreite kam mit dem neuen Posten, die Ablösung erfolgte und der kleine Rheinländer, unsicher, ob ihn nicht die Sinne getäuscht hatten, erwähnte im Rapport nicht des Angstschreies. Erst als er mit dem Gefreiten zur Charlottenburger Chaussee zurückmarschierte, berichtete er von dem Schreckensruf.

«Einbildung,» antwortete der Vorgesetzte, «Illusion einer ersten Nacht im Mondschein.»

«Ich wünschte, Sie hätten recht!» erwiderte der Soldat, «aber, wenn der Schrei echt war, muß er von hier ausgegangen sein.»

Der Gefreite schien zu überlegen. «Wir können ja hier quer durchgehen und nachsehen,» meinte er schließlich und beide wandten sich, das vorgeschriebene Marschtempo verlassend, auf einem kleinen Seitenpfad in das Gebüsch.

Der Himmel war ganz hell geworden. Nicht die geringste Wolke war zu sehen; der Mond und die Sterne warfen fast grelles Licht auf den Weg, auf den der Schatten der Äste sich schwarz zeichnete. Die beiden Soldaten gingen mit schnellem Schritt weiter, ihre Blicke nach rechts und links werfend. An der Kreuzung eines Querweges versperrte der riesige Stamm einer mächtigen Eiche den Ausblick. Der Rheinländer ging um den Baum herum, plötzlich sprang er zurück auf seinen Kameraden zu und ergriff seinen Arm.

«Da liegt einer!» stammelte er.

Er war leichenblaß geworden und zeigte vor sich hin mit zitternden Fingern. Die Hand instinktiv am Gewehr, traten beide um den Baum.

Da, vor ihnen, vom Monde beleuchtet, lag eine Leiche ... Entsetzt hielt der Gefreite an. Dann blickte er sich, Hand am Gewehr, um, ob irgendwo noch eine Gefahr drohe. Aber alles war ruhig. Kein Laut war zu vernehmen.

Sie starrten einen Moment furchtsam auf die Leiche. Kein Wort kam über die zusammengepreßten Lippen der beiden; der Gefreite beugte sich nieder. Tastend mit ängstlicher Scheu fuhr die prüfende Hand über den Leichnam. Der Körper war noch warm.

Der helle Schein des Mondes gestattete alle Einzelheiten zu erkennen. Der Erschlagene konnte kaum älter als vierzehn Jahre sein; das fast weibisch zu nennende Knabengesicht deckte eine unnatürliche Röte. Es war Schminke und dem Soldaten, der in den roten Wangen ein Zeichen des noch nicht gänzlich entwichenen Lebens zu erkennen glaubte, blieb ein wenig von der Farbe an dem prüfenden Finger haften.

Da, wo die Hand die trügerische Schicht entfernt hatte, erschien die fahle Blässe des Gesichts. Die Lippen hatten ihr glänzendes Rot behalten, das eine fette Pomade ihnen schon bei Lebzeiten verliehen haben mußte, und um die Augen, um diese entsetzlichen großen Augen, die mit einem versteinerten Ausdruck höchster Todesangst glanzlos aus den weitaufgerissenen Höhlen starrten, lagen tiefe schwarze Schatten.

Die Frisur schien im Kampfe durcheinandergeraten. Aber in der Unordnung der Haare, die sich über die schmale Stirn des Toten drängten, erkannte man noch das Werk des Friseurs, der diesen Scheitel kunstvoll gezogen hatte und mit Brenneisen und Kamm den Locken koketten Schwung verlieh.

Die Kleidung war elegant. Eine Eleganz zwar, der etwas auffälliges Feminines anhaftete, der ein leiser Parfümgeruch entströmte und die in allem einen gewissen Stempel des Unechten trug. Bei alledem war sie in starker Unordnung und zwar war diese Unordnung so bezeichnend, daß sie der Kampf allein nicht hervorgerufen haben konnte.

Der Gefreite hatte sich nach einem flüchtigen Wiederbelebungsversuch, dessen Aussichtslosigkeit ihm klar war, erhoben. Mit wenigen Worten informierte er den Rheinländer, der bei dem Leichnam wachen sollte, während er die Behörden unterrichtete; dann begab er sich im Laufschritt nach dem Schloß Bellevue zurück, um telephonisch dem Polizeipräsidium Anzeige zu machen und der Hauptwache die verspätete Rückkehr der Ablösung zu erklären.

Der Wachtposten hatte sich an den Baumstamm gelehnt, der Leiche den Rücken zukehrend. Der Anblick des Toten war ihm unerträglich, nicht durch das Gefühl der Angst allein. In ihm regte sich ein unerklärliches Gefühl des Ekels, der tiefsten Abscheu. Er, der so weichmütig sonst war, spürte nicht das leiseste Mitleid mit dem Getöteten und, um ihn nicht länger zu sehen, hatte er sich, an die Eiche lehnend, abgewandt. Er zwang seine Gedanken zurückzukehren in die rheinische Ebene an den Fuß des Rebenhügels und über die Schwelle des kleinen Hauses. Aber das Bild der Heimat stieg nicht mehr rein vor ihm auf. Überall hin drängte sich der Erschlagene und mit ihm jener aufsteigende Widerwillen, dem sich plötzlich ein Gefühl brennender Scham zugesellte.

Dreiviertel Stunden dauerte die Qual. Da hörte er auf der Chaussee, die zum Schlosse führt, einen Wagen nahen.

Er lauschte gespannt. Der Wagen schien zu halten. Eine kurze Pause, von keinem Geräusch unterbrochen, trat ein; dann vernahm er Stimmen, die sich näherten und plötzlich trat, jenseits der Lichtung eine kleine Männerschar aus dem Gebüsch: Es war die ständige Mordkommission des Berliner

Polizeipräsidiums, die von dem Gefreiten geführt, dem Tatorte zueilte.

Der Führer der Kommission, Kriminalinspektor Doktor Bergler, trat, den Gruß des Postens flüchtig erwidernd, schnell an die Leiche. Er beugte sich hinab und blickte dem Erschlagenen ins Gesicht. Dann glitt die Hand forschend in sämtliche Taschen des Toten.

Das Resultat war anfangs mager. Eine kleine Börse, die zwei Goldstücke à zwanzig Mark und etwas Kleingeld enthielt und ein dünnes, zartes Batisttaschentuch, das an seinen Kanten mit einer billigen Seidenspitze garniert war. Die silberne Uhr des Toten, die an einer vergoldeten Kette befestigt in der Weste steckte, ging noch.

Ganz zuletzt erst fand sich in der inneren Brusttasche des Überziehers ein schmales Ledertäschchen.

Doktor Bergler öffnete es, es enthielt einen kleinen Stoß schmaler, goldrandverzierter Visitenkarten, und bei der ausreichenden Beleuchtung, die der Mond lieferte, las er laut die Aufschrift:

ERICH SELTEN
ARTIST.

Der Kriminalwachtmeister, der bisher ruhig abwartend neben dem forschenden Doktor Bergler gestanden hatte, trat nun an den sich erhebenden Vorgesetzten heran:

«Ich kenne den Toten, Herr Kriminalinspektor» und auf des Erstaunten fragendes: «Ach was?!» fuhr er fort: «Der Selten ist ein bekannter homosexueller Prostituierter. Wir sind dem Bengel seit zwei Jahren auf den Fersen und wissen ganz genau, daß er ein gefährlicher Erpresser ist, aber es bot sich nie eine Handhabe, ihn zu fassen.»

«So ist es ja immer,» erwiderte Doktor Bergler und wandte sich von neuem dem Leichnam zu, an dessen Seite inzwischen der Arzt der Mordkommission niedergekniet war.

«Mit dem Toten ist bei Lebzeiten noch und zwar scheinbar ohne Widerstand und im Einverständnis eine unsittliche Handlung im Sinne des § 175 vorgenommen worden,» wandte sich der Arzt zu dem niederblickenden Doktor Bergler und erklärend wies er auf die derangierte Kleidung des Epheben. «Der Tod ist durch Ersticken eingetreten, der Bengel ist erwürgt worden. Hier die Marken am Halse beweisen es deutlich, die Öffnung der Augen und die aus dem Munde quellende Zunge spricht auch dafür. Die Obduktion wird das Gleiche ergeben.»

«Ein Kampf hat stattgefunden?» fragte Doktor Bergler.

«Sicher!» Der Arzt wies auf die Fingernägel des Toten: «Der Mörder muß an seinen Händen und möglicherweise auch im Gesicht deutliche Spuren dieses Kampfes tragen.»

«Halten Sie Lustmord für möglich?»

«Nein, das Vergehen gegen § 175 war erledigt, bevor der Überfall begann,» erläuterte der Arzt.

Doktor Bergler nickte. Die Bekundung des Mediziners stimmte in das Bild, das sich der erfahrene Kriminalist gemacht, sowie ihm der schmutzige Beruf des Toten verraten war.

«Also Lustmord nicht,» sagte er, «Raubmord ebensowenig, der Kerl ist einfach seinem Erpressermetier zum Opfer gefallen. – Na, der Verlust für die Menschheit ist nicht groß, und in welchem Milieu der Täter zu suchen ist, das wissen wir auch schon. Jedenfalls wollen wir Leiche und Schauplatz photographieren, und dann das Ferkel» – verächtlich wies er auf den Toten – «ins Schauhaus.»

Der Kriminalwachtmeister war dem vierten Mitgliede der Mordkommission, dem Photographen, schon bei der Aufstellung des Apparates und der Blitzlichtvorrichtung behilflich gewesen. Die Anwesenden traten hinter den Photographen.

Ein kurzes Kommando, das Magnesiumlicht flammte auf, die Aufnahme war geschehen.

Der Gefreite hatte sich bereits vorher zu der nahen Querallee begeben, wo der Wagen harrte, der die Mordkommission an den Ort der Tat gebracht hatte.

Nun fuhr der Wagen auf dem nur wenig breiten Fußwege dem Tatorte näher. Rechts und links brachen im langen

Winterschlaf verdorrte Zweige vom Gebüsch, mit kurzem halblauten Knacken fielen sie ab, und raschelnd glitten sie über die junge Erde, die heute zum ersten Male wieder von der Sonne erwärmt worden war. An der Eiche hielt der Wagen.

Zwei Pferdedecken, die der Kutscher zur Verfügung stellte, dienten dazu, die Leiche des erwürgten Knaben einzuhüllen. Das unförmige Paket wurde, ohne daß pietätvolle Rücksicht die rauhe Hand des Kriminalwachtmeisters zu sanfteren Gebärden veranlaßte, in den Fond des Wagens mehr geworfen als gelegt. Dann nahm dieser Kriminalwachtmeister und mit ihm der Arzt der Mordkommission im Wagen Platz, ein kurzes «Los!» des Kriminalwachtmeisters, der Kutscher wandte das Pferd und erst langsam wieder über den schmalen Fußweg hinweg, und wieder hunderte von jungen, dem Frühling entgegen harrenden Zweigen zum Tode reißend, erreichte er die große Querallee, und dann ging es so schnell, als der Gaul nur zu ziehen vermochte, dem Leichen-Schauhause zu.

Am Fundorte der Tat waren der Kriminalinspektor, der Photograph und die beiden Soldaten zurückgeblieben. Doktor Bergler notierte das Nationale der letzteren, warf noch einen umfassenden Blick über den Schauplatz und dann wandte er sich nach rechts, von dem Photographen gefolgt, der Moabiter Seite zu, wo er um die späte Abendzeit mehr Aussicht hatte, einen Wagen zu finden, der ihn nach dem Polizeipräsidium brachte.

Der Gefreite und der Posten wandten sich der Charlottenburger Chaussee zu; als sie das Gebüsch verlassen hatten, verfiel ihr Fuß wieder, mehr unwillkürlich wie bewußt, in den strammen Schritt, zu dem die Disziplin des preußischen Heeres sie erzogen hat. Sie sprachen kein Wort mit einander. Am Ende der langen Charlottenburger Chaussee leuchteten ihnen die schwachen Lichte des Brandenburger Tores entgegen, und dem kleinen Rheinländer, dessen Gedanken immer wieder zurückkehren wollten zu der kleinen Hütte, dem Rebenhügel und des Klempners Töchterlein, schnürte ein Grauen, wie vor etwas unbekannt Entsetzlichem, das seiner noch harrte, die Kehle zu.

Das war Berlin, was dort am Ende der Chaussee stand und matt herüberschimmerte! – Das war Berlin, dem er sich wieder näherte. Er gedachte des entsetzlichen Bildes, dessen Entdecker er vor kaum anderthalb Stunden gewesen war. Er schauderte bei dem Gedanken an die furchtbaren Greuel, die ihm noch unbekannten Laster, die dieses Bild in den schmalen Horizont seines Verständnisses gerückt hatte.

Und immer stärker wurde in ihm die Angst vor diesem Berlin, vor diesem werdenden Riesen, der sich nicht mehr begnügte, die Töchter zu verschlingen, nein, in dessen gierigen Schlund auch die Söhne des Volkes hinabzugleiten drohten.

Sie hatten den Platz vor dem Brandenburger Tor überschritten, ihm war es, als wäre dieses Tor der Riesenmund des drohenden Giganten. Sie zogen durch das Gewölbe, hinter dem sich rechts die Wache befindet. Hier war der Grund der Verzögerung ihrer Rückkehr schon bekannt geworden, und als die beiden durch das schmale Gittertor den Vorhof der Wache betraten, wandte sich der diensthabende Leutnant an den Gefreiten, der ihm Bericht erstattete. Der kleine Rheinländer zog sich in die Wachtstube zurück, die Kameraden folgten ihm, mit rohen Worten, teils mit schlüpfrigen widerwilligen Zoten verbrämend, forderten sie Auskunft.

Sprachlos, doch nicht mehr ohne Verständnis, starrte der Kleine in den Chor der wüsten Gesellschaft.

Das war also nicht etwas, von dem Kenntnis zu haben, man sich schämen brauchte, das war hier diesen allen so geläufig, daß sie mit rohen Worten darum spielten! – In staunendem Entsetzen glotzte er auf die Fragenden. Ihn schüttelte noch stärker als zuvor die grauenhafte Angst vor etwas Unbekanntem, vor etwas, dessen Entsetzen er nur ahnte, und plötzlich quollen aus seinen großen blauen Augen zwei Tränen hervor und rannen im eiligen Lauf über die Wangen dem kleinen blonden Schnurbärtchen zu. Ein wieherndes Lachen schlug ihm ins Gesicht, doch ihm war's gleich, er setzte sich auf eine

Pritsche, und unter dem rohen Spott der andern weinte er bitterlich.

***

Die schmale Lichtung um den Eichbaum, da, wo man das Verbrechen entdeckt hatte, war leer, oder sie schien es wenigstens zu sein. Das immer leiser werdende Geräusch des davoneilenden Wagens war verstummt, das Schlürfen und später dann der rhythmische Tritt der Soldaten langsam verhallt. Da nahte sich auf dem schmalen Pfade, der von den Zelten her zum Schloß Bellevue führt, ein Mann. Sein Blick glitt suchend das Gebüsch entlang, bis ihm die Rieseneiche den erwünschten Anhalt bot. Scheu senkte sich das Auge hier zu Boden, gefaßt darauf, vor eines Knaben Leiche gebannt zu bleiben; aber der Platz war leer.

Erschreckt hielt der Mann inne. Die Tat war schon entdeckt!

Ängstlich blickte er sich um, dann raffte er alle Energie zusammen, und, gewaltsam sich zum Anscheine der Unbefangenheit zwingend, schritt er den schmalen Pfad weiter, als wäre er ein müßiger Passant, der in der sanften Lauheit dieses Abends spazieren gehend, sich zu erholen sucht von der Mühe des Tages.

Der Mann mochte vierzig Jahre alt sein. Die helle Mondbeleuchtung ließ die Eleganz der Kleidung erkennen, und wer ihm ins Antlitz sah, dem ein Aufwand aller Willenskraft den Ausdruck völliger Unbefangenheit verlieh, der konnte die Fahlheit dieser Züge für einen Wiederschein der nächtlichen Beleuchtung halten, und nichts hätte ihn irre gemacht an der sympathischen Feinheit dieses Gesichtsausdruckes. Und dennoch, ein Schreckensbild der Angst, die Erinnerung an etwas Entsetzliches, das kurz vorher geschehen war, durchtobte dieses Mannes Hirn. Er, der auf der Menschheit Höhen stand, eine furchtbare Neigung, bei der es kein Widerstehen gab, zog ihn in die Tiefen des Lebens; scheu und ängstlich mußte er hinabgleiten in den Schmutz der großen Stadt, dort, wo er Befriedigung für jene Lust fand, die ihm in wachen Augenblicken, wenn der Rausch verflogen, selbst ein Greuel war. Und diese niedrige Lust, stets wurde sie ihm vergällt durch die peinigende Furcht einer Entdeckung.

Woher hatte dieser Bursche, den er mit Güte überhäuft, erfahren, wer er sei? Der kalte Angstschweiß perlte dem Mann auf die Stirn bei der Vorstellung, jener Knabe hätte seine Drohung wahrmachen können. Die Schmach der dunklen Augenblicke seines Lebens wäre hinausgedrungen in die Welt; er, der als Großer galt, er wäre dann dem Spott, der Schande preisgegeben. Und wieder sah er das Bild vor sich; erst, wie der Bursche unverschämte Forderungen stellte und als er sie zurückwies, ihm grinsend seinen eigenen Namen ins Gesicht ruft, um ihm zu beweisen, daß er ihn kennt. Da ist er seiner Sinne nicht mehr mächtig, die beiden Hände umklammern wie ein Schraubstock den Hals des Erpressers. Der wehrt sich und seine Nägel bohren sich in das Fleisch des Angreifers, und er, er läßt nicht los. Er fühlt das Zucken dieses Körpers, er fühlt, wie dieser Leib stirbt, derselbe Leib, den er so häufig geliebkost, wie ihm das Leben entweicht unter dem brennenden Druck seiner eigenen Hände.

Ein stärkerer Lichtschein drang blendend in des Mannes Augen, die in der Erinnerung dessen, was geschehen, sich unwillkürlich geschlossen hatten.

Er war am Brandenburger Tor. Er riß sich empor. Ein Blick auf seine Rechte zeigte ihm eine blutige Schramme, die quer über den Handrücken lief. Er zog die Handschuhe über, schritt durch das Tor die Linden entlang bis zum Portal seines Hotels.

Der Portier zog devot die Mütze: «Herr Geheimrat werden erwartet.»

Der Geheimrat zuckte einen Moment zusammen, dann trat er, den törichten Gedanken, der ihn einen Moment überfallen hatte, von sich schüttelnd, in die Hotelhalle. Ein großer Herr dunklen Teints und mit glänzendem schwarzen Bart trat auf ihn zu.

«Herr Geheimrat hatten mich wohl ganz vergessen?»

«Verzeihen Sie, Don Ribeira, ich wurde aufgehalten. Ist's Ihnen recht, daß wir von dem Geschäft Ihrer Regierung reden, während ich mich umkleide, ich muß zur Soiree ins Ministerium?»

Und der Geheimrat Bork, der Besitzer der Bork'schen Werft, auf der die junge Flotte des jungen Deutschen Reiches gebaut war, der Werft, die ihre Schiffe für die Marine aller Länder lieferte, stieg mit dem Unterhändler der portugiesischen Regierung die wenigen Stufen zu seinen Gemächern empor.

Zweites Kapitel.

Vor dem Hause des Ministeriums in der Wilhelmstraße staute sich die neugierige Menge; kaum reichte die Vorsicht der Schutzleute aus, den schmalen Pfad, der über das Trottoir in das Portal führte und den ein Läuferteppich bedeckte, von den Neugierigen freizuhalten.

Die sehnsüchtigen Blicke der Menge folgten den Personen, die aus dem Wagen steigend über den Läuferteppich hinweg im Portal des Ministeriums verschwanden. Zwei riesige Schweizer mit großen Bärten und die Rechte auf mächtige Knaufstöcke gestützt, konnte das neugierige Auge noch am Fuß der breiten Treppe erhaschen. Was jenseits dieser Stufen dann noch kam, das schmückte und ergänzte sich in der Phantasie der Ausgeschlossenen.

Und diese Phantasie gab ihnen viel prächtigere Bilder, als ihnen je die Wirklichkeit gegeben hätte. Sie gaukelte ihnen Säle von strotzender Pracht, Frauen von blendender Schönheit, blinkende Mengen von Gold und Edelsteinen vor, denn in den Gemütern der Berliner am Ende der achtziger Jahre des vergangenen Jahrhunderts war bereits jene Sucht zur protzenhaften Überladung erwacht, die heute des Deutschen Reichs Hauptstadt beherrscht.

Damals, noch bei Lebzeiten des alten Kaisers Wilhelm I., machte sie Halt vor den Türen der Großen. Die Tradition altpreußischer Einfachheit fand in der Nähe des Thrones noch ihre wirksamste Stütze, und eine Soiree im Hause des Ministers blieb weit entfernt von dem Bilde der schillernden Pracht, das sich in den Köpfen dieser Draußenstehenden malte.

Die Flucht der Säle, die hochragenden Spiegel mit ihren zierlichen Rokokoleisten, das alles trug noch das Gepräge der friderizianischen Epoche, in der das Haus entstanden war. Und der kostbarste Schmuck, zugleich der prächtigste dieser Residenz, war jener ungeheure Park, der von der Hinterfront des Hauses bis zum Rand des Tiergartens sich zog.

Die große Tür zur Veranda, von der eine Freitreppe in den Park hinabführte, war an diesem Abend geöffnet. Dem ersten lauen Tag war ein lauer Abend gefolgt, und der berauschende Reiz dieser ersten Lenzesnacht lockte einzelne Gruppen der Gesellschaft aus den heißen Sälen auf die Veranda hinaus.

Die Kunde von dem Verbrechen im Tiergarten war eben bekannt geworden, ein junges Lokalblatt, das die bislang so kleinstädtischen Berliner schnell zur Aufnahmefähigkeit für große Sensationen erzog, hatte die Nachricht von dem schaurigen Funde in einem Extrablatt verbreitet. Der Polizeipräsident von Berlin, der vor wenigen Augenblicken angelangt war, brachte die Bestätigung der Angaben des Lokalblattes.

Das Interesse für den grauenhaften Fall, das in diesen Räumen kaum je sehr lebhaft gewesen war, schien nach wenigen Minuten schon vollständig geschwunden.

Jetzt trat der Minister mit dem Geheimrat Bork, der eben eingetroffen war, auf die Veranda hinaus.

Bork schien ruhig, mit liebenswürdigem Lächeln lauschte er den Erklärungen der Exzellenz und nichts in seinen lebhaften Zügen verriet den Sturm der Emotionen, der seit drei Stunden sein Inneres durchtobte. Scheinbar gleichgültig, mit ganz uninteressierter Miene und einem flüchtigen «Ach» hatte er die Nachricht von dem Verbrechen aufgenommen, und als sich jetzt der Polizeipräsident dem Minister näherte, wollte Bork, eine dienstliche Unterhaltung vermutend, diskret sich abwenden. Schon hatte seine Hand sich erhoben und grüßte winkend einen jungen Offizier, dessen weiße Uniform ihn als zu dem Elite-Regiment der Garde du Corps-Kürassiere gehörig verriet. Es war Graf von der Mark. Der Kürassier warf eine glimmende Zigarette in den Park und näherte sich Bork.

Doch schon hatte der Minister, der den Polizeipräsidenten schnell begrüßte, die abwendende Bewegung Borks bemerkt und da er sah, wie Graf von der Mark sich näherte, lud er sie beide zum Bleiben ein.

«Aber bitte, bleiben Sie, meine Herren, was wir uns dienstlich hier zu sagen haben, dürfen Ihre Ohren hören.»

«Haben Sie denn,» so wandte sich der Minister an den Polizeipräsidenten, «die Identität des Ermordeten festgestellt?»

«Jawohl,» erwiderte der Präsident. «Es ist ein gewisser Erich Selten, der sich Artist nennt. Wie mir meine Beamten sagen, ist er in den Kreisen des homosexuellen Berlins eine der bekanntesten Persönlichkeiten.»

Die Veranda war ziemlich dunkel und die Lichtkegel, die aus dem Saal herausdrangen, verloren sich im fahlen Schimmer der Mondbeleuchtung.

Graf von der Mark war totenbleich geworden bei der Nennung des Namens Erich Selten. Er fühlte, wie ein Zittern durch seinen Körper ging, und kaum war er im stande, die Erregung, die ihn befiel, zu verbergen.

Der Polizeipräsident fuhr in seiner Schilderung fort: «Der Täter muß denselben Kreisen angehören, denn der Tat ging ein Verbrechen gegen § 175 nach dem Befund des Arztes unmittelbar voraus.»

Vor den Augen des Kürassiers flimmerte es, ihm schien es, als drohe ihn eine Ohnmacht zu Boden zu werfen, und gewaltsam preßte er die Zähne aufeinander, spannte jede Muskel seines Körpers, um nicht zu verraten, was in ihm vorging.

«Hat der Befund sonst noch etwas ergeben?» fragte der Minister.

«Ein Kampf muß stattgefunden haben,» erklärte der Präsident, «und die Hand, die den Burschen erwürgte, ist sicher arg zerschunden.»

Bork zuckte zusammen, unwillkürlich legte er die Hände auf den Rücken, als fürchte er, daß die verräterische Marke durch den Handschuh hindurch ihn anklagen könnte.

«Es ist entsetzlich,» fuhr der Polizeipräsident fort, «wie in den letzten Jahren sich diese widerlichste aller Bewegungen erweitert hat. Vor einem Dezennium noch gab's kaum ein paar Unglückliche, die, einem krankhaften Trieb folgend, sich vergingen, und heute droht es schon zum Sport zu werden.»

Der Kürassierleutnant war ein wenig zurückgetreten, und als die Gruppe jetzt, der Bork mit absolutem Gleichmut folgte, in die Säle zurückkehrte, blieb er auf der Veranda. Er hatte so viel Geistesgegenwart, sein Zigaretten-Etui hervorzuziehen, um, falls man ihn zu folgen aufforderte, einen Vorwand zu haben, hier draußen zu bleiben. Doch die Herren waren so in ihren Fall vertieft, daß sie seiner nicht achteten.

Graf von der Mark sah sich allein, und es war die höchste Zeit, denn länger noch hätte er seine Erregung nicht mehr zu bemeistern vermocht.

Erich, sein Pollux, war tot, ermordet!

Er fühlte, wie ihm Tränen in die Augen stiegen und mit hastigem Schritte glitt er über die Stufen der Freitreppe in den Park hinab. Er eilte durch die schmalen Gänge bis in die Nähe einer Marmorgruppe. Hier warf er sich auf eine Gartenbank.

Pollux war ermordet, Pollux, der heut Vormittag noch sich erst aus seinem Arme gelöst hatte. Sein blonder Liebling, der vor wenigen Wochen ihm den Weg gekreuzt, der seit jener Zeit die Freude seines Daseins war. Die weichen Knabenglieder, die er mit Küssen bedeckt hatte, die blonde Lockenflut, in die so oft sein Mund sich senkte, das alles war jetzt starr und tot.

Der schmiegsame Körper, der ihm die unerschöpfliche Quelle seiner hellenischen Wonnen bot, war kalt.

Und was noch Schlimmeres war, er, den er über alles liebte, er hatte ihn betrogen, denn der Mörder, der würgend seine Hand in die weiche Zartheit seines Halses grub, er hatte seiner sich vorher gefreut.

Graf von der Mark trocknete seine Tränen, der Schmerz um den Toten war plötzlich verstummt, er hatte der Qual einer rasenden Eifersucht Platz gemacht.

Ein glühender Haß gegen den unbekannten Mörder erfüllte ihn, doch dieser Haß galt nicht dem Mörder, er galt dem erfolgreichen Nebenbuhler, er galt dem verhaßten Unbekannten, der seines Pollux Liebkosungen genossen, ehe er ihn tötete. Er erhob sich.

Die Fieberglut der neuen Qual raste durch seinen Körper, und wie er so mit geröteten Wangen im Scheine des Mondes an die Marmorgruppe lehnte, hätte niemand in dieser Erscheinung, die wie ein Urbild kraftvollen Mannestums sich präsentierte, die Schmach der fürchterlichsten Neigung wider die Natur vermutet.

Aus den großen blauen Augen flackerte eine unruhige Glut. Die blonden Spitzen des breiten Schnurrbartes zitterten vor Erregung. Dann ging er festen Schrittes durch den Park zurück. Als er die Säle betrat, stieß er auf einen Kameraden, den Grafen Roon, der ihn anhielt. Er raffte sich zusammen, nach einem Vorwand suchend, um sich entfernen zu können.

«Verzeihen Sie, lieber Roon, ich muß auf eine Stunde fort, Fürst Lichtenberg reist heute durch Berlin, ich muß an der Bahn ein paar Minuten mit ihm plaudern.»

«O bitte,» lachte Roon, «wenn alte Freundschaft ruft ...»

Graf von der Mark durchschritt die Säle, im Vestibül legte ihm der Diener den Mantel um die Schulter und der große Kürassier-Leutnant, dessen Haupt der stattliche Adler-Helm schmückte, schritt eiligen Fußes aus dem Portal hinaus, von der noch immer harrenden Menge bestaunt, bewundert und beneidet.

Drittes Kapitel.

In dem Saal hatte das Fest bereits seinen Höhepunkt überschritten. Der große Hauptraum, der unmittelbar an die Veranda schließt, war der eigentliche Tanzplatz, auf dem die Damen und unter den Herren die jüngeren Elemente, dominierten. Die Diplomaten, die Abgeordneten, kurzum die offiziellen Persönlichkeiten hatten sich in die anstoßenden kleineren Gemächer zerstreut, wo sie, je nach dem gemeinschaftlichen Interesse oder zur Besprechung einer akuten Tagesfrage in kleinen Gruppen verteilt, herumstanden.

Bei alledem langten immer noch neue Gäste an, und ein besonders illustrer Besucher des Festes, der Reichskanzler Fürst Bismarck, wurde sogar noch bestimmt erwartet.

Im Tanzsaal ging es am lebhaftesten zu. Die Kapelle, die von dem Musikchor eines Garderegimentes gestellt war, hatte soeben einen Patineur beendet und die Mitte des Saales begann sich zu leeren. Die Tänzer geleiteten ihre Damen an die Plätze zurück und nahmen mit der charakteristischen tiefen Verbeugung Abschied. Einige, denen ein näherer Verwandtschaftsgrad oder eine ältere Bekanntschaft das Recht intimerer Verkehrsformen verlieh, führten ihre Damen in jene Nebenräume, in denen die Buffets aufgestellt waren und einzelne Pärchen versuchten sogar, teils mit Erfolg, über die Veranda hinaus in das schützende Halbdunkel des Parks zu gelangen.

Auf der einen Seite des Tanzsaales hatte sich eine kleine Gruppe gebildet, in deren Mittelpunkt ein junges Mädchen stand. An ihrer Seite befanden sich ein älterer Herr, eine

Dame und zwei junge Offiziere, darunter Graf Roon, derselbe, der den Grafen von der Mark vorher zurückzuhalten versuchte. Beide waren augenscheinlich bemüht, der blonden Schönheit dieser jungen Dame die gebührende Huldigung zu teil werden zu lassen. Die so Gefeierte war die Baroneß von Seidwitz, deren zarte schlanke Erscheinung seit einem halben Jahre im Mittelpunkte der Berliner Hofgesellschaft stand. Die Vielumworbene war in Gesellschaft ihrer Eltern, und Graf Roon, sowie der andere Offizier, ein Leutnant von Struwe, galten als die bevorzugtesten Prätendenten.

Leutnant von Struwe war eine Ausnahme in dieser exklusiven Gesellschaft, eine Ausnahme, die er der Protektion des Kaisers verdankte.

Seine Existenz war das Produkt einer brutal märkischen Landjunker-Romantik, einer Romantik, die allerdings des poetischen Schimmers gänzlich entbehrt, die aber heute noch sehr verbreitet ist, nur eben, daß ihre Folgen nicht die glänzende Karriere zu machen pflegen, die diesem kleinen blonden Leutnant beschert war.

Sein Vater war als Junggeselle gestorben, nachdem er ein tolles Leben wie ein Pascha auf seinem Gute Retwitz in der Uckermark geführt hatte. Da war auf den Höfen und in den Katen der Gutsleute keine Magd, da war keine Scharwerker-Dirne in dem achttausend Morgen großen Riesenbezirke von Retwitz, die nicht der stürmischen Erotik des weinfrohen Schloßherrn je begegnet wäre. Und wenige hatten nur vermocht zu widerstehen, denn in den Seelen dieser Landbevölkerung, die seit einem knappen Jahrhundert erst der Leibeigenschaft entronnen, lebt heute noch die Unterwürfigkeit, die jedem Wunsch des Herrn sich fügsam zeigt.

Der alte Struwe war der Schlimmste nicht, er trieb es zwar toll, im allgemeinen jedoch versorgte er in seiner polternden Gutmütigkeit diejenigen, die seine Neigung betraf. Den Mägden schien eine solche Begegnung nicht einmal ein Unglück, im Gegenteil, sie wünschten sie herbei, nicht aus Neigung für den Alten, aber sie wußten, dann gab es Mitgiften, die ihren persönlichen Reiz für die legitimen Bewerber wesentlich erhöhten. Für hundert Taler Bargeld und einige Quadrat-Ruten Kartoffelacker nahmen die Kossäten-Söhne die Frucht, die ihnen der gnädige Herr gesät hatte, ganz gern mit in den Kauf. Und der gewaltige Besitz, das umfangreiche Vermögen gestattete dem altem Struwe dieses jus primae noctis so lange auszuüben, bis der Verfall der Körperkräfte seiner Libertinage Einhalt gebot.

Der kleine Friedrich war das Produkt einer solchen Geste der Herablassung, die den Alten zu einer kräftigen Stallmagd geführt hatte. Doch diese Stallmagd hatte nicht geheiratet, der Tod hinderte sie daran, denn als sie den kleinen Friedrich in die Welt setzte, schloß sie die Augen, um sie nie wieder zu öffnen.

Friedrich wurde getauft und mit dem Namen seiner Mutter als Friedrich Schmidt ins Kirchenbuch eingetragen. Der alte Struwe gab ihn zu Pächtersleuten, die ihn pflegten, und als der Junge sechs Jahr alt war, ließ er ihn, mehr einer Laune als der Neigung folgend, nicht in die Dorfschule gehen, sondern sandte ihn auf das Gymnasium der nächsten Kreisstadt. Dort kam er in Pension und zwar in das Haus des alten Justizrat Scholz, der gleichzeitig der Sachwalter des alten Struwe war.

Dem verhutzelten, eingetrockneten Juristen, der des kleinen Jungen Ankunft und die Fürsorge um ihn wie eine Entschädigung für die Kinderlosigkeit seiner Ehe betrachtete, hatte der kleine Friedrich alles zu verdanken. Denn er war es, der dem alten Struwe, als es mit ihm zu Ende ging, nahelegte, den Jungen zu adoptieren. Der Alte tat es. Auch wieder mehr, um seine sonstige Verwandtschaft, die sich auf das reiche Erbe freute, zu ärgern. Friedrich kam nunmehr unter dem Namen von Struwe-Schmidt im Alter von vierzehn Jahren in die Kadettenanstalt nach Groß-Lichterfelde bei Berlin, und als sein Adoptivvater, der gleichzeitig sein rechter Vater war, nach zwei Jahren starb, erbte der nunmehr fünfzehnjährige Knabe Retwitz und das Riesenvermögen, das weder die unzähligen Mitgiften, noch der teure Weinkeller des Verstorbenen beeinträchtigt hatten.

Der alte Scholz verwaltete sein Erbe, und dem Knaben stand scheinbar die sorgloseste Zukunft bevor. Und dennoch sollte seine Hochmütigkeit - das Blut der Stallmagd hatte sich in ihm nie ganz verleugnet - bald einen schweren Schlag erleiden. Denn als er aus der Kadettenschule austrat, wollte kein Oberst der exklusiven Regimenter, nach denen sein Sinn stand, ihn als Offizier akzeptieren. Hier war es wieder der alte Scholz, der helfend für ihn eingriff. Auf Umwegen gelang es dem alten Herrn durch frühere Studienkameraden, die bessere Karriere als er selbst gemacht hatten, mit seinem Anliegen bis an das Ohr des Kaisers zu gelangen und Wilhelm I. stellte durch eine Kabinetts-Ordre, die im Reichs-Anzeiger veröffentlicht wurde, den jungen Leutnant Friedrich von Struwe-Schmidt bei einem Berliner Garde-Regiment ein.

Dem mußte sich der Oberst fügen, und des kleinen Leutnants Riesenvermögen verscheuchte allmählich immer mehr die Schatten, die seine Geburt verdunkelten.

Man vergaß nach und nach die Stallmagd und die Unehelichkeit, und wo man sich gelegentlich dessen noch entsann, hinderte der Gedanke an die hypothekenfreien achttausend Morgen von Retwitz und die vier Millionen Bargeld jede unliebenswürdige Auslegung dieser Erinnerung.

Am liberalsten in dieser Auffassung dem blonden Leutnant gegenüber zeigte sich die Familie des Barons von Seidwitz, und diese Liberalität war um so auffallender, als sie im Widerspruch stand zu allen sonstigen Ansichten des ahnenstolzen Barons, der einst als junger Offizier bei einem Liebesmahl den Kronprinzen Friedrich Wilhelm mit aller Ergebenheit respektvoll darauf aufmerksam zu machen gewagt hatte, daß die Familie Seidwitz doch eigentlich viel älter sei als die Familie Hohenzollern. Kronprinz Friedrich Wilhelm hatte lachend den genealogischen Beweis des selbstbewußten Leutnants über sich ergehen lassen. Dann hatte er ihn auf die Schulter geklopft und ihm erwidert: «Das ist schon möglich, lieber Seidwitz, doch Sie müssen zugeben, wir Hohenzollern haben bessere Karriere gemacht!»

Seidwitz war damals nicht auf Rosen gebettet, eine schmale Rente lieferte ihm nur knappen Zuschuß zu seiner Offiziersgage, und als er den bunten Rock auszog, um in den Verwaltungsdienst zu treten, heiratete er ein junges Mädchen, das ihm zwar alle Reize körperlicher Schönheit mitbrachte, das alle Anforderungen auf Ebenbürtigkeit erfüllte - denn sie gehörte einem der ältesten Häuser an –, das aber an materiellen Gütern nur wenig aufzuweisen hatte.

Die Geschichte dieser Ehe war die Geschichte jenes glänzenden Elends, das sich auch heute noch hinter der korrekten Front der höheren Klasse der Beamten-Hierarchie verbirgt.

Der Dienst hatte Seidwitz in die Provinz Posen verschlagen, wo damals noch die Gegensätze zwischen Deutschtum und Polen nicht so stark waren, daß sie, wie heute, jeden gesellschaftlichen Zusammenschluß vereitelten. Inmitten der verschwenderischen Lebensführung der polnischen Landedelleute erhöhte sich bei Seidwitz die Verpflichtung zu kostspieliger Repräsentation. Und diese Pflichten verschlangen so viel, daß alles andere darunter leiden mußte.

Was zunächst darunter litt, war die junge Ehe, denn in den materiellen Sorgen, die alle Stunden des Alleinseins ausfüllten, verkümmerte die Liebe, die die beiden zusammengeführt hatte, und was als Rest dieser Liebe geblieben war, erhielt den Todesstoß, als die Baronin anstatt des erwarteten Sohnes einem Töchterchen das Leben gab. Die Kleine wurde Elise genannt, und ihre rührende Schönheit, die Flut ihrer blonden Locken, unter deren goldenem Schein der Glanz des dunklen Augenpaares noch suggestiver hervortrat, das alles konnte nic das verbitterte Herz des Vaters rühren, bis plötzlich, Elise mochte damals dreizehn Jahre alt sein, und ihre Schönheit hatte sich herrlicher entwickelt denn je, der Strahl der rettenden Erkenntnis den alten Seidwitz durchfuhr.

Man hatte sich von Tisch erhoben, von einem Mahl, dessen karge Knappheit des Alten Sinn nicht zu erfreuen geeignet war, da zum ersten Mal bemerkte er die ganze Schönheit seines Kindes. Er sah die Grazie ihrer Bewegung, die Feinheit ihrer Hände, den aristokratischen schmalen Fuß und die zarten Knöchel, die unter dem halblangen Kleide hervorlugten, er sah mit einem Schlage das werdende Weib und sah die Circe, die aus seinem Blut sich da entwickelte. Und plötzlich wurde ihm klar, daß diese Frucht, daß der Reiz dieser blendenden Schönheit ihm die Ruhe eines sorgenfreien Alters verschaffen konnten. Er sah den reichen Schwiegersohn, der diese Blume pflücken kam, und mürbe gemacht durch fünfzehn Jahre der Entbehrung, durch diese lange Zeit, in der er die soziale Tragikomödie seines Lebens in der prächtigen Dekoration einer glänzenden Repräsentation gespielt hatte, fühlte er zum ersten Male die Bereitwilligkeit, seine Forderungen an Ebenbürtigkeiten und so weiter zurückzuschrauben, wenn nur der Mammon käme.

Die Baronin von Seidwitz hatte diesen Gedanken längst gehegt, ohne je ihren Gatten, von dem sie täglich sich mehr entfernt fühlte, darüber zu sprechen. Mit großer Beharrlichkeit hatte sie die ganzen Jahre hindurch, von dem Augenblick an, wo sie den Wert dieser Tochter erkannt zu haben glaubte, jede ihrer Reize gepflegt und entwickelt. Und diese Sorgfalt war es, die sie zurückgehalten hatte, den winkenden Verführungen, die sich lockend auf dem Weg ihrer Ehe stellten, nachzugehen.

Im Avancement war Seidwitz nach Berlin versetzt worden, als Elise ihr siebzehntes Lebensjahr erreicht hatte, und bei der darauf folgenden Defilier-Cour wurde das junge Mädchen bei Hofe eingeführt. Was sich nun ereignete, entsprach ganz den Vermutungen der Eltern. Sofort hatte sich eine Flut von Verehrern um ihre Tochter geschart und wie Trabanten, die nicht abweichen von der Bahn ihres Planeten, folgten sie jedem Erscheinen der «schönen Seidwitz»; wo sie auch auftauchte, bei Hofe, in den Ministerien- oder auf den Gesellschafts-Bällen umgab sie der Chor der Anbeter, und mancher war darunter, der alle Ambitionen der Eltern zu erfüllen geneigt gewesen wäre.

Hatte Baroneß Elise die Schönheit von ihrer Mutter geerbt, so hatte sie ihrem Vater den Adelsstolz und gleichzeitig das aufschäumende Temperament entlehnt, das bei dem alten

Seidwitz erst in den Jahren der Entbehrung zur Ruhe gekommen war.

Hinter dieser Gleichgültigkeit, die stolz und majestätisch sich gab, tobte ein Vulkan von Leidenschaft. Als fünfzehnjähriges Mädel war sie bei einer Schlittenfahrt dem Sohne eines benachbarten polnischen Landedelmannes in die Arme gesunken. Der achtzehnjährige junge Mann, den weder Rasse noch Erziehung je Enthaltsamkeit lehren konnten, hatte ihr Gesicht mit Küssen bedeckt. Die glühende Hand umspannte die schwellende Form dieses vor Erregung zuckenden Körpers, und willenlos hätte sie sich ihm hingegeben, wenn nicht die Mutter überraschend dazwischen getreten wäre.

Der Vater hatte es nicht erfahren, denn der Skandal mußte vermieden werden. Der junge Pole ging unauffällig nach Posen, und die Baronin von Seidwitz nahm sich vor, die Tochter doppelt streng zu bewachen. In Gnesen war das leicht gewesen, dagegen in Berlin bot die Bewachung größere Schwierigkeiten, darum hieß es, das war das beste Mittel, einen Mann finden, einen Gatten, der diesem heißen Trieb Befriedigung bot. Da galt es zunächst, die Spreu vom Weizen zu sondern, und unter allen Bewerbern waren es nur zwei, die in Betracht kamen: Graf Roon und Leutnant von Struwe-Schmidt.

Graf Roon entsprach in höherem Maße dem Ideal des Barons von Seidwitz. Erstens der Titel, dann die alte Familie, aus der Preußens bester Kriegsminister, der Reorganisator seiner Armee, hervorgegangen war. Das alles verfehlte nicht seinen Reiz. Dazu war dem jungen Offizier schon auf Grund seines Namens die glänzendste Karriere sicher. Vermögend war er auch, und dennoch verbleichte sein Stern im Vergleich mit dem Riesenbesitz des Leutnants von Struwe-Schmidt. Die Wahl war schwer und doch, die Sorge drängte zur Entscheidung.

Baroneß Elise selbst tat nichts, um eine solche Entscheidung herbeizuführen. Jedem Wunsche der Mutter, darüber mit ihr sich auseinander zu setzen, wußte sie zu entgehen, und immer stärker wurde die Angst der Baronin, daß irgend eine verschwiegene Neigung ihrer Tochter es war, die die Ausführung ihrer Pläne gefährdete. Aber wie sollte sie das feststellen? Sie, die Zeit ihres Lebens in der Ruhe des Landaufenthaltes und später in den kleinen Verhältnissen der Provinzialstadt verbracht hatte, sie wurde verwirrt und hilflos in dem täglich mehr anschwellenden Leben Berlins, dieser werdenden Großstadt. Wie war es möglich, sich in diesem Straßenmeer zurecht zu finden, wie war es möglich, die Tochter zu überwachen, die durch Eisbahnen, Vorträge und selbst schon Wohltätigkeits-Vereinssitzungen und Bazaren tausend Vorwände fand, sich zu entfernen.

Heute hatte sie mit beiden schon getanzt, und, sonderbar, der Tanz, der trotz der gemessenen Rhythmik, die die strenge preußische Hofetikette vorschrieb, alle entflammte und aller Blut lebhaft pulsieren ließ, schien dieses junge Mädchen gar nicht zu animieren. Nur wer aufmerksam hinsah, wer die verstohlene Glut der dunklen Augen beobachtete, wer dies leise, fast unmerkliche Zittern der Nasenflügel mehr erriet wie sah, der ahnte ein wenig von der verzehrenden Flamme, die hinter dieser scheinbar kalten Hülle loderte.

Die beiden Damen, Mutter und Tochter, hatten sich auf eins der vielen Wandsofas niedergelassen. Der alte Seidwitz wandte sich an seine Gattin:

«Verzeih, ich möchte rauchen, die Herren sicher auch, wenn Du gestattest, entführe ich sie.»

Graf Roon verneigte sich zu den Damen: «Wenn die Gnädigen gestatten, ziehe ich es vor, Ihnen hier Gesellschaft zu leisten.»

«Und mir bitte ich die gleiche Erlaubnis zu erteilen,» fügte Leutnant von Struwe hinzu.

«Na, mir ist ja wohl der Urlaub gewährt,» lächelte Baron Seidwitz, eine Vermutung, die seine Gattin mit liebenswürdigem Lächeln bestätigte, und nach einer leisen Verbeugung entfernte sich Seidwitz, um sich in eines der als Rauchzimmer eingerichteten Nebengemächer zu begeben.

Baroneß Elise hatte sich lächelnd dem Leutnant von Struwe zugewandt:

«Aber Leutnant, Sie, der Mann, dessen Raucher-Passion sprichwörtlich ist, Sie verzichten auf die Zigarette!»

Struwe beugte sich ein wenig über die Lehne, und indem er versuchte, der verhaltenen Sehnsucht, die aus ihm sprach, durch Ironie das Weichliche zu nehmen, sagte er:

«Baroneß, ich wähle von zwei Übeln das kleinere, lieber Sie ohne die Zigarette, als die Zigarette ohne Sie.»

Sie lächelte: «Dann müßten Sie mir eigentlich dankbar sein, daß ich Sie zurückhielt.»

«Ich bin es,» erwiderte Struwe, und diesmal versuchte er nicht einmal durch irgend welche ironiesierende Skepsis sein heißes Verlangen nach dieser Schönheit zu verschleiern.

«Dann möchte ich wissen, wie Sie mir diese Dankbarkeit zu beweisen gedenken,» lächelte die Baroneß und ehe noch Struwe eine Antwort geben konnte, hatte sie sich Roon zugewandt:

«Graf, die Polka, die Ihnen reserviert ist, beginnt.»

In diesem Augenblick setzte die Musik wieder ein, Graf Roon verneigte sich und trat mit Elise zum Tanz an. Mit liebenswürdiger Bereitwilligkeit blickte die Baronin von Seidwitz dem zurückbleibenden Leutnant von Struwe ins Gesicht.

«Na, lieber Leutnant, wenn Sie für diese Polka frei sind, so dürfen Sie mit mir tanzen.»

Mit tiefer Verbeugung, die Absätze militärisch zusammenschlagend, nahm Struwe diese Gunst entgegen, und bald verschwanden beide in dem Durcheinander der tanzenden Paare.

Die Polka war zu Ende, die Paare kehrten an ihre Plätze zurück und eben kam auch Baron Seidwitz wieder in den Saal. Er brachte eine Nachricht. «Fürst Bismarck ist soeben angekommen.»

«Ah, ist er allein?» erkundigte sich die Baronin.

«Nein, Graf Günter ist mit ihm.»

Es schien, als ob ein flüchtiges Rot über die Wangen der Baroneß Elise eilte. Die Nachricht von der Ankunft des Reichskanzlers schien übrigens den Saal zu leeren, und die

Familie Seidwitz schloß sich dem Zuge an, der auf dem Wege zu der Gruppe sich befand, in deren Mittelpunkt der Kanzler stand.

Die Baroneß Elise hatte, noch ehe ihre Mutter dazu gekommen war, die beiden Offiziere zur Begleitung aufzufordern, Roon und Struwe verabschiedet und folgte ihren Eltern nun auf dem Wege zu der Gruppe des Fürsten.

Graf Günter von Plessow oder kurz Graf Günter, wie der Reichskanzler diesen treuesten seiner Gehilfen und vertrautesten seiner Freunde nannte, hatte die Annäherung der Familie Seidwitz bemerkt und näherte sich ihr. Mit tiefer Verbeugung begrüßte er die Damen und sich dem Baron dann zuwendend, berichtete er:

«Der Fürst sagte mir im Wagen auf dem Wege hierher, daß er Sie hier zu treffen hoffe, Herr Baron. Na, hoffentlich gibt es heute nichts mehr zu tun.»

Seidwitz verbeugte sich:

«Es ist heute in Berlin ein schauerliches Verbrechen verübt worden, sollte damit irgend ein politischer Zusammenhang verbunden sein?»

«Ich glaube nicht,» erwiderte Graf Plessow.

«Ein Verbrechen?» fragte die Baronin. «Erzähle mir doch,» wandte sie sich an ihren Gatten, während der Freund des Reichskanzlers die Baroneß um ihre Tanzkarte bat.

Das Elternpaar hatte sich ein wenig abgewandt, und auch Graf Günter und die Baroneß suchten sich unauffällig von der Gruppe zu entfernen. Während des Grafen Hand flüchtig über die Tanzkarte kritzelte, senkte sich sein Blick in die Augen Elises, und wer gesehen hätte, wie dieser Blick erwidert, wer beobachtet hätte, mit welch heißem Druck die Tanzkarte in die Hand des jungen Mädchens zurückgelegt wurde, dem wäre kein Zweifel mehr geblieben.

«Morgen bei uns,» flüsterte Elise dem Grafen zu.

«Nein, nicht bis morgen,» flehte er, «geh in den Park, ich folge Dir.» Dann verbeugte er sich und kehrte zu der Gruppe zurück.

Elise schritt langsam wie verträumt zur Veranda, die Stufen stieg sie hinab in den Park, und über den schmalen Pfad ging sie mit dem Anschein aller Unbefangenheit der Marmorgruppe zu.

Der Park war jetzt ganz leer, die Nachricht von der Ankunft des Reichskanzlers hatte auch diejenigen, die vorher sich in den Schutz der Bäume zurückgezogen hatten, in die Säle gelockt, und keines Neugierigen Auge störte Elise, keines Neugierigen Auge störte den Grafen Günter von Plessow, der nach zwei Minuten ihr folgte.

An der Marmorgruppe, an derselben Stätte, wo kurz vorher Graf von der Mark die Untreue des toten Lieblings beweint hatte, trafen sie sich. In leidenschaftlicher Glut flog sie in seinen Arm, mit unverhüllter Erregung hielt seine Hand sie fest und drückte sie an sich. Ein langer, bebender Kuß hielt sie zusammen.

Hier störte sie keine Mutter wie einst in Gnesen, und wenn sie störend dazwischen getreten wäre, sie hätte erkennen müssen, daß hier längst geschehen war, was sie damals noch gerade vereiteln konnte.

Viertes Kapitel.

Wer heute durch die Straßen von Berlin zieht, wer die trotz ihrer nicht immer geschmackvollen Architektur durch ihre Sauberkeit wirkenden Häuserfronten entlang wandert, dem fällt in dieser fast mathematisch gradlinigen Disposition der Straßenzüge, bei diesen neuen nach frischem Mörtel duftenden Konstruktionen, in denen strenge Polizeivorschriften die Erfüllung aller Forderungen der Hygiene und der Bequemlichkeit, nur nicht derjenigen des künstlerischen Geschmackes, zu erzwingen wußten, der absolute Mangel an jenen Winkeln und Ecken, jenen Vorsprüngen und alten grauen

Giebeln auf, die die alten Stadtteile von Wien, Paris und London, vielleicht viel weniger gesund, doch unendlich viel pittoresker machen.

Aber einen anderen Vorteil noch bietet dieses ultramoderne Berlin und zwar einen kriminal-technischen, um den die Kriminalisten der alten Kulturzentren ihre deutschen Kollegen lebhaft beneiden. Es ist eine sonderbare Tatsache; der metaphorische Ausdruck «lichtscheues Gesindel,» mit dem man umfassend die ganze Verbrecherwelt bezeichnet, ist mehr wie eine Metapher, er darf wörtlich genommen werden.

Berlin hatte auch seine Schlupfwinkel und hat sie wohl noch, doch als die Häuserviertel, die krumme, winklige Gassen willkürlich und unregelmäßig durchschnitten, niedergelegt waren, und an deren Stelle sich die kalte, falsche Pracht der hellen und sauberen Neubauten erhob, da kehrten die alten Bewohner in dieses Viertel nicht mehr zurück. Sie wurden immer mehr hinausgedrängt an die Peripherie der Stadt, und es war vielleicht das einzige Verdienst der wüsten Bauspekulation, die seit nahezu einem Vierteljahrhundert in Berlin haust, jene zweifelhaften Elemente aus den Stadtmauern verdrängt zu haben.

Im Jahre 1887, im vorletzten Regierungsjahre des ersten deutschen Kaisers, zur Zeit, da die in dem vorhergehenden Kapitel beschriebenen Vorgänge geschehen, war es noch nicht so weit. Es stand noch ein erheblicher Teil des alten Berlins, des Berlins der Markgrafen von Brandenburg, auf seinen schwachen Mauerfüßen und hatte noch nicht überall der neuen Metropole der Bauspekulanten und der Börsenmatadore weichen müssen.

Vom Spreearm, der die Ostseite des Kaiserlichen Schlosses entlang zieht, bis zum Alexanderplatz zog sich dieser fast historische Stadtteil hin, in dem nur die entsetzliche Geschmacklosigkeit des Rathausgebäudes und die praktische Nüchternheit der Bahnhofs-Station Alexanderplatz wie die ersten Vorboten der kommenden Zeit erschienen. Doch jenseits des Alexanderplatzes, hinter dem baufälligen

Gemäuer der Alexander-Kaserne, da lag das Dorado der Berliner Verbrecherwelt, das Scheunenviertel, das heute auch der Spitzhacke zum Opfer fällt.

Altersschwache Häuser, die ihre schmalbrüstigen, schmutzigen Fassaden schmucklos und nur mit plump gemalten Reklameschildern bedeckt in den grauen Dunst der Armleut-Atmosphäre dieses Stadtteils ragen ließen, umsäumten die engen Straßen, die das Viertel durchkreuzten.

Hinter diesen Fronten mußte das Elend hausen, das körperliche und das moralische. Aus den Kellerhälsen, die zu den lichtlosen dumpfen Souterrains hinabführten, drang der Pesthauch physischer und psychischer Verwesung. In diesen Gewölben, die ihren stinkenden Atem über die Kellertreppe hinauf auf die Straße sandten, faulten nicht nur der Lumpenvorrat und das Knochen-Gerümpel, die der Besitzer zusammenkaufte, hier faulten auch die Seelen und jedes bessere Empfinden der Menschen, die in dieser Umgebung zu leben verdammt waren.

Das geschäftliche Treiben dieser Straßen schien sich in solchen Lumpenkellern und zahllosen Destillationen, von denen in jedem Hause fast eine zu finden war, zu erschöpfen.

In einem Eckhaus hatte höchstens ein Kolonialwarenhändler mit falschem Glanz, buntem Papier und einigen grellen Plakaten versucht, seiner Auslage einen höheren Anstrich zu verleihen. Und manchmal fand sich ein kleines Weißwarengeschäft, ein enger, schmaler Laden, in dem beim matten Schein einer Petroleumlampe eine verhutzelte, verkümmerte Frau die spärlichen Herrlichkeiten ihrer Waren überwachte.

Doch die Destille überwog. Wie an allen Stätten des Elends wurden auch hier dem Tröster Alkohol die meisten Tempel errichtet. Und wie an allen Stätten des Elends strömten auch hier die Ausgestoßenen und Verkommenen in diese Tempel, in der Misere ihres Lebens die einzige freudige Unterbrechung suchend, die ihnen das widerliche Gebräu zu verschaffen vermochte.

Das Innere dieser Kneipen entsprach den Erwartungen, die man nach dem Anblick der Straße hegen durfte. Schnapsdunst und Schmutz, Zigarrenqualm und rohe Schimpfworte, das war das Charakteristikum dieser Räume, in denen die niedrigsten Klassen der Prostitution, in denen die schmachvolle Existenz jener verkommenen Burschen, die von der Schande dieser Mädchen leben, ihre Erholungen fanden.

Und doch in einem Falle erwartete den bang und ängstlich Eintretenden eine Enttäuschung. Eine der Kneipen, die ein überraschend reines Schild anmaßend als Restaurant bezeichnete, schien schon durch die adrette Sauberkeit der weißen Vorhänge, die sechs Fenster der Straßenfront diskret dem neugierigen Blick des Draußenstehenden verhüllten und undurchdringlich machten, sich von dem Unrat der Umgebung abheben zu wollen. Der Eingang zu dem Restaurant befand sich im Hausflur, zu dem drei abgenutzte schmale Steinstufen emporführten, eine kleine, braune Tür, die ein Plakat als «Entree» bezeichnete, führte in einen hellen, warmen Raum, den jetzt am Abend eine überraschende Menge von Gasglühlicht-Körpern mit einem Meere weißen angenehmen Lichts erfüllte. Links in der Ecke befand sich ein Buffet, aus dessen zinnerner Tischplatte zwei Bierhähne emporragten. Daneben stand ein Spülapparat und auf der Etalage, die hinter dem Buffet sich an der Wand entlang zog, glänzten neben einer Reihe von Likörflaschen, Bier- und Weingläsern erstaunlicherweise auch vernickelte Teekannen und weiße Kaffeetassen friedlich nebeneinander.

Ein Tür-Ausschnitt, an dem kokett gerafft eine Portiere herunterhing, führte in einen kleinen Nebenraum, an dessen Längswand in der Mitte ein Klavier und ein Notenständer den Hauptplatz einnahmen.

Die Tische beider Räume waren mit weißen Tüchern sauber gedeckt, ein Umstand, der hier doppelt seltsam anmuten mußte. Doch was den angenehmen Eindruck dieses reinlichen, warmen Interieurs vollständig ins Bizarre verzerren mußte, das waren die Gäste, unter denen zuerst der absolute Mangel an weiblichen Wesen auffiel.

Dem Unbefangenen, der länger sich hier aufhielt, ward noch viel Gelegenheit zum Staunen geboten.

Der Wirt, ein großer, starker Mann, in dessen stark gerötetem Gesicht der buschige, schwarze Schnurrbart so unmotiviert wie möglich erschien, trug um den Mund einen ewig lächelnden, süßlichen Zug. Und wenn dieser Mund sich öffnete, so entströmten ihm die Worte in einem hohen fistelnden Diskant, als ob ein Weib gesprochen hätte.

Die Bedienung besorgte er selbst und seine Gäste riefen ihn «Mienchen».

Die Eigentümlichkeiten des Wirts wiederholten sich bei diesen Gästen, zum mindesten bei ihrem größten Teil.

Ein älterer Herr, reich gekleidet, saß vor dem geöffneten Klavier und blätterte in den Noten. Von Zeit zu Zeit trank er einen Schluck Tee aus dem Glase, das neben ihm auf einem Tische stand, und wenn er gefunden hatte, was er suchte, und dann zu spielen anfing und mit weichem, hellem Sopran irgend einen populären Schmachtfetzen von der ewigen Macht der Liebe oder ähnliche Trivialitäten vorsang, verstummte vollständig das schwache Geräusch, das die leise Unterhaltung der übrigen Gäste bisher verursacht hatte.

An einem Tisch im ersten Raum saßen vier Burschen, und wer den Leichnam des erschlagenen Epheben im Tiergarten gesehen hatte, konnte sich nicht im Unklaren darüber bleiben, wohin das feminine Gebaren dieser vier Jungen zielte. Sie hatten die Köpfe zusammengesteckt und, über den Tisch gelehnt, führten sie eine leise Unterhaltung.

Einige andere Pärchen von gleichem Habitus und mit denselben weichen, weibischen Gesten saßen an den anderen Tischen verteilt.

Die leise Unterhaltung aller Anwesenden wimmelte von Diminutiven und Zärtlichkeiten. Wer Anton hieß, der wurde «Tonchen» genannt und Fritz verwandelte sich in «Rieke».

Der Alte am Klavier hatte eben wieder singend zu klagen begonnen:

«Ach, könnt' ich noch einmal so lieben,
Wie damals im Monat Mai ...»

als plötzlich die Tür, die vom Hausflur in das Restaurant führt, aufgerissen wurde.

Ein hagerer Bursche trat hastig ein, er war mit jener charakteristischen Eleganz gekleidet, die alle Anwesenden auszeichnete. Auf seinem Gesicht malte sich das Entsetzen und seine rechte Hand hielt ein Zeitungsblatt, die das Berliner Lokalblatt in den Straßen verteilen ließ. «Hört auf zu spielen,» rief er, «Lieschen ist im Tiergarten ermordet worden.»

Der Alte am Klavier brach ab und alle sprangen von ihren Sitzen empor.

«Was!» «Lieschen ermordet!» «Wieso?» klang es durcheinander.

Der Neuangekommene entfaltete sein Zeitungsblatt, und während alle anderen ihn umdrängten, verlas er den Inhalt.

> «Ein entsetzliches Verbrechen, das seinen Ursprung im tiefsten Abgrund des moralischen Elends der Großstadt findet, ist in den Abendstunden im Tiergarten, in der Nähe des Schlosses Bellevue, begangen worden. Dort fanden Soldaten die noch warme Leiche des vierzehnjährigen Artisten Erich Selten. Die sofort herbeigerufene Polizei konstatierte, daß der Tote erdrosselt worden war und daß er selbst vor Begehung der Tat einem widernatürlichen Sittlichkeitsverbrechen, das hier kaum angedeutet werden kann, seine Beihilfe geliehen hatte. Der Tote, dessen schimpfliches Gewerbe der Polizei bekannt war, wurde in das Leichenschauhaus geschafft. Von dem Täter fehlt jede Spur. Er dürfte in jenen Kreisen zu suchen sein, in denen die widerliche Neigung des Ermordeten kultiviert wird.»

Lautlose Stille folgte der Verlesung, man sah sich sprachlos an, bis plötzlich der Alte, der vom Klavier herbeigekommen war, laut aufschluchzte.

«Im Leichenschauhaus?» fragte er.

Der Vorleser nickte bejahend. Eilig zog sich der Alte den Mantel an, stülpte den Hut auf die gebrannten Locken und ging hinaus.

Derjenige, der seinen Freund mit «Toni» ansprach, sah ihm

nach und wandte sich erklärend zu den anderen: «Gustchen geht jetzt zu Lieschen hin, sie hatten zwei Jahre zusammen ein Verhältnis.»

Der die Nachricht überbracht hatte, fuhr bei dem Wort «Verhältnis» auf. Es schien, als sei ihm eine Erleuchtung gekommen, und plötzlich fragte er:

«Hat einer von Euch Jeannette gesehen?»

Die anderen verneinten, keiner wußte etwas, nur der Wirt fragte:

«Na, Columbine, die Jeannette wird doch kommen, wo es sich um Lieschen handelt.»

Es wurde keinem der Anwesenden die widerliche Lächerlichkeit bewußt, die durch diese Kosenamen, verzettelt an die knochigen, geschminkten Gestalten der Anwesenden, hervorgerufen werden mußte. Der Ekel, der jedem Unbefangenen bei der Verbindung des zarten Namens «Columbine» mit der Erscheinung desjenigen, dem er zugeteilt war, den Hals hinaufgestiegen wäre, schien keinen der Anwesenden zu befallen. Mit absoluter Selbstverständlichkeit beherrschten sie diesen Ton.

Columbine hatte sich an einen Tisch gesetzt und keuchend vor Erregung, in diesem Moment wirklich einer Megäre ähnlich, gestikulierte er:

«Ich kenne ja die Jeannette gar nicht, kein Mensch weiß, was er ist; vor vierzehn Tagen brachte ihn Lieschen hierher, und später kam er noch einmal. Dann sahen wir ihn nicht mehr, bloß Lieschen erzählte mir, wie lieb er sei und wieviel Geld er habe.»

«Na, Columbine,» warf einer dazwischen, «Du denkst doch nicht etwa ...»

«Ach, was ich denke, das behalte ich für mich,» erwiderte der andere, «ich bin ja neugierig, ob wir Jeannette noch mal zu sehen kriegen.»

Der Wirt mischte sich ins Gespräch:

«Ich habe Lieschen immer gewarnt, treu ist sie keinem gewesen, mit jedem zog sie mit. Das mußte ja ein schlechtes Ende nehmen.»

Toni erhob sich plötzlich:

«Ja, Kinder, jetzt wird doch aber die Polizei zu uns kommen.»

Das Wort warf eine allgemeine Ernüchterung in den Raum, daran hatten sie alle nicht gedacht. Natürlich würde jetzt die Polizei zu ihnen kommen, und hier in diesem Lokal, das als Zufluchtsstätte der homosexuellen Prostitution auf dem Präsidium bekannt war, würden die Beamten zu allererst erscheinen.

Die meisten wollten sich entfernen.

«Ach, Unsinn!» rief Columbine, «wen sie hier nicht finden, den suchen sie doch zu Hause auf. Hier kann doch keiner in Verdacht geraten. Vor allen Dingen überlegt Euch, daß Ihr für die Verwendung Eurer Zeit vom Mittag ab bis jetzt Auskunft gebet, denn wer sein Alibi hat, dem kann doch nichts passieren, und wenn sie sonst was wissen wollen, da weiß ja jeder von Euch, was er zu sagen hat.»

Die Stimmung hatte sich beruhigt, die Gruppen verteilten sich wieder, und es währte eine geraume Weile, ehe die Unterhaltung in Fluß kam. Jeder schien darüber nachzudenken, wie er gegebenenfalls sein Alibi beweisen könnte, und in dem Zeitverbrauch eines jeden schien es Lücken zu geben, über die er nicht gern gesprochen hätte.

Bald aber kam die alte Klatsch-Stimmung auf. Der oberflächliche, weibische Sinn dieser entarteten Burschen war der Empfindung einer tiefen Trauer um den getöteten Genossen doch nicht fähig. Man sprach jetzt durcheinander, und jeder erzählte aus dem Schatz seiner persönlichen Erfahrungen mit Lieschen.

Nur Columbine blieb merkwürdig ruhig. In diesem knöchernen Gesicht zeigte sich ein Zug von wilder Energie und verbrecherischer Entschlossenheit, und wenn dieser Bursche am wenigsten den andern glich, so stand er, wenn eine solche Erniedrigung überhaupt noch möglich war, moralisch tiefer als die übrigen Gäste. Denn jene konnten vielleicht erklärend für ihre Schmach die angeborene Neigung ins Feld führen, doch Columbine nicht. Diesen hatte nicht die widernatürliche Veranlagung in den Kreis getrieben, nur der verbrecherische Instinkt, die Habsucht und die Gier nach Geld warfen ihn, der auch den Sündenlohn gefallener Mädchen bezog, in dieses Milieu, wo er in der Prostitution des eigenen Körpers die Basis für seine Erpresser-Feldzüge fand.

Den anderen war die Doppel-Existenz Columbines nicht unbekannt, und obgleich sie wußten, daß er dasjenige tat, was ihnen den entsetzlichsten Widerwillen einflößte, nämlich, daß er mit Frauen verkehrte, duldeten sie ihn, oder vielmehr sie mußten ihn dulden, da er von ihnen allen hinreichend viel wußte, um jeden Einzelnen unter ihnen in den unerwünschten Konflikt mit den Behörden stürzen zu können.

Der Abend rückte weiter vor und Lieschens Tod blieb das einzige Gesprächsthema. In langen Zwischenräumen öffnete sich die Tür vom Hausflur, und jedesmal blickten alle Augen auf den Eintretenden. Doch niemals waren es die ängstlich erwarteten Polizeibeamten, sondern immer Gefährten der gleichen Schmach, die, zum Teil schon informiert, zum Teil noch unwissend, zu der gewohnten Stätte strebten. – Mit jedem Neuangekommenen flammte das Interesse von neuem auf, von neuem wurde alles durchgehechelt und erörtert, und eine Fülle kriminalistischer Kombinationen, zu denen jeder der Anwesenden sein Scherflein beitrug, kreuzte durcheinander.

Der Abend rückte weiter vor, die zehnte Stunde war vorüber, da öffnete sich wieder die Tür, ein großer Mann trat ein; alle wandten sich um, und Columbine sah fast erschreckt dem neuen Gast entgegen.

Es war Jeannette, oder, wie wir ihn kennen, Graf von der Mark.

Er war in Zivil und hinter diesem langen Mantel, unter dem Schlapphut, der bis auf die Augen gedrückt, die Stirn verbarg, konnte niemand den glänzenden Offizier vermuten, der vor einer halben Stunde noch den Festsaal des Ministeriums durchschritten hatte.

Der Wirt schritt auf ihn zu:

«Lieschen ist ...»

Jeannette winkte ab: «Ich weiß schon, geben Sie mir ein Glas Bier.»

Dann nahm er in einer unbesetzten Ecke Platz, knöpfte den Mantel auf und legte den Hut neben sich auf einen Stuhl.

Der Wirt stellte das Bierglas vor ihn hin, und Graf von der Mark schien zu überlegen, welcher von den Anwesenden dem toten Freund so nahe stand, daß er ihm im Erreichen seines Zieles hätte behilflich sein können.

Zwei junge Leute, die er näher kannte, saßen ihm fast gegenüber. Er winkte mit der Hand. Die beiden erhoben sich und nahmen auf den Stühlen, die an der anderen Seite des Tisches standen, Platz, so daß sie zwischen dem Grafen und den andern Gästen saßen.

Der Wechsel der Plätze hatte noch mehr wie bislang die Aufmerksamkeit der anderen auf die Gruppe Jeannettes gezogen. Doch deren Unterhaltung wurde so leise geführt, daß niemand auch nur ein Wörtlein zu verstehen vermochte.

An der Undurchdringlichkeit des Gesprächs ermüdete schließlich das allgemeine Interesse, das sich diesem Winkel zugewandt hatte. Nach kurzer Zeit schien alles wieder in seine eigene Angelegenheit vertieft, und niemand kümmerte sich um die Unterhaltung Jeannettes und seiner beiden Gäste.

Nur einer ließ die Gruppe nicht aus den Augen.

Columbine hatte sich allein in den entgegengesetzten Winkel des Zimmers zurückgezogen, von der Wand nahm er ein illustriertes Wochenblatt, und auf einen Stuhl sich niedersetzend, schien er aufmerksam zu lesen.

Er schien zu lesen, doch er las nicht. Tatsächlich glitt sein Blick über den Rand des Blattes, das sein Gesicht den andern geschickt verbarg, zum Tisch des Grafen von der Mark hinüber. Unverwandt blieb das Auge auf die Gruppe geheftet, und wenn er auch kein Wort verstand, entging ihm keine der Bewegungen.

Im Hirn des Schurken reifte ein teuflischer Plan. Ihm war es eigentlich gleich, ob dieser Mann dort drüben, der mit den beiden Gefährten sich so angelegentlich unterhielt, der Mörder Lieschens war. In seinem Gefühl wog ein Mord nicht so schwer. Doch eines galt es, er mußte erkunden, wer hinter diesem Spitznamen Jeannette sich verbarg, und war es ein Vogel, den zu rupfen es sich lohnte, dann war des Unglücklichen Schicksal besiegelt. Columbine ließ so leicht kein Opfer fahren.

Beim Grafen von der Mark hatte die Erregung, die ihn überfiel, als er die Nachricht vom Tode seines Lieblings hörte, einer ruhigen Überlegung Platz gemacht. Noch zitterte die Eifersucht zwar in ihm nach, doch hatte ihm der Weg vom Ministerium in sein heimliches Absteigequartier, wo er die Uniform gegen das Zivil vertauschte, und dann der Gang an diese Stätte, Zeit zur Besinnung gegeben. Und als er hier eingetreten war, da wurde ihm plötzlich klar, daß er an dieser Stelle kaum etwas Wertvolles für seine Zwecke erfahren konnte. Trotzdem hatte er die beiden, von denen er wußte, daß sie zum engeren Freundeskreis Erich Seltens gehörten, an seinen Tisch gewinkt. Vielleicht wußten sie, mit wem der Geliebte ihn hintergangen hatte.

Die beiden waren anfangs schweigsam. Entweder war es Furcht, zu viel zu sagen, oder sie warteten auf den klingenden Lohn, der ihnen den Mund öffnen konnte.

Der Graf zögerte nicht lange, er bot ihnen Geld und beide wurden mitteilsam.

Hätte der Unglückliche geahnt, was in Columbines Innerem beim Anblick der beiden Banknoten vorging, die er über den Tisch reichte, er wäre vorsichtiger in seinen Gebärden gewesen.

Die beiden plauderten nun aus, was sie zum Teil von Erich Selten selbst über seine letzte Bekanntschaft gehört hatten. Das war ein großer, feiner Herr von zirka vierzig Jahren, und wie «Lieschen» renommierend selbst erklärt hatte, ein großes Tier, von dem noch viel zu holen war. Daß der Erschlagene bereits begonnen hatte, gegen diesen Unbekannten einen Erpressungs-Feldzug zu organisieren und nur wartete, bis er über den Namen Gewißheit erlangt habe, verschwiegen sie.

Graf von der Mark sah ein, daß mehr als dieses knappe Signalement hier nicht zu erreichen war. Er mußte andere Wege wandeln, um sein Ziel zu erreichen, doch welcher Art diese Wege waren, das wußte er noch nicht. Das verlangte reifliche Überlegung. Doch jetzt drängte seine Zeit, er mußte heute nochmals auf dem Fest erscheinen.

Er rief den Wirt und zahlte, dann drückte er den Schlapphut wieder auf die Augen, erhob sich, zog seinen Mantel an und ging hinaus.

Kaum hatte Jeannette die Tür hinter sich geschlossen, als Columbine die Zeitung fallen ließ, aufsprang und seinen Mantel ergriff. Im Nu war er draußen. Vom Hausflur aus steckte er vorsichtig den Kopf durch die Tür und sah die Gestalt des Davoneilenden an der nächsten Ecke verschwinden.

Er folgte ihm, und als er ihn wieder erreicht hatte, ging er ungefähr hundert Meter Distanz haltend aufmerksam hinter ihm her.

Jeannette schritt über den Alexanderplatz durch die Königstraße. Eiligen Fußes erreichte er die Spandauerstraße. Vor einem Mietshaus hielt er still.

Er schloß das Tor auf und verschwand.

Columbine näherte sich, um die Nummer des Hauses festzustellen. Dann lief er auf die andere Seite und drückte sich in eine Mauernische.

Die Fenster in der Front des Hauses, in dem Jeannette verschwunden war, waren alle dunkel. Es schien, als ob dort alles schlief. Jetzt handelte es sich darum, darauf zu achten, wo Licht aufflammen würde, und des Lauschenden Neugier wurde bald gestillt. An zwei Fenstern der ersten Etage erschien plötzlich ein schwacher Lichtschein, wie von einem angezündeten Streichholz ausgehend, und plötzlich leuchtete es ganz hell auf, und durch die nicht verhängten Fenster erkannte Columbine deutlich in einem Gaskandelaber die Quelle dieser plötzlichen Helligkeit.

Ein Schatten näherte sich dem Fenster, es war Jeannette, deutlich erkennbar. Er zog die Vorhänge vor.

Columbine wußte genug, und ohne sich von seinem Platze zu rühren, begann er über die nächsten Stadien seines Unternehmens nachzudenken.

Jetzt, wo er die Wohnung kannte, sollte es ihm nicht schwer fallen, Namen und soziale Stellung seines zukünftigen Opfers zu erkunden. Doch eine Enttäuschung hatte der Abend ihm schon gebracht, denn sehr glänzend konnte die Situation Jeannettes nicht sein, sonst würde er nicht hier in der Spandauerstraße wohnen, in einer Gegend, wo im besten Falle gut salairierte Handlungsgehilfen ihr Heim aufzuschlagen pflegen.

Der Schurke begann schon zu überlegen, ob der Erfolg so reichlich sein könnte, daß er die Mühen seiner Tätigkeit lohnte, und, unschlüssig, ob er den Plan nicht etwa ganz aufgeben sollte, blickte er nochmals zu den Fenstern empor.

In diesem Moment erlosch das Licht dort oben.

Jeannette schien sich zu Bett gelegt zu haben. Columbine trat aus seiner Nische hervor, steckte sich eine Zigarette an und begann langsam den Weg zurückzuschlendern.

Er hatte keine hundert Schritt zurückgelegt, als das Geräusch einer zufallenden Haustür sein Ohr erreichte. Er wandte sich um, und der Anblick, der sich seinen Augen bot, ließ ihn im freudigen Schreck erbeben.

Vor der Tür des Hauses, das er so aufmerksam beobachtet hatte, stand die hohe Gestalt eines Garde-Kürassier-Offiziers und das scharfe Luchsauge des Erpressers erkannte deutlich unter der schillernden Pracht des Adlerhelmes die Züge Jeannettes.

Das Herz schien in seiner Brust still zu stehen, er hatte eine gute Spürnase gehabt, der Fang schien kostbarer zu werden, als er je vermutet hatte.

Schnell zog sich Columbine in den Schutz einer breiten Litfaßsäule zurück, und um die Wölbung über die Straße lugend, gewahrte er, wie sich der Kürassier langsam dem Droschkenhalteplatz, der an der Ecke der Königstraße lag, näherte.

Der Beobachtende trat immer mehr hinter die Reklamesäule zurück, so daß er selbst, der alles sehen konnte, dem andern unsichtbar blieb.

Jeannette hatte sich einer geschlossenen Droschke genähert, dem Kutscher ein paar Worte zugerufen und war im Innern des Wagens verschwunden.

Die Zeit, die der Droschkenkutscher brauchte, sein Pferd abzudecken, genügte Columbine, um an den Häusermauern sich entlang drückend, den Halteplatz zu erreichen, und als der Wagen langsam sich in Bewegung setzte, sprang er hinzu und hockte hinten zwischen den beiden Rädern auf.

So ging es durch die Königstraße über den Schloßplatz die Französischestraße entlang bis zum Wilhelmsplatz.

Die Passanten wunderten sich nicht über den blinden Passagier, der seine Last dem Wagen dort hinten aufbürdete. Vielleicht war es ein armer Teufel, dem man es gönnen durfte, wenn er schneller auf diese Weise sein Heim zu erreichen gedachte.

Der Wagen hatte den Wilhelmsplatz erreicht. Da wurde der Fensterschlag geöffnet und Columbine vernahm deutlich Jeannettes Stimme: «Kutscher, halten Sie drüben an der Wilhelmstraße.»

Der Schurke sprang ab, er sah den Wagen halten, sah, wie der Offizier herausstieg, bezahlte und eilig über die Straße hinwegschritt. Er folgte ihm und spähte ihm nach, wie er auf das erleuchtete Portal des Ministeriums zuschritt.

Die beiden Ehrenposten präsentierten das Gewehr, der Kürassier erwiderte flüchtig den Gruß und war im Inneren des Gebäudes, aus dessen Fensterreihen immer noch die festliche Lichtfülle auf die Straße drang, verschwunden.

Columbine wußte genug, er hatte deutlich erkannt, bei welchem Regiment Jeannette zu suchen war, sein Opfer war ihm sicher. Vergnügt senkte er die Hände in seines Überziehers Taschen, und leise vor sich hinpfeifend, schritt er über die Linden hinweg seiner Behausung zu.

Fünftes Kapitel.

Der Morgen des Tages nach der Tat war angebrochen. Berlin erwachte aus seinem Schlummer. Erst langsam und allmählich. Dann plötzlich schienen sich in den Arbeitervierteln alle Häusertore zu öffnen, um die einzelnen Glieder der Völkerwanderung, die jeden Morgen sich hier aus dem Norden und Osten nach dem westlichen Teile der Stadt ergoß, auszuspeien.

Dort im Westen entstand das neue Berlin.

Jenseits der Lützowstraße, des Lützowplatzes, in Gegenden, die heute schon fast zum Zentrum der Stadt gehören, dehnten sich damals Kohlenplätze und weite Baustellen, deren Wert täglich stieg, und dort wuchs dies neue Berlin, dieses Berlin der Protzen und Emporkömmlinge, das die Kinder der nördlichen und östlichen Quartiere mit ihrer Hände Arbeit errichteten.

Der gestrige Lenzeshauch war Täuschung nur gewesen, jetzt schien es wieder kalt werden zu wollen, und so trotteten sie, die Mütze über die Ohren gezogen, der Arbeitsstätte zu. Die rechte Hand schwang im Rhythmus des Schrittes die blecherne Kaffeekanne, während die linke sich wärmend in die Hosentasche vergrub.

Doch heute wurde die Eile ihres Schrittes schon an der nächsten Litfaßsäule unterbrochen. Da leuchtete es ihnen auf roten Plakaten entgegen:

1000 Mark Belohnung.

Und diese Prämie, die der Polizeipräsident der Reichshauptstadt auf die Ergreifung des Verbrechers setzte, lenkte selbst bei denen, die die Alarm-Nachricht des gestrigen Extrablattes vergessen hatten, das Gespräch auf die Tat im Tiergarten.

Die Möglichkeit, das Thema ausreichend zu variieren, bot sich aus der Lektüre der Morgenblätter.

Mit unerklärlichem Instinkt schien der oppositionelle Teil der Presse herausgefunden zu haben, daß es sich hier um mehr als um einen einfachen Mord handelte. Es war, als fühlte sie, daß diese Affaire nicht rein von politischen Einschlägen bleiben würde, und während diese Aussicht, die ihnen willkommenes Agitations-Material verkündete, freudig zwischen den Zeilen des Tatberichtes hervorlugte, schien sie den konservativen Blättern ein Gefühl ängstlicher Zurückhaltung aufzuerlegen.

Hier gab es nur die nüchternste Reportage, und furchtsam schien man sich zu hüten, den Tatsachen irgend welche Auslegung zur Seite zu stellen.

Wie anders sah es dagegen bei der regierungsfeindlichen Presse aus.

Die «Volksstimme», das sozialistische Organ, trieb es am tollsten.

Hier waren alle Bande frommer Scheu gelöst. Mit sattem Wohlbehagen und mit fanatischer Rücksichtslosigkeit wühlte man in dem Schmutz, der sich im Dunstkreis dieser Tat verriet.

Den Reigen eröffnete ein Leitartikel, der die charakteristische Überschrift trug: «Das Laster der Reichen». Und darunter wurde in einem Wulst von Phrasen und unter Aufgebot der billigsten Pathetik erzählt, wie die Besitzenden des Volkes Söhne nicht nur körperlich, sondern auch moralisch verbrauchen. Kein Wort des Ekels galt dem erschlagenen Prostituierten, er war ja nur ein Opfer der sozialen Verhältnisse und mit theatralischer Gebärde schloß eine Drohung gegen die Gesellschaft dieses Elaborat.

Der Fanatismus keines mittelalterlichen Wandermönches hätte diese Anklage übertreffen können.

Die Arbeiter, deren ausschließliche Lektüre selbst die

«Volksstimme» war, ließen sich durch diese Überschwänglichkeiten nicht allzusehr beeinflussen.

Der Berliner ist zu skeptischer Natur, er ist im allgemeinen nicht der Mann der großen Erregungen und Stimmungen, weder solchen erhebender noch solchen deprimierender Natur ist er sehr leicht zu unterwerfen. Aller Theatralik gegenüber bewahrt er sich eine gewisse Sicherheit, die ihn auch im politischen Leben schon häufig vor Kopflosigkeit bewahrt hat. Und wenn die Stimmungsmacherei ihm gar zu bunt wird, und er im Innern selbst fühlt, daß er ihr unterliegen könnte, befreit er sich mit einem Witzwort, das manchmal allerdings sehr zynischer Natur ist, aus dem lästigen Zwang.

So waren auch die Trupps, die immer zu dreien oder vieren ihren Arbeitsstätten zuströmten, von der Rodomontade der «Volksstimme» nicht allzu sehr mitgenommen. Sie sahen in der Sache nicht mehr als ein Verbrechen, das durch den sexuellen Einschlag vielleicht noch kleine pikante Nebenreize bot, und wenn der eine oder andere unter ihnen versuchte, die Angelegenheit im Sinne des sozialistischen Blattes politisch auszuschlachten, so wurde er abgetan mit einem knappen: «Ach quatsch nich son dummes Zeug».

***

Auch durch die Fenster der Hotelzimmer, die Geheimrat Bork bewohnte, glitt des Tages erster Lichtschein, und dieser erste Schein traf die Gestalt eines gebrochenen Mannes, der nach einer Nacht, die ruhelos im Zimmer umherwandernd verbracht worden, erschöpft in einen Sessel sank. Doch immer noch floh jeder Schlaf die Augen dieses Mannes.

Bork war vom Feste des Ministers ins Hotel zurückgekehrt. Er glaubte sich schon so gefaßt und so sicher, daß er überzeugt war, sofort einschlafen zu können, und in dieser Hoffnung hatte er sich zu Bett gelegt. Doch da begann es auf ihn einzustürmen. Die Tat, zu der ein finsteres Schicksal ihn getrieben, stand vor ihm auf und ließ ihn nicht mehr los, er wiederholte sie und durchlebte sie in jeder Minute, unaufhörlich. Er sah den schreckerfüllten Blick des Knaben auf sich gerichtet, er fühlte den verzweifelten Druck der Fingernägel des anderen auf seiner Hand, und in seiner Todesangst, die ihn dem Wahnsinn nahe brachte, sprang er von seinem Lager auf, machte Licht und begann durch die Zimmer zu wandern. Er wanderte, und währenddem zog an ihm vorbei sein ganzes Leben und das Werden und Gedeihen seiner ganzen Familie.

Bork war der Erbe des ungeheueren Werkes eines Selfmademans, und er hatte dieses Erbe gut verwaltet, er hatte auf diesem Erbteil gebaut und es vergrößert, und was sich heute unter dem Namen der Borks-Werft in Cuxhaven Respekt und Achtung auf dem ganzen Erdball holte, das war nicht nur seines Vaters Werk, das war auch seins.

Der alte Bork, der Gründer dieser Werft, hatte in den dreißiger Jahren seine Tätigkeit mit dem Bau mittlerer Segelboote begonnen. In diesem niederdeutschen Handwerksmann lebte ein zäher, unermüdlicher Fleiß mit stählerner Energie, und zu diesen beiden Eigenschaften gesellte sich eine außergewöhnliche Intelligenz.

Er hatte als erster schon bei den Anfängen der modernen Schiffsbautechnik den Neuerungen seinen kleinen Küstenplatz erschlossen, auf dem er seine Werkschuppen errichtet hatte. Da wurden Maschinen aufgestellt, über die die Nachbarn lachten und von dem erworbenen und ersparten Gelde das Terrain erweitert, daß die Nachbarn über den Größenwahn des alten Bork schon Scherze machten.

Sie lachten weniger und die Scherze wurden seltener, als die ersten Dampfboote die Werft verließen. Und als zur Zeit des Schleswigschen Aufstandes gegen die Dänen der alte Bork im Auftrage des Schleswigschen Befreiungs-Komitees und für das durch Sammlung aufgebrachte Geld, zu dem er selbst einen erheblichen Teil beigesteuert hatte, einen großen Dampfer baute, da bekam man vor ihm Respekt, obgleich der Bau die finanzielle Kraft des alten Bork so angespannt, daß er fast vor dem Ruin stand.

Doch die «Slesviga», so hieß das Schiff, bestand vor der geschulten Marine der Dänen. Trotz der mangelhaften Geschützausrüstung gelang es der Besatzung, dank der Schnelligkeit des Dampfers, allen Kaperversuchen des Feindes zu entgehen, und selbst, als der Aufstand niedergeschlagen war, vermochte der Däne nicht die «Slesviga» einzufangen. Sie entkam mit ihrer Besatzung durch den Kanal, wandte sich nach Süden und fuhr ins Mittelmeer.

In Österreich, wo die Freiheitskämpfe der Schleswig-Holsteiner begeisterte Sympathie gefunden hatten, verfolgte man aufmerksam den Weg des Schiffes, und als die Besatzung in Triest an Land kam, wurde sie mit hellem Jubel empfangen.

Der Admiral der Kaiserlichen Flotte, Tegetthof, selbst befürwortete den Ankauf der «Slesviga». Sie wurde neu kalfatert, und die Mannschaft kehrte heimlich auf dem Landwege in ihre Vaterstadt zurück.

Jetzt kam für die Bork'sche Werft eine gute Zeit. Es gab Aufträge. Die ersten kamen aus Österreich, dann folgte Preußen, das sich zu besinnen begann, daß auf dem Meere noch eine Zukunft zu erobern lag.

Den Sohn, den sein Weib dem Alten geboren hatte, sandte er nach England. Dort sollte er lernen, wie man Schiffe baut, und er lernte es.

Als er zurückkehrte, fand er die blühende Werft des Vaters und dieser Alte sah mit stiller Freude, wie der Junge, dem er nach und nach die Zügel ganz in die Hände legte, das Werk erweiterte und ausbaute.

Der Alte war längst tot. Heute lebten zwanzigtausend Arbeiter im Dienst der Bork-Werft, und alle sahen zu dem Erben mit Stolz und Liebe empor.

Richard Bork, den der Kaiser im ersten Jahre seines Kaiserreichs zum Geheimrat gemacht hatte, erkannte auch die Notwendigkeit der Lösung der sozialen Aufgaben, die mit seinem Werk verknüpft waren. Er hatte seinen Leuten Arbeiter-Wohnhäuser gebaut, separate Einzelwohnungen mit Gärten, die er ihnen einfach für den Zins des Kapitals abgab. Er sorgte für Altersheime, Pensionskassen, Schulen für die

Kinder seiner Arbeiter, Invaliditäts-Fonds, und selbst ein Theater errichtete er auf seinem Grund und Boden, das dank der reichen Subvention in der Lage war, der Bevölkerung der Bork'schen Werftstadt anständige Kost zu bieten. Durch diese Maßnahmen, die er ohne Zwang, der eigenen Initiative folgend, getroffen hatte, hatte er der sozialistischen Flut, die damals Deutschland zu durchbrausen begann, einen sicheren Damm vorgeschoben.

Er kümmerte sich nicht um das politische Bekenntnis seiner Leute, und als der erste sozialistische Agitator zu ihnen kam, da hatte er selbst angeordnet, daß die Einladung zu der öffentlichen Versammlung in allen Arbeiterräumen der Werft auffällig affichiert wurde. In der Versammlung war Richard Bork persönlich erschienen, und als der Berliner Agitator, ein ungeschickter Theoretiker, seine sozialistische Kapuzinade zu Ende geführt hatte, war er, der königlich preußische Geheimrat, selbst auf die Tribüne geeilt. Und nun ließ er einfach die Tatsachen sprechen.

Er erinnerte, wie sein Vater selbst Arbeiter war, und wie heute die Kinder der Arbeiter seines Vaters seine Ingenieure wären. Er zeigte ihnen, wie der heutige Kampf ums Dasein mit seiner Brutalität und seiner Rücksichtslosigkeit von allein die beste Auswahl unter den Streitenden treffe, wie der Tüchtigste unfehlbar empor gelangen muß, wie der Ungeschickte und Unbeobachtete in der Masse verharrend verbleibe.

So sprach er zu seinen Leuten und sie verstanden ihn. Verlacht und verspottet verließ der Sozialist die Werft, und Jahre hindurch war ihm keiner seinesgleichen dahin gefolgt.

Die Führer in Berlin hatten Richard Bork die Schlappe nicht vergessen. Es war ein tiefer Haß, den sie für ihn empfanden, und dieser Haß war um so unversöhnlicher, als dieses Mannes Werk den üblichen Hetzereien so gar keine Angriffsfläche bot.

An all das mußte der einsame Wanderer in dieser Nacht denken, und plötzlich auch dachte er daran, wie die furchtbare Neigung, der er hauptsächlich jetzt erlag, in ihm entstanden war.

Er hatte auch ein Weib geliebt, und dieser Liebe war ein Kind entsprossen, ein Töchterchen, das er hier in Berlin bei braven Leuten in Pflege hielt. Nach jenes Weibes Tod war es über ihn gekommen, unmerklich, er wußte nicht wie, und erst ein Zufall hatte ihm die Schmach seiner Begierde enthüllt.

Er hatte einen kleinen Cousin, der Sohn der Schwester seiner Mutter, den er bei einem Besuch in der Familie umarmte. Und als er den blonden Kopf des vierzehnjährigen hübschen Jungen an seiner Brust gefühlt, da hatte ihn plötzlich eine unbestimmte Ahnung unendlicher Seligkeit durchzittert. Die Augen mußte er schließen und den Knaben von sich lassend, war er wie ohnmächtig auf einen Stuhl gesunken.

Seit damals zog es ihn zu solchen Freuden zurück und seit er einst auf einer Reise in Italien Gelegenheit erhalten hatte, fern von allen, die ihn kannten und ihn beobachten konnten, diesem Reiz, dem dort sich überall bequemste Erfüllung bietet, nachzugeben, war er regelmäßig, so oft es nur sein Werk erlaubte, nach Sizilien zurückgekehrt.

Doch jedesmal war der Befriedigung ein Gefühl tiefster Scham gefolgt, jedoch das hielt nicht an, und wenn der neue Reiz sich bot, erlag er immer von neuem.

In Deutschland hatte er sich gehütet, der Neigung zu folgen, bis ihm vor drei Wochen in Berlin der Zufall jenen Burschen in den Weg führte. Irgend etwas in seinem Exterieur, in seinem Habitus oder in seinem Blick des Auges schien seinen Wunsch verraten zu haben, als der Ephebe sich ihm auf der Straße näherte. Er fühlte, wie der andere sich ihm anbot und der Drang in ihm war so mächtig, daß er ihm nicht zu widerstehen vermochte.

Einigemale während seines Berliner Aufenthaltes hatte er ihn wiedergesehen, obgleich er jedesmal entschlossen war, es nicht zu tun, denn diesem Burschen fehlte die Grazie der Bewegung und des Ausdruckes, die seinen beiden kleinen Freunden, die ihm auf Sizilien ihre Freude boten, eigen waren. Aber er fühlte nicht die Kraft, sich dem andern zu entziehen. So war es gekommen, wie das Entsetzliche passierte.

Nun war es klar, was auf dem Spiel stand. Die Polizei würde den Täter suchen, doch, wenn er sich nicht selbst verriet, war keine Gefahr vorhanden, daß man ihn verdächtigte, denn niemand wußte um diese Freundschaft. Und doch, der Bursche hatte ihm seinen Namen genannt. Wie, wenn er zu anderen schon davon gesprochen hätte? – Er war ihm sicherlich eines Tages gefolgt, ohne daß er es selbst bemerkt hatte und hatte sich erkundigt, wer der großmütige Freund war.

Doch diesen Befürchtungen gegenüber galt es jetzt die einigermaßen ruhige, kühle Überlegung zu bewahren. Er mußte Berlin verlassen, denn hier überkam ihn ein unbestimmtes Gefühl der Unsicherheit.

Den Unterhändler der portugiesischen Regierung, der ihn bis jetzt zurückgehalten hatte, würde er zu sich nach Cuxhaven bitten.

Geheimrat Bork stand auf und öffnete die Fenster, es war neun Uhr geworden, und die kühle Morgenluft belebte einigermaßen seine schlaffen Nerven.

Der nächste Zug ging um ein halb elf Uhr, er begab sich ins Schlafzimmer, machte Toilette, dann schrieb er Don Ribeira einen Brief, daß ihn Geschäfte nach Cuxhaven riefen und er ihn bäte, zum Abschluß der Unterhandlung ihm dorthin zu folgen, ließ dieses Schreiben zur portugiesischen Gesandtschaft besorgen, wo der Unterhändler wohnte, und begab sich nach dem Bahnhof. Sein Sekretär, der ihn auf seinen Reisen begleitete, folgte mit dem Gepäck, und als um ein halb elf Uhr der Zug nach Hamburg sich in Bewegung setzte, sank ermattet Geheimrat Bork allein in seinem Coupé erster Klasse auf den Sitz und zerrieben, von der Erregung der letzten Nacht, unfähig weiter noch zu widerstehen, schlief er ein.

Sechstes Kapitel.

Graf Günter warf einen Blick auf die kokette Stutzuhr und sprang von der Chaiselongue auf.

«Schon halb sechs,» sagte er leise und trat an eines der mit dichten Stores verhängten Fenster.

Draußen breiteten sich schon die Schatten der Dämmerung über die stille Straße, nisteten sich in den Fenstern und Türen der Häuser ein und krochen am Boden.

Der Graf schauerte.

Wenn sie nicht kam? Wenn er wieder in diese graue Schneeluft hinaustreten mußte, ohne daß der Blick ihres Auges ihn durchleuchtet, Sonnenschein und Frohsinn ihm ins Herz gegossen hatte? Wie sehnte er sich nach ihr, nach Licht, strahlender Helligkeit!

Mechanisch griff er nach der Schnur und zog die schweren, weinroten Plüschvorhänge vor den Fenstern zu. Er zündete die Flammen der Gaskronen an und ließ einen befriedigten Blick über die in tiefem Rot gehaltene Einrichtung des mittelgroßen Zimmers gleiten. Dann trat er in das Nebengemach, schloß hier gleichfalls die Fenstervorhänge und zündete die Ampel an. Rosiges Licht ergoß sich über das schneeweiße Linnen des breiten Bettes, von dem die seidene Decke zurückgeschlagen war, zierliche Amoretten lächelten und winkten von den Wänden herab. Das dem Dienst einer schönen Frau geweihte Gemach harrte seiner Königin.

Der Graf preßte die Hand auf das pochende Herz, ein Rausch unendlicher Liebessehnsucht überkam ihn.

Jedesmal war es dieselbe Qual des Wartens, dieselbe Pein des angstvollen Harrens und dennoch, jedesmal war diesem Sehnen Erfüllung geworden.

Graf Günter hatte die Frauen fürchten gelernt, oder nein, was er eigentlich noch mehr fürchtete als die Frauen, das war der rasende Zorn seines Vaters, des alten Plessow.

Die Erinnerung an die Eskapade mit einer Berliner Schauspielerin lebte noch deutlich und unverwischt in ihm. Mit Hilfe der Kriminalpolizei hatte der Alte, damals allmächtiger Minister des Inneren, ihn von der österreichischen Grenze zurückgeholt, und was sich damals, als der beschämte Sohn ängstlich vor dem tobenden Vater stand, im Zimmer allein und fern dem Ohre jedes indiskret Lauschenden abgespielt hatte, darüber hatte keiner der Beteiligten je ein Wort verloren, wohl, weil der Hergang dieser Szene für keinen der Beteiligten besonders rühmlich war.

Seit damals fürchtete Graf Günter einen neuen Ausbruch seiner Leidenschaft, er wappnete sich mit kühler Gleichgültigkeit und beneidete seinen Bruder Wilhelm, dem es Veranlagung und Temperament gestattete, Befriedigung seiner Begierden von Zeit zu Zeit in den öffentlichen Häusern Hamburgs zu finden.

Ihn ekelte vor gleichem Treiben, obgleich er sich nicht unklar war, daß dieses System den Vorzug größerer Bequemlichkeit für sich hatte.

So stark jedoch auch die Erinnerung an des Vaters Zornausbruch war, von dem Anblick Elises von Seidwitz war sie geschmolzen, wie Schnee vor der Sonne. Als er die blonde schmiegsame Gestalt zum ersten Mal gesehen hatte, als er das erste Mal in dies Madonnengesicht geblickt, da war es ihm nicht eingefallen, daran zu denken, daß hier so schnell dem Wunsche, über den er sich kaum klar zu werden getraute, Erfüllung blühen könnte.

Und dann, als er sie sprach und wieder sprach, als er die Hand ihr drückte und den begehrenden Druck ihres Fingers in seiner Rechten spürte, da drang es in ihm empor, bis, in dem unbewachten Augenblick, er, seiner Sinne nicht mehr mächtig, die Herrliche in seinen Arm gezogen hatte, und seinen Mund auf den ihren pressend, sie küßte, daß der Atem ihr verging.

Da hatte er gefühlt, welch ein Vulkan diese eisige Hülle barg und sie, um die er bereit gewesen wäre, zu warten und zu werben Jahre hindurch, gab sich ihm rückhaltlos.

Sie war es gewesen, die die Initiative zu einem gemeinschaftlichen Heim für ihre stillen Freuden ergriffen hatte. Er hätte nie gewagt, ihr solchen Vorschlag zu machen, doch sie in ihrer Glut und ihrer Sinnlichkeit war müde der flüchtigen Küsse in verstohlenen Ecken, der ängstlichen Umarmungen in den Nebenzimmern, der schrecklichen Momente, in denen ihre ungestillte Begierde von der Angst vor einer Überraschung vergällt wurde.

Auf ihren Rat und Wunsch hatte er dies Heim in der Köthenerstraße gefunden, hier hatte er das Liebesnest bereitet.

Und vom ersten Male an, da beide hier unbelauscht und unbeobachtet zusammengetroffen waren, war die Stunde in tollem Rausch, aus dem es noch bis heute kein Erwachen gab, verflogen.

Er trat über den weichen Teppich ins Nebenzimmer, stellte sich dicht an die Tür zum Flur und lauschte.

Plötzlich zuckte er zusammen. Leichte Tritte nahten, und gleich darauf vernahm er ein leises, dreimaliges Klopfen. Er riß die Tür auf, zog die draußen harrende Mädchengestalt zu sich hinein und verschloß hastig die Pforte. Als die schweren Portieren zusammensanken, umschlang er, keines Wortes mächtig, die Geliebte und preßte seinen Mund auf ihre rosigen Lippen. Sie machte sich los.

«Was bist Du so wild. Laß mich doch erst ablegen.»

So wehrte sie seinen Liebkosungen.

«Ich werde helfen,» sagte er lächelnd und fing an, ihr das Pelzjackett aufzunesteln.

«Das kenne ich,» sagte sie lächelnd und schlug ihm auf die Finger. Vor dem hohen Spiegel erhob sie die Arme und löste das kokette Pelzbarett von den blonden Locken.

Graf Günters Blicke umfingen die unter dem heißen Strahl der Leidenschaft voll erblühte Gestalt. Lise von Seidwitz fühlte ihre Glut und lächelte. Bedächtig legte sie das Jackett ab und streifte die Gummischuhe von den Lackstiefeletten, sich der Grazie ihrer Bewegungen wohl bewußt.

«So,» sagte sie und wandte sich um.

Wieder schloß er sie in seine Arme und suchte mit den Lippen ihren Mund, ihre Augen, ihren Hals.

«Nun ist's aber genug,» wehrte sie und setzte sich in einen der Sessel vor dem Kamin und stemmte ihre Füße gegen das Gitter. «Ich muß mich erst anwärmen, draußen ist's schaurig kalt.»

Der Graf ließ sich in den andern Sessel nieder und senkte seinen Blick in ihr Antlitz, über das der Widerschein des Kaminfeuers einen rosigen Schimmer goß.

Er rang mit der heißen, verzehrenden Begierde nach ihr in seiner Brust, die immer wieder in alter Stärke in ihm aufstieg, sobald sie in seiner Nähe war. Endlich erhob er sich und machte einige Schritte ins Zimmer.

«Was gibt's Neues?» fragte sie in leichtem Ton.

Er wandte sich um, scheinbar ruhig.

«Ich wüßte nichts. Alles Wohl bei Euch?»

«Ich danke. Ist denn gar nichts im Gange?»

«Alles ruhig,» erwiderte der Graf.

Sie war nicht befriedigt. Hinter dieser glatten Mädchenstirn lebten ehrgeizige Gedanken. Der Zauber des Namens, den der Graf trug, hatte sie nicht zum wenigsten in seine Arme gezogen. Sie war von anderem Holze, als ihre Altersgenossinnen, die in den Tändeleien mit jungen Herren der Gesellschaft und den üblichen Festlichkeiten der Saison ihr Genüge fanden. Ihr Streben ging höher. Sie wollte eine Rolle auf dem Parkett spielen, nicht abseits von den großen Aktionen stehen, die Fäden politischer Intriguen mit in den Händen halten, sie verknüpfend oder entwirrend, wie es ihrem Ehrgeiz dienlich war. Ihre heiße Sinnlichkeit war nur ein Teil ihrer aufs Große gerichteten Natur.

«Gibt's nichts mit Frankreich?» fuhr sie fort.

«Nein es ist alles beigelegt,» erwiderte der Graf, ein leises Unbehagen über ihre Fragen verbergend.

«Und der Kronprinz?»

«Ist kränker wie je.»

Ein Schatten verdunkelte seine Züge. Der Royalist konnte nur mit Kummer an das Martyrium seines Fürsten denken.

«Dann wird sie wohl nicht mehr ans Ruder kommen,» warf sie leichthin.

«Du meinst Vicky,» sagte der Graf bitter.

«Natürlich, sie will gar zu gerne Kaiserin werden. Wofür hat sie ihn denn geheiratet?»

«Die alte Majestät lebt noch,» sagte der Graf ernst.

«Ich glaube nicht, daß er noch lange macht. Er soll sehr zusammenfallen in letzter Zeit.»

«Ist es ein Wunder? Der einzige Sohn.»

«Nun, er hat ja schon einen regierungsfähigen Enkel,» sagte Lise munter.

Der Graf zuckte die Achseln.

«Es ist dem Fürsten Bismarck jedenfalls lieber, wenn Prinz Wilhelm seinem Großvater folgt. Dann bleibt alles beim alten.»

«Wer weiß.»

«Natürlich, und Du wirst der zweite Kanzler.»

Der Graf wehrte lächelnd ab. «Soweit sind wir noch nicht.»

«Die Alten können doch nicht ewig leben, wir Jungen wollen auch mal ran, nicht?» Sie beugte sich zurück und sah ihn lächelnd an.

«Am liebsten ginge ich mit Dir als meiner Frau nach Plessow und nähme meinem Vater die Wirtschaft ab, allen ehrgeizigen Plänen entsagend.»

«Damit wäre ich nicht zufrieden,» lachte sie. «Nein, nein, Du bleibst hübsch in der Wilhelmstraße, heiratest irgend eine Gräfin oder Prinzessin –»

«Lise,» sagte er dann traurig, «Dich liebe ich, ich denke nicht an Heiraten.»

«Wenn der Papa will, mußt Du auch wollen, das wissen wir doch.»

Sie sah auf die Lackspitzen ihrer Stiefelchen.

Er trat zu ihr und strich leise über ihr Haar.

«Sprich nicht davon,» bat er.

«Ja,» sagte sie, wie in Fortsetzung ihrer Gedanken, «heiraten können wir uns doch nicht.»

«Herzchen.»

«Warum sollen wir nicht darüber reden?» fuhr sie ruhig fort. «Ich bin arm, auch nicht standesgemäß für Deinen Vater.»

Sie sagte ihm nicht, was im Rat ihrer Familie und auch bei ihr selbst so gut wie beschlossene Sache schon geworden war.

Im Hause Seidwitz waren die Chancen der Bewerber um die Hand der schönen Baroneß gerade in den letzten Tagen besonders eifrig abgewogen worden, und deutlich hatte sich die Entscheidung dem Leutnant von Struwe zugeneigt.

Elise selbst war dem bisher nicht laut ausgesprochenen Wunsche der Eltern selbst wunderbar entgegengekommen, sie hatte alle Möglichkeiten durchgedacht, und da erschien der kleine blonde Leutnant, trotz seiner zweifelhaften Herkunft, ihr der Geeignetste von allen. Das Männchen in ihm mißfiel ihr nicht, und da sie auch erkannt hatte, daß diesem Bewerber, wenn er der Gatte würde, keine allzu große Intelligenz behilflich werden konnte, ihren persönlichen Neigungen nachzuspüren, erschien er ihr als der Geeignetste.

Daß seine materielle Lage ihr, in der ein bis jetzt noch ungestilltes Verlangen nach Luxus und Verschwendung lebte, den stärksten Anreiz bot, war selbstverständlich.

Sie hatte eigentlich die Absicht gehabt, heute Günter ruhig auf diese Lösung hinzuleiten, denn ihr war es selbstverständlich, daß auch ihm in dieser Ehe ein Plätzchen, so wie sie es sich dachte, zugewiesen werden sollte.

Und in der Absicht, ihm das alles begreiflich zu machen, hatte sie ihm gesagt: «Ich bin arm, auch nicht standesgemäß für Deinen Vater.»

Jedoch ein Blick auf ihn nach diesem Satz schon verriet ihr, daß seine Leidenschaft die Lösung, die sie ihm vorzuschlagen bereit war, nicht akzeptieren würde.

Er ließ sich in den Sessel nieder.

«Warum quälst Du mich so?» fragte er.

Unbeirrt fuhr sie fort: «Du hast mich haben wollen, ich habe mich Dir ergeben, weil ich Dich liebe und weil Du mich liebst, so, wie ich geliebt sein will, so ganz ohne Überlegung, ohne Fragen. Nicht?»

Sie sah ihm voll ins Gesicht. Statt jeder Antwort sank er in die Knie nieder, ergriff ihre Hände und bedeckte sie mit heißen Küssen.

Sie ließ ihm die Rechte und wühlte mit der Linken in seinem Haar.

«Du bist wie Dein Abgott, Fürst Bismarck,» sagte sie zärtlich, «so ungestüm, daß keiner widerstehen kann. Wie muß er gewesen sein, als er noch jung war! Ich hätte ihn kennen mögen.»

«Du holdes Kind,» flüsterte er.

Hier kniete er, überwältigt von Sinnlichkeit und Liebe, zu den Füßen dieses Mädchens, bereit, alles zu tun, was sie forderte. Hätte er in ihren Augen lesen können, er hätte nur die Gier der Sinne gefunden und daneben den Triumph, den künftigen Kanzler des Deutschen Reiches zu ihren Füßen zu sehen. Und noch nicht berechnend genug, gab sie ihren Gedanken Ausdruck.

«Das ist Leben,» sagte sie wie träumend, «auf den Höhen, unter den Gebietenden. Mir graut vor den Niederungen des Lebens.»

«Liebling!» rief er leidenschaftlich und schlang die Arme um ihren schlanken Leib. Was waren ihm Ehren, Beifall, Ruhm?

«Komm, wir wollen fliehen, weit fort, wo uns niemand kennt,» stammelte er. «Wenn ich Dich nur habe!»

Sie schüttelte den Kopf.

«Du hast mich ja auch so,» lächelte sie. «Denk Dir den Skandal. Nein, wir wollen vernünftig sein.»

«Liebst Du mich?» flehte er heiß.

«Das weißt Du doch,» sagte sie sanft, «sonst wäre ich doch nicht hier.»

Sie faßte seinen Kopf mit beiden Händen und küßte ihn in heißem Begehren.

Nun verlor er alle Selbstbeherrschung. Seine zuckenden Finger fühlten nach dem Verschluß, der die Taille über der feinen Wölbung ihrer Brust zusammenhielt.

Sie lächelte und wehrte seiner Hand. Ungestüm riß er an den Haken.

«Du kannst das noch immer nicht,» lachte sie, schob ihn zurück und trat vor den Spiegel, wo sie sich langsam der Taille entledigte.

Schon stand er an ihrer Seite. Da wandte sie sich um und legte die vollen weißen Arme um seinen Nacken.

«Küsse mich, küsse mich,» sagte sie inbrünstig.

Und er verbrannte ihren Hals, ihre Arme, ihre Lippen, ihren Nacken mit der Glut seines Mundes. In rasender Sehnsucht riß er ihr die Hülle von dem schlanken Leibe, nahm die blühende Gestalt in seine Arme und trug sie ins Nebengemach. Verschwiegen sanken die Portieren zusammen – – –

Siebentes Kapitel.

Die Affäre des im Tiergarten tot aufgefundenen Epheben schien im Sande verlaufen zu wollen.

Man sprach nur noch wenig davon, und die Zeitungen mußten sich darauf beschränken, täglich ihren Lesern in wenigen Zeilen mitzuteilen, daß der Stand der Angelegenheit unverändert der alte bliebe.

In der «Volksstimme» bemühte man sich freilich auch diese bisherige Resultatlosigkeit der Nachforschung im Sinne der sozialdemokratischen Agitation auszunutzen.

Man gab, allerdings nur sehr verblümt, der Vermutung Raum, die Polizei wolle den Täter nicht entdecken, sie wolle nicht in jene hohe Kreise hinaufreichen, in der er zu suchen sei. Aber wie gesagt, nur verblümt und sehr weitläufig umschrieben tauchten diese Vermutungen zwischen den Zeilen der sozialdemokratischen Reportage auf. Offen einen solchen Vorwurf zu erheben, wagte man denn doch nicht, man wußte zu gut, daß die Polizei in diesen Dingen keinen Spaß verstand und außerdem wußte man wohl auch, daß ein solcher Vorwurf ungerechtfertigt war.

Es war auch ungerechtfertigt, denn wenn der großen Masse auch der Sensationswert der Angelegenheit täglich sich verminderte, die fieberhafte Tätigkeit der Behörden hatte noch keinerlei Einbuße erlitten.

Doch alle Nachforschungen endeten an einem toten Punkt.

Man hatte den ganzen Clan der homosexuellen Prostitution durchforscht, man hatte jeden einzelnen vernommen, bei jedem war eine Haussuchung veranstaltet worden, und das recht gründlich, denn viel Rücksicht pflegte die Polizei mit diesen Burschen nicht zu nehmen. Bei keinem war etwas zu erfahren gewesen. Der letzte Freund des toten Selten blieb in undurchdringliches Dunkel gehüllt. Und selbst die Personalbeschreibungen, die die Vernommenen nach den Angaben des ermordeten Genossen machten, waren so widersprechend, daß ein greifbarer Anhaltspunkt aus diesen sich nicht ergab.

Zu allererst war man auf eine Spur gelenkt worden, und die verfolgte man auch weiter, obgleich kaum anzunehmen war, daß sie die richtige sei.

Die Spur hieß Jeannette.

Der Wirt und alle Gäste des kleinen Restaurants in der Hirtenstraße hatten den Namen Jeannettes erwähnt, doch niemand wußte, wer sich hinter diesem Pseudonym verbarg, und der Einzige, der es hätte verraten können, hütete sich das zu tun, denn seine Interessen lagen vorläufig noch wo anders.

***

Der Kriminalinspektor Doktor Bergler befand sich in seinem Amtszimmer im Polizeipräsidium. Auf seinem Schreibtisch lagen aufgeschlagen die Untersuchungsakten der Affäre Selten.

Bergler blickte auf die Uhr. Es war ein halb ein Uhr, um zwölf Uhr hatte ihm sein Vigilant versprochen, da zu sein.

Der Vigilant war Anton Pickert, oder, wie wir ihn bereits kennen, Columbine.

In dem Charakterbilde dieses schmutzigen Burschen hätte etwas gefehlt, wenn er der Schmach seines widerlichen Gewerbes nicht noch die Niederträchtigkeit des Verrats hinzugefügt hätte.

Die Polizei aller Länder bedient sich dieser Elemente, deren sie bedarf, um in das Milieu der gesellschaftsfeindlichen Verbrecherwelt hineinleuchten zu können.

Vor zwei Tagen war Columbine bei Bergler erschienen, und auf dessen erstaunte Frage, was er ihm bringe, hatte Pickert erwidert:

«Ich will Ihnen sagen, Herr Inspektor, Sie sind auf einem Holzwege bei Ihrer Suche nach dem Mörder von Erich Selten. Jeannette is es nich jewesen, aber wenn Ihnen viel dran liegt, und Sie mir 'ne annehmbare Prämie versprechen, verrate ich Ihnen, wer Jeannette is.»

Bergler hatte sich den Burschen von oben bis unten angesehen: «Gut, Pickert, ich gebe Ihnen fünfhundert Mark, wer ist Jeannette?»

«Das sage ich Ihnen übermorgen um zwölf Uhr mittags, Herr Doktor. Nee, lassen Se man, Vorschuß will ich nich, ich bediene Sie ehrlich,» hatte der Bursche hinzugefügt, als er sah, wie Bergler in die Tasche griff.

Nun war die Frist heran, sie war schon überschritten und Pickert ließ sich noch nicht sehen. Er hatte seine Enthüllung mit so viel Bestimmtheit angekündigt, daß Bergler gar nicht gezweifelt hatte; er mußte kommen, das war dem Kriminalisten sicher. Er versuchte seine Ungeduld zu zähmen und vertiefte sich von neuem in das Aktenmaterial, doch das verriet ihm nichts. Hoffnungslos schloß er den Aktendeckel und blickte zum Fenster hinaus auf die vorüberrollenden Stadtbahnzüge.

Da trat der diensthabende Schutzmann ein und meldete, daß Anton Pickert draußen warte.

«Lassen Sie ihn herein,» rief Bergler und das Gesicht dem Eingang zugewendet, rief er Pickert entgegen, noch ehe dieser die Tür hinter sich geschlossen hatte: «Nun, bringen Sie was?»

«Was ich versprochen habe, Herr Doktor.»

«Na, dann schießen Sie schon los.»

Pickert sah auf den Beamten und langsam, während er genau die Wirkung seiner Mitteilung zu beobachten schien, sprach er folgenden Satz:

«Jeannette ist ein Offizier.»

Bergler sprang auf.

«Das wissen Sie genau?»

Der Vigilant lächelte verschmitzt.

«Ich weiß sogar den Namen, es ist der Leutnant im Garde-Kürassier-Regiment Graf Friedrich August von der Mark.»

«Zum Donnerwetter, das ist nicht möglich, Kerl!»

Bergler war hinter seinem Schreibtisch hervorgekommen und durchmaß jetzt aufgeregt in langen Schritten den kleinen Raum.

Pickert ließ ihn promenieren und nach einer längeren Pause sagte er warnend:

«Aber, Herr Doktor, der Kürassier-Leutnant hat den Selten nicht ermordet, der hatte mit Lieschen schon seit zwei Jahren ein Verhältnis, das weiß ich ganz genau, der Täter is er aber nich, das is 'n andrer, den Lieschen mit seinem Freund betrogen hat.»

Bergler war stehengeblieben und blickte den anderen durchdringend an. «Wieso meinen Sie das, sagen Sie, woraus Sie das schließen.»

Der Bursche nahm, ohne eine Aufforderung abzuwarten, einfach auf einem Stuhle Platz. Das Gefühl seiner Wichtigkeit gab ihm die Sicherheit hier zu tun, was und wie es ihm beliebte. Und von seinem Stuhl aus begann er fast dozierend dem Inspektor seine Meinung auseinanderzusetzen.

«Na, sehn Se mal, Herr Doktor, am Abend, als det Extrablatt erschien, wo die Sache mit Lieschen drinstand, da kam Jeannette noch in de Kneipe. Wenn der et getan hätte, dann wer er nich zu uns gekommen. Sehn Se mal, außerdem war er eifersüchtig wie'n Schuljunge. Er wollt um jeden Preis rauskriegen, wer der Kerl war, mit dem Lieschen sich abjejeben hatte. Und der Toni und der Lise hat er jeder 'nen Blauen gegeben, aber sagen konnten die beeden ja och nischt. Ne, Ne, Herr Doktor, der Mörder is det nich und lassen Se da man de Finger von, sonst jibt et 'nen Heidenspektakel und Sie haben nischt.»

Der Inspektor überlegte.

Der Bengel hatte recht, und ihm war es auch sogar lieb, daß er recht hatte. Zwar war er fest entschlossen, auch dieser Spur nachzugehen, doch Wunsch und Hoffnung ließen ihm das Resultat schon heute negativ erscheinen. Das Gegenteil müßte von entsetzlicher Wirkung sein.

Er blickte auf Pickert: «Kommen Sie morgen wieder, ich lasse die Sache noch mal untersuchen.»

Pickert sprang auf: «Um Gottes willen, Herr Doktor, meinswegen untersuchen Sie, aber ich bitte Sie um alles in der Welt, daß bloß der Graf von der Mark selbst nischt von merkt, denn wie ick den taxiere, bejeht der Selbstmord, so wie er sich auch nur beobachtet glaubt.»

Bergler lächelte: «Der Graf soll nichts davon merken, aber sagen Sie, meinen Sie denn, daß er in diesen Kreis zurückkehrt, jetzt, nachdem der Freund gestorben ist?»

Der Vigilant sah lauernd auf den Kriminal-Inspektor.

«Aber Sie müssen mir versprechen, daß Sie da nicht stören lassen. Was zu erfahren ist, das sage ich Ihnen von ganz allein, Sie haben an mir einen zuverlässigen Mitarbeiter, aber bloß Ihre Leute dürfen mir nich dazwischen kommen, die verderben mir dann die janze Geschichte.»

«Also los, ich verspreche Ihnen, was ist es denn?»

«Also Sie schicken keine Beamten hin?» fragte der Vigilant nochmals.

«Nein, nein,» versicherte der andere.

«Also ich wer' Ihnen sagen. Nächste Woche am Donnerstag Abend is Totenfeier um Lieschen, een ganz richtger jroßer Klimbim, da kommen sie alle zusammen, und der Graf wird och da sein.»

«Woher wissen Sie das?» fragte erstaunt der Kriminal-Inspektor.

«Ich lad' ihn selber ein,» lächelte verschmitzt Columbine, «denn muß er ja wohl kommen, und denn lassen Se man, ick wer Ihnen noch sagen, wat ick aus ihn rauskriege.»

Bergler schritt auf Pickert zu und sah ihm fest ins Auge: «Sie, Pickert, Sie wollen wohl da erpressen?»

«Ih, wo wer' ick denn,» wehrte sich der andere mit scheinbarer Entrüstung. «Wat brauch ick det, ick verdiene ja hier genug bei Ihnen.»

Bergler schien den Einwand nicht zu beachten und mit erhobenem Finger wehrte er: «Sie, Pickert, wenn ich so etwas merke, dann gibt es kein Erbarmen und keine Rücksicht, da ist mir jeder Skandal gleichgültig, ich lasse Sie einfach krumm schließen und verhaften.»

Dem Vigilanten schien es unter dieser Drohung etwas ungemütlich zu werden, doch die Verlegenheit war bald überwunden und fast vorwurfsvoll erwiderte er: «Aber Herr Doktor, wo wer' ich denn mir meine juten Beziehungen hier bei der Polizei verderben, det habe ich doch nich nötig.»

Bergler wandte ihm den Rücken: «Na, überlegen Sie sich das nur immer noch. So, nun können Sie auch Ihr Geld bekommen, kommen Sie morgen wieder.»

Er ging zu seinem Sekretär, schloß auf und entnahm einer Kassette einen Hundertmarkschein, welchen er dem Vigilanten überreichte.

Der strich das Geld ein und mit einer unterwürfigen Verbeugung verließ er das Amtszimmer.

ACHTES KAPITEL.

Die behaglichen Räume des Offiziers-Kasinos des Garde-Regiments waren heute stärker besucht, als es während dieser Zeit, in der gesellschaftliche Veranstaltungen noch dauerten, gewöhnlich geschah. Einzeln und in kleinen Gruppen waren die Herren, zum größten Teil unverheiratete Angehörige des Regiments, mit Lesen, Billardspielen oder am Kartentisch beschäftigt, während andere sich über die Ereignisse des Tages unterhielten. Bei allen trat eine gewisse Ermüdung zu Tage; die gesellschaftlichen Anforderungen des Frühjahrs neben dem Dienst nahmen die Kräfte zu sehr in Anspruch.

Im Lesezimmer saß Leutnant von Struwe-Schmidt behaglich in ein Fauteuil gelehnt und sog an einer Upman. Er sah den blauen Wölkchen nach, die sich langsam in dem wohlig durchwärmten Raum verteilten, seine Gedanken waren nicht bei seiner Umgebung.

Unfern von ihm blätterte Graf Roon in der letzten Nummer der «Blätter für Kunst und Literatur». Hin und wieder streifte er mit einem Blick seinen Rivalen in der Gunst Elisens von Seidwitz. Seitdem er die Nebenbuhlerschaft Struwes erkannt hatte, zog es ihn instinktiv in dessen Nähe. Nicht weil ihm Struwe besonders sympathisch war, im Gegenteil, er hatte niemals viel Berührungspunkte mit ihm gehabt und auch in letzter Zeit nicht mehr gefunden, aber eine gewisse Unruhe, die der Gedanke an die Geliebte in ihm wachhielt, trieb ihn, sich Struwe zu nähern. Die Ungewißheit, welchen von beiden Bewerbern die heiß begehrte Hand zuteil werden würde, mußte ja doch bald ein Ende nehmen, und wenn Elise sich nicht dazu entschloß, für einen von beiden zu entscheiden, so war er des festen Willens, durch einen Antrag ihre Entscheidung herbeizuführen. Das Herz klopfte ihm, wenn er daran dachte, aber wenn er die beiderseitigen Chancen erwog, so gewann er wieder Ruhe und Gewißheit. Der Reichtum Struwes konnte unmöglich die Geliebte über seine wahre Natur täuschen, die ein Erbteil seiner zweifelhaften Herkunft war. Er aber durfte den Adel und die Kultur eines alten, vornehmen Geschlechts in die Wagschale werfen, eine zweifellos bedeutende Karriere und die, wenn auch nicht reichen, so doch gesicherten Verhältnisse seines väterlichen Hauses.

Er saß, ganz in diesen Gedanken gefangen, und starrte über das Heft hinaus ins Leere.

«Graf, woran denken Sie?» unterbrach Struwe das Schweigen.

Roon zuckte zusammen, schloß das Heft und erhob sich, um es an seine Stelle im Wandschrank zurückzulegen.

«Haben Sie wieder in Kunst geschwelgt?» fuhr Struwe fort.

«Wie Sie wollen,» erwiderte der Graf.

«Es ist jetzt wieder mal Mode, solange man nichts anderes hat,» sagte Struwe.

«Moden entspringen Bedürfnissen,» entgegnete Roon und ließ sich in einen Sessel nieder. «Es ist gut, daß das Bedürfnis nach künstlerischer Anregung in unserem Volke wieder wach wird.»

«Sie hätten Pastor werden sollen,» spottete Struwe.

«Darf ein Offizier nicht auch Gedanken haben?» erwiderte Roon mit Nachdruck.

Struwe strich die Asche seiner Zigarre ab.

«Rauchen Sie sich lieber eine Zigarre an,» sagte er und reichte seine Zigarrentasche dem Grafen hinüber.

«Ich muß danken,» lehnte der Graf ab.

Struwe machte ein gekränktes Gesicht.

«Sie wollen sich das Importenrauchen nicht angewöhnen, es kostet Geld,» sagte er nachlässig und legte die Tasche auf den Tisch.

«In der Tat, ich habe es nicht dazu, mir schmecken auch billigere Sorten,» sagte der Graf einfach.

Struwe sah ihn verdutzt an, er war um eine Antwort verlegen.

«Was hat man sonst noch vom Leben,» bemerkte er kleinlaut.

Graf Roon sah vor sich nieder. Seine Gedanken eilten zu der Geliebten. Es wurde ihm leicht und froh ums Herz. Nein, niemals würde sie diesen seichten Genußmenschen zu ihrem Gatten machen, sie, die Feine, Kluge.

Drei jüngere Kameraden betraten das Zimmer: Baron Horff, Günter von Reichshofen und Graf Schlehbusch.

Roon empfahl sich, er fühlte, daß die Unterhaltung jetzt laut und geräuschvoll werden mußte. Für derlei hatte er augenblicklich weniger Sinn als sonst.

Mit Roons Verschwinden schien Struwes gute Laune sich zu steigern und bald saßen die Herren, Sektgläser in der Hand, zusammen und würzten das Gespräch mit der witzigen Wiedergabe pikanter, diskreter Abenteuer.

Es war halb zehn, als die Ordonnanz Herrn von Struwe-Schmidt einen Brief überreichte.

Er öffnete das Kuvert und las.

«Kinder, ich muß nach Hause.»

«Nimmst Du den Schampus mit?» sagte Horff.

Alles lachte.

Struwe erhob sich.

«Was ist denn los?» fragte Graf Schlehbusch.

«So fragt man Leute aus, guten Abend.»

Struwe reichte jedem der Anwesenden die Hand und ging.

«Er geht, das hochedle Geschlecht derer von Struwe-Schmidt nach alter Tradition fortzupflanzen,» spottete Reichshofen, indem er den Namen «Schmidt» stärker betonte.

Man lachte gezwungen.

«Du bist boshaft,» tadelte Horff.

Währenddem eilte der Leutnant von Struwe-Schmidt in einer Droschke seiner Wohnung an der Fontane-Promenade zu.

Der Bursche öffnete die Tür.

«Sie ist in Herrn Leutnants Zimmer,» sagte er.

Struwe legte rasch ab und trat in sein Arbeitszimmer.

«Guten Abend.»

Eine schmächtige Gestalt erhob sich von der Chaiselongue. Das Mädchen hatte Hut und Jacke nicht abgelegt.

«Was ist los?» sagte Struwe rauh und faßte ihre Hand.

Sie fing an zu weinen.

«Ach, Fritz,» schluchzte sie und lehnte sich an ihn.

«So rede doch.»

Sie fühlte die Kälte in dem Ton seiner Worte, das Widerstreben seines Körpers.

«Ich bin soweit,» flüsterte sie.

«Donnerwetter!» Er führte sie zur Chaiselongue zurück.

Sie saß und schluchzte.

«Dagegen gibt's doch Mittel?» kam es lauernd von seinen Lippen, nachdem er sie eine Zeitlang still beobachtet hatte.

«Dann werde ich nie mehr gesund.»

«Ach was, das machen so viele Frauen.»

«Und wenn schon,» fuhr sie fort, «aber –»

«Was aber?»

Sie weinte vor sich hin.

«Du liebst mich nicht mehr.»

Struwe runzelte die Stirn.

«Kind,» sagte er, «sei nicht töricht.»

Sie schluchzte heftiger. Nun hatte er bestätigt, was sie sich nicht zu sagen wagte, daß er sie nicht mehr liebe. Seine Liebe war es, die heiß um sie geworben, sie übermannt hatte, daß sie ihm ihre keusche Jugend zum Opfer brachte; unter seinen Küssen schwiegen die Stimmen in ihrem Herzen, die sie warnten, sie an ihre braven Pflegeeltern erinnerten, an ihren großen herrlichen Vater, dessen Stolz und Hoffnung sie war! Nun diese Liebe von ihr wich, da stand das ganze Grauen der Frage vor ihr: Was hast Du getan?!

Hätte sie noch schmähen und schelten können, anklagen! Aber sie war wie gebrochen.

«Ich gehe ins Wasser,» flüsterte sie.

«Klärchen, mach keine Dummheiten.»

Er stand vor ihr und sah auf sie nieder. Sie tat ihm leid, soweit er überhaupt des Mitleides fähig war.

«Das einfachste ist, ich lasse so 'ne Frau kommen. Du kommst dann auch her und damit ist die Sache erledigt,» sagte er.

Sie empörte sich.

«Hast Du nichts anderes mehr für mich übrig?» fragte sie.

«Natürlich habe ich Dich gern,» antwortete er.

«Du wirst eine andere heiraten.»

«Eine Verbindung zwischen uns war doch von vornherein unmöglich.» Zögernd hatte er das ausgesprochen.

«Warum verfolgtest Du mich denn?»

«Aber Kind! – Man sieht sich und gefällt sich und –»

«Nun kann ich gehen.» Wie bitter klang das.

«Ich werde Dich selbstverständlich unterstützen,» sagte er hastig.

«Behalte Dein Geld.»

Sie stand auf und schritt zur Tür.

«Klärchen.»

Sie hörte nur den falschen Ton in seiner Stimme. Ohne sich umzusehen, schritt sie hinaus.

Neuntes Kapitel.

Als Columbine das Polizeipräsidium verließ, lagerte sich der Abglanz seiner inneren Freude über sein Gesicht. Und dieser Ausdruck der Zufriedenheit verlieh den Zügen des Schurken etwas Dämonisches.

Er hatte allen Grund sich zu freuen. Der Plan, den er sich ausgedacht hatte, ging fast programmmäßig von Punkt zu Punkt in Erfüllung.

Er fühlte Hunger, und da sein Geldbestand ihm ein luxuriöses Frühstück gestattete, begab er sich in eine Weinstube. Bei einer Flasche Bordeaux ließen sich ja auch die Einzelheiten der nächsten Schritte, die er zu unternehmen hatte, besser erwägen.

Er aß und trank, und es war, als ob der Rotwein, während er ihn berauschte, gleichzeitig seine Phantasie beflügelte. Sein Projekt, das auf die Ausbeutung des Grafen von der Mark sich gründete, nahm in seinen Konsequenzen geradezu traumhafte Dimensionen an. Er sah sich im Besitz eines gewaltigen Vermögens, das er Jeannette abzudrohen glaubte, und da selbst in diesem Schurken der Ehrgeiz nach einer geachteten Lebensstellung schlummerte, sah er in seiner Phantasterei sich später als respektabler reicher Mann, der sein bequemes Dasein im Wohlleben und elegantem Luxus führte und den kein noch so leises Band mit dem Schmutz der Vergangenheit verknüpfte.

Er zahlte und erhob sich.

Der starke Weingenuß hatte ihn etwas ermüdet, er hatte Zeit seinem Schlafbedürfnis nachzugehen und so setzte er sich in eine Droschke und fuhr nach Haus.

Und wie er, in dem Fond des offenen Wagens zurückgelehnt, das armselige Straßenleben des von Arbeiterfamilien bevölkerten Osten Berlins durcheilte, gab es ihm wie einen Vorgeschmack der lockenden Zukunft.

Vor einem Hause in der Andreasstraße hielt der Wagen. Hier wohnte Anton Pickert mit seiner Mutter und seiner Schwester.

Das Haus war die typische Mietskaserne der Berliner Arbeiter-Quartiere.

Ein großer Torweg durchbrach die glatte Front, auf der die Wassermengen, die aus schadhaften Regenrinnen heruntertropften, groteske Zeichnungen gemalt hatten.

Fünf Stockwerke ragte das Gebäude in die Höhe und eine Flucht von vier Höfen verriet die Tiefe des Grundstückes.

Das war kein Haus mehr, das war eine kleine Stadt.

Hier wohnten nahezu dreihundert Familien, jedes Stockwerk war eingeteilt in kleine, dumpfe, dunkle Zweizimmer-

Wohnungen, in denen neben Mann und Frau und einer sehr häufig ganz beträchtlichen Kinderschar noch Schlafburschen Unterkunft fanden.

Tagsüber schien es, als wohnten in dieser Burg des Elends nur weibliche Wesen und Kinder. Auf den Treppen, die ein klebriger Schmutz bedeckte, hörte man das Kreischen und Zanken der Weiber oder die ungepflegte Stimme eines jungen Mädels, das irgend einen Gassenhauer bei ihrer Arbeit sang. Dazwischen klang das regelmäßige klappernde Geräusch der Nähmaschinen, denn während die Männer an ihren Arbeitsplätzen den kargen Wochenlohn verdienten, erarbeiteten sich die Töchter und Frauen zu Hause als Näherinnen den erforderlichen Zuschuß.

Im Hausflur und auf den Höfen tobte eine Schar ungepflegter Kinder, die jetzt, als Anton Pickerts Droschke vorfuhr, in ihren Spielen innehielt und neugierig auf den Wagen starrte, der vor dem Hause hielt.

Columbine stieg aus, zahlte und schritt durch die gaffende Kindermenge bis auf den zweiten Hof, wo er im linken Seitenflügel des Hauses verschwand. Zwei Treppen kletterte er empor und an einer Tür, über der ein kleines Porzellanschild die Aufschrift «Witwe Pickert» trug, klingelte er. Ein kleines Mädchen öffnete, es war seine Schwester Ella. Anton trat ein, ohne zu grüßen. Er durchschritt die Küche, der kleinen Schwester die Sorge die Tür hinter ihm zuzuschließen überlassend, und begab sich in das einzige Zimmer, das neben einer kleinen Alkove den Hauptbestandteil der Wohnung bildete.

Das Mobiliar des Raumes bestand vorwiegend aus zwei schmalen Betten, die entlängs der Wand im Hintergrund des Raumes standen. Ein wackliger Tisch und ein verbrauchtes Sofa, das an der anderen Wand lehnte, füllten die Ecken neben dem Fenster, das auf den Hof ging. Am Fenster selbst stand eine Nähmaschine, an der die alte Frau Pickert saß.

Der Korb zu ihrer Rechten war mit Weißwäsche gefüllt, auf dem Tisch stapelte sich ein kleiner Haufen zugeschnittener Wäscheteile auf. Es war Frau Pickerts Erwerb, diese Teile zu Hemden und Nachtjacken zusammenzunähen.

Das karge Elend dieses Raumes bekam etwas Versöhnlicheres durch die peinliche Sauberkeit, die hier herrschte. Man merkte, die sorgende Hand einer alten, ordnungsliebenden Frau hütete den schmalen Besitz, den diese vier Wände bargen.

Als Columbine eintrat, hatte Frau Pickert ihre Arbeit unterbrochen. Das surrende Geräusch der rastlos tätigen Maschine war abgestellt und neugierig blickte sich die alte Frau nach dem Kücheneingang um, zu sehen, wer zu ihr kam.

Anton trat ein, und ohne guten Tag zu wünschen, den Hut auf dem Kopf behaltend, erklärte er:

«Mutter, ick will en bisken schlafen.»

Frau Pickert sah erstaunt nach ihrem Sohn, sie war es nicht gewohnt, ihn allzuhäufig in ihrer Behausung zu sehen; zwar war er polizeilich hier angemeldet, doch nur in langen Zwischenräumen kam es vor, daß er mal eine Nacht in der Wohnung seiner Mutter verbrachte. Daß er tagsüber sich einstellte, war völlig ungewohnt. Sie hatte es längst aufgegeben, ihm irgend welche Vorhaltungen zu machen oder gar seinen Wegen nachzuspüren, und selbst, wenn sie noch die Neigung gehabt hätte, es noch zu tun, die Angst vor seiner Brutalität würde sie zurückgehalten haben.

Sein Wunsch, sich jetzt hier auszuschlafen, empörte sie, denn das setzte voraus, daß sie mit ihrer geräuschvollen Arbeit innehielt.

«Hier schlafen kannste nich,» erklärte Frau Pickert ruhig, «denn die Maschine macht zu viel Lärm.»

«Denn hörste eben uff,» erklärte Columbine und schickte an, sich seines Überrockes zu entledigen.

«Das geht nich, ich muß meine Arbeit heute abliefern und wer' so schon kaum fertig.»

Columbine brauste auf. Der Lump war in seinen Familienempfindungen gekränkt. Das war also der Empfang, wenn er mal nach Hause kam, Mutter zu besuchen; daß er gekommen war sich auszuschlafen, und daß nicht der Wunsch Mutter und Schwester wiederzusehen ihn hierhergeführt hatte, das hatte er scheinbar bereits vergessen.

Die beiden Frauen hörten seinem Schimpfen mit wachsender Angst zu, und sie hüteten sich, ihm zu widersprechen; sie wußten aus Erfahrung, daß jeder Einwurf seine Wut zum Paroxismus steigern konnte. Die kleine Ella hatte sich zitternd in die Küche zurückgezogen, denn ehe ihr Bruder es wagte, gegen die Mutter die Hand zu erheben, schlug er auf die noch wehrlosere Schwester ein.

Doch Columbines Erregung schien sich heute sonderbarerweise schnell zu legen. Der Besitz des Geldes mochte ihn versöhnlicher gestimmt haben und da kein Widerspruch ihn reizte, schloß er schließlich seine Betrachtungen mit einem halb gekränkten: «Na, denn will ich Dir nich mehr stören,» zog Rock und Mantel wieder an und stülpte sich den Hut auf den Kopf. Als er bereits an der Tür angelangt war, schien ihn plötzlich etwas zurückzuhalten.

Die Lust zum Protzen ließ ihn tun, wozu kein kindliches Gefühl ihn je getrieben hatte. Er griff in seine Tasche und legte ein Zehnmarkstück auf den Tisch mit den Worten: «Hier, damit Ihr wenigstens an mir mal denkt,» und verließ die Wohnung.

Als er auf der Straße angelangt war, war alle Müdigkeit geschwunden.

Der «häusliche Ärger» schien sie verscheucht zu haben und ungewiß, was nun zu tun sei, schwang er sich in eine vorüberfahrende offene Droschke und fuhr zum Brandenburger Tor. Hier stieg er aus, entlohnte den Kutscher und schlenderte langsam in den Tiergarten hinein.

Zehntes Kapitel.

Die Nachmittagssonne blickte freundlich auf das Treiben herab, das sich in der Hofjägerallee im Tiergarten wie an jedem Mittwoch, wenn das Wetter es zuließ, so auch heute, entwickelte.

Es war Corso, die Berliner Gesellschaft gab sich das gewohnte Stelldichein. Die Allee war für den gewöhnlichen Verkehr gesperrt. Zwei Reihen, nicht einmal sehr eleganter Equipagen, bewegten sich längs der Ränder des Fahrdammes langsam in der Runde, während die mittlere Gasse für Wagen des Königlichen Hofes frei blieb. Zu beiden Seiten der Fahrstraße ritten Reiter und Reiterinnen auf und nieder, neben den Reitwegen drängten sich die Fußgänger, und eine am «großen Stern» aufgestellte Militärkapelle ließ muntere Weisen ertönen.

Es war dieser Corso ein Stück der alten preußischen Residenz Berlin, ein Stück von den traditionellen Beziehungen zwischen den Berlinern und dem Hofe. Seit Jahren ist er aus dem Berliner Leben verschwunden, Versuche, ihn wieder einzurichten, sind gescheitert. Wo früher bequeme Landauer gemächlich hintereinander herzogen, wo der alte Prinz Carl, ein ständiger Besucher des Corso, durch den Mohren auf seinem Kutscherbock jedesmal wieder Aufsehen erregte, wo sich unter den Klängen der Nationalhymne jedesmal wieder brausender Jubel erhob, wenn der Wagen des alten Kaiser Wilhelm in die Allee einbog und zwischen den Reihen hinfuhr, während der Greis grüßend die müde Hand zu dem breiten Schirm seiner Militärmütze führte, die Wagen stillstanden, die Insassen jauchzend die Taschentücher schwenkten und Reiter und Fußgänger Front machten, dort sausen heute die langen Kästen der elektrischen Straßenbahn vorüber, Geschäftswagen jagt hinter Geschäftswagen zum Westen Berlins hin, der, damals ein stilles Viertel, wo Beamte und Offiziere Wohnung nahmen, heute der Sitz des Reichtums und des Wohllebens geworden ist.

Doch zurück zum Corso. Eben hatte der Wagen des Prinzen Georg, des Musikers und Dichters unter den Hohenzollern damaliger Zeit, den Corso verlassen; die noch immer schöne Prinzessin Friedrich Carl fuhr, nach allen Seiten hin freundlich grüßend, die Allee hinauf. Plötzlich erhob sie die Hand und winkte lebhaft einem hochgewachsenen Kürassierleutnant zu, der am inneren Rand des rechten Reitweges langsam hinritt.

Graf von der Mark - denn er war es - grüßte ehrerbietig, wenn auch mit einer gewissen Vertraulichkeit, die freilich nur einer schärferen Beobachtung nicht entging. Der Gruß der Prinzessin zog selbstverständlich die Aufmerksamkeit des Publikums auf den Grafen, was diesen aber gänzlich kalt ließ. Der Sproß einer Mesalliance eines Prinzen von Preußen war gewohnt, die Aufmerksamkeit der Passanten auf sich zu ziehen.

Im Schritt reitend, sah er müde und interesselos auf die Wagen, Pferde und Menschen, lässig den Gruß bekannter Offiziere erwidernd. Während er in den Reitweg auf der anderen Seite der Allee einbog - der Corso hatte sich schon etwas geleert - nahte vom «großen Stern» her in scharfem Trabe ein Trupp Offiziere. Das scharfe Auge des Grafen erkannte sofort an ihrer Spitze in der Uniform des roten Husaren den Erben der Kaiserkrone. Eiligst drängten die Damen und Herren ihre Pferde an die niedrige Einfassung des Reitweges, um den Trupp vorbeizulassen. Dieser, dem Tempo des Prinzen Wilhelm folgend, verminderte seine Gangart keineswegs; in der ganzen Haltung der Schar - lauter blutjunge Offiziere - drückte sich die vollste Unbekümmertheit um das Vorhandensein der übrigen Corsobesucher aus.

Einige Schritt vor dem Grafen parierte Prinz Wilhelm seinen Trakehner. Die Kavalkade stand. Der Prinz nickte dem Grafen zu und rief:

«Tag, Fritze! Wie tut's?»

Der Graf grüßte förmlich.

«Ich danke, Königliche Hoheit, gut.»

«Freut mich,» erwiderte der Prinz und ließ die unruhigen Augen hin und her fahren. «Läßt Dich ja so selten bei uns sehn, *cher cousin*, na, laß man, später. *Au revoir!*»

Er nickte dem Grafen zu, gab seinem Pferde die Sporen, daß es mit einem Satze nach vorne schoß, und war bald mit seinen Begleitern zwischen den Bäumen der Querallee verschwunden.

Die Aufmerksamkeit der Corsobesucher konzentrierte sich jetzt völlig auf den Kürassieroffizier, von dessen Gespräch mit dem Thronfolger die Nächststehenden Zeuge gewesen waren. Der Graf zog es daher vor, mit einem leisen Schenkeldruck sein Pferd antreibend, den Corso zu verlassen.

Doch einer hatte ihn mit ganz besonderer Aufmerksamkeit beobachtet, und ohne ihn einen Moment aus den Augen gelassen zu haben, versuchte dieses Beobachters spähender Blick noch jetzt dem auf einem links von der Hofjägerallee abbiegenden Reitweg davoneilenden Pferde des Grafen von der Mark zu folgen.

Der Beobachter war Columbine.

Der Zufall, der sich jedesmal von neuem fügsam in den Dienst dieses Schurken stellen zu wollen schien, hatte ihn in den Tiergarten geführt, wo das bunte Gewimmel der Corsogesellschaft seine Gedanken, die sich mit dem Ausbeutungsplan der nächsten Zukunft beschäftigten, ablenkten. Zunächst folgte er den Vorgängen mit nur geringer Aufmerksamkeit; ihn rührte nicht die ehrwürdige Erscheinung des alten Kaisers, ihn freute nicht das bunte Bild, in das die Uniformen der verschiedenen Waffengattungen die hellen Lichter malten. Fast ärgerte ihn diese laute Ablenkung von den Geschäften, die seine Stirn bewegten und schon wollte er seitwärts, einem schmalen Fußpfad folgend, sich dem

Gewirr, das seine Gedanken nicht zur Ruhe kommen ließ, entziehen.

Da plötzlich fiel sein Blick auf den Kürassier, dessen weißes Kleid sich ganz besonders aus dem Farbenspiel der bunten Uniformen hob. Columbine hatte den Grafen von der Mark erkannt.

Jeannette war auf dem Corso anwesend, also blieb er auch. Sein Interesse war plötzlich erwacht.

Der Schurke sollte nicht bereuen, den Weg zu diesem bunten Treiben genommen zu haben, denn als Prinz Wilhelm, des Reiches späterer Erbe, sich dem Grafen von der Mark näherte, da war er Zeuge dieser Szene. Er hörte das vertrauliche «Du», mit dem des Kaisers erbberechtigter Enkel den Kürassier anredete und eine freudige Überraschung, ein Gefühl des höchsten Triumphes erfüllte und berauschte ihn.

So hoch hatte er seinen Offizier nicht vermutet. Daß er dem Kaiserhause nahestehen könne, an diese Möglichkeit hatte selbst er in seiner Verworfenheit noch nicht zu denken vermocht.

Ihn schwindelte beinahe vor Freude und gewaltsam mußte er sich zu seiner gewohnten Nüchternheit zurückzwingen, um dem davoneilenden Grafen von der Mark mit seinen Blicken folgen zu können.

Doch bald gab er es auf. Wozu auch? – Er wußte, wo er sein Opfer zu finden hatte und jetzt, nach dem, was seine Augen gesehen und sein Ohr gehört hatte, stand sein Entschluß fest. Morgen, am nächsten Tage mußte der Coup ausgeführt werden.

Beruhigt wandte er sich dem gesellschaftlichen Bilde wieder zu. Ein höhnisch lächelnder Triumph umspielte seinen Mund, während sein Blick dem Durcheinander der Wagen und Reiter zu folgen versuchte.

Was dort im Glanze des Besitzes und der höchsten sozialen Stellung sich sonnte, ihm schien es wie eine einzige Beute seiner Siege. In seinem Hang zum Fabulieren, spann er phantastisch aus einem nackten Faktum, das sein Eigen war, ein Riesennetz von märchenhafter, ungeheurer Macht. Was vor ihm wimmelte, schien in seinem Verbrecherhirn dem Grafen von der Mark in allen Dingen gleich, und alle, die da vor ihm waren, gehörten ihm, er hielt sie in seiner schmutzigen Hand.

Elftes Kapitel.

Der große Tag für Columbine war gekommen, der Tag, an dem es galt, Jeannette aufzusuchen.

Der Schurke hatte die Nacht in der Wohnung seiner Geliebten verbracht. Die «rote Minna» war aus dem Staunen über die Freigebigkeit, die Pickert plötzlich zeigte, noch nicht erwacht. Ihrem schmachvollen Beruf, zu dem er sie sonst hetzte, entzog er sie seit zwei Tagen ganz und gar.

Das Mädchen nahm die ungewohnte Generosität des sonst so lästigen Freundes hin und hütete sich sorgfältig, nach der Quelle dieses Reichtums zu forschen.

Sie hegte selbstverständlich ganz positive Vermutungen über die Provenienz des Überflusses ihres Herrn Galan und ihre Annahme galt ihr so sicher, daß sie sie als erwiesen unterstellte und sich des Augenblickes freuend, der lustigen Stimmung Columbines vollständig hingab.

So waren sie am Abend vorher, die Glieder schwer, die Sinne leicht von genossenem Weine nach Haus gekommen.

Wenn Fräulein Minna gehofft hatte, daß der Alkohol die Zunge ihres Anton lösen würde, so sah sie ihre Hoffnung bald getäuscht, denn Pickert hatte kaum sich noch entkleidet, als er in tiefstem Schlaf versank.

***

Als sie am nächsten Tage erwachte, stand der Freund bereits vor dem Spiegel und vollendete seine Toilette.

«Wo haste denn Deine Brennschere?» fragte jetzt Pickert, der an ihrem Reckeln und Dehnen gehört hatte, daß sie erwacht war.

«In der Kommode, unten links,» gab sie zurück, «Du willst Dir woll ne Tolle brennen?»

«Jawohl, mein Fräulein,» entgegnete gutgelaunt der andere, «ich will mich schmücken.»

Er hatte die Kommode geöffnet, einen kleinen Spiritus-Apparat mit einer dazu gehörigen Brennschere auf den Tisch gestellt und die Flamme entzündet. Jetzt schwenkte er das Brenneisen, das ein wenig zu heiß geworden war, abkühlend mit der Hand durch die Luft, dann führte er es in das vom Waschwasser noch feuchte Haar und zischend legte sich das dürftige Gewirr seines Schopfes in einigermaßen gefällige Locken.

Mit dem schwarzen Kohlenstift, der dazu diente, die zweifelhaften Reize seiner Minna zu akzentuieren, mit einer kleinen Schminkschatulle, deren Inhalt dem gleichen Zweck geschaffen war, hantierte Columbine.

Er hatte sich bereits rasiert, bevor er sich gewaschen hatte. Nun zeichnete die rechte Hand mit dem Geschick, das lange Übung nur hervorruft, die Augenbrauen in fein geschweiften Bogen und dann verrieben diese dürren Finger ein wenig Rot auf beide Backenknochen.

Er band den Kragen um und knüpfte eine buntseidene Lavaliere, die er sich Tags zuvor gekauft hatte, um den Hals; er glaubte sich durch diese wehende Krawatte einen künstlerischen Anstrich zu verleihen. Dann zog er Weste, Rock und Mantel an, setzte ein weiches Hütchen auf die künstlichen Locken und wandte sich zum Gehen.

«Na nu, Du gehst schon?» sagte Minna und ihre Stimme nahm den Ausdruck einer kindlichen Bitte an. «Laß mir doch was hier. Ich habe nichts im Hause, und wenn ich jetzt runter gehen soll – ich bin so müde, ich möchte mich endlich so gern ausschlafen.»

«Nee, nee, bleib man zu Hause,» lächelte Columbine. Großmütig nahm er ein Zwanzigmarkstück und drückte es Minna in die Hand.

«Wenn ich kann, komme ich heute abend, adieu,» und schon war Anton Pickert hinaus.

Minna sprang auf, mit bloßen Füßen eilte sie zur Tür, verriegelte sie von innen, dann legte sie das Zwanzigmarkstück in die Schublade ihres Nachttisches, schloß die Vorhänge an den Fenstern dichter noch und sprang ins Bett zurück. Für ihren heutigen Tag war ja gesorgt, sie durfte schlafen.

***

Columbine fuhr zum Potsdamer Bahnhof, löste sich ein Billet zweiter Klasse und bestieg den nächsten Vorortzug nach Potsdam. Er war allein in dem Coupé und in die weichen, grauen Polster sinkend, versuchte er sich einen Plan zu konstruieren. Doch bald gab er es auf, er wollte alles nur dem Zufall überlassen, und der bevorstehende Sieg schien ihm sicher, so daß es über ihn kam wie in lautem, lustigen Übermut, und während der Zug durch die ärmliche märkische Landschaft eilte, von der die ersten Frühlingstage die letzten Fetzen der winterlichen Schneedecke hinweg gezerrt hatten, wurde Herr Anton Pickert witzig und begann allein vor sich hinzusingen:

«Wer will unter die Soldaten.»

***

Graf von der Mark bewohnte in der Nähe des Potsdamer Lustgartens eine kleine Villa.

Es war ein ziemlich unscheinbares, einstöckiges Gebäude, dessen Haupteingang man durch einen Vorgarten erreichte und dieser Vorgarten selbst war durch ein Eisengitter diskret von der Straße abgeschlossen. Zwei schmale Steinstufen führten zu einem kleinen Vorbau, von dem aus man die zur Empfangshalle eingerichtete Diele der Villa betrat.

Die innere Ausstattung der Wohnung des Grafen von der Mark stand in lebhaftem Gegensatz zu der Einfachheit des Gebäudes. Schon der Empfangsraum mit seinen weichen Teppichen, den Hockkissen und der warmen künstlichen Beleuchtung verriet ein Raffinement des Luxus, in welchem der feminine Einschlag deutlich erkennbar wurde.

Nur ein kleiner Warteraum, der links neben der Diele gelegen war, machte mit der fast primitiven Nüchternheit der Stühle und den aus Rohrgeflechten konstruierten Bänken, die ihn möblierten, mit den glatt gerahmten Kaiserbildern und den beiden farblosen Landschaften, die die Eintönigkeit der Wände unterbrachen, eine Ausnahme von diesem Milieu der Weichlichkeit.

Diese Tendenz fand ihre stärkste Betonung im Schlafzimmer. Hier herrschte selbst am Tage ein durch gefärbte Scheiben rosig abgetöntes Licht, und in diesem Zimmer schien sich von der Fülle der seidenen Teppiche und Vorhänge und aus der Weichheit des breiten mächtigen Bettes, das wie das Lager einer Courtisane mit unverhüllter Lüsternheit in den Raum ragte, eine Atmosphäre sinnlicher Begierde loszulösen.

An das Schlafzimmer schloß sich ein Raum, den man nicht anders wie als Boudoir bezeichnen konnte. Ein unbestimmtes Gefühl hing in der Luft, und von hier führte eine schmale Tapetentür in das Bad. Doch das war nicht die einfache Wanne oder Douche, die beide dem Reinlichkeitsbedürfnis des Mannes genügen mußten, das war eine, angesichts der engen Dimensionen des Raumes, fast lächerliche Nachbildung einer Badestube des alten Roms.

In den Fußboden eingelassen lag ein ziemlich umfangreiches Marmorbecken, in welches vier gleichfalls aus Marmor gehauene Stufen hinabführten.

Zwei silberne Hähne drangen aus der Wand, die ein im Halbrelief gehaltener römischer Fries umlief, hervor und spendeten je nach der Bewegung des Hebels kaltes oder warmes Wasser.

In eine Ecke des Raumes schob sich eine weiche, breite

Chaiselongue. An ihrem Kopfende stand, von vier kleinen Säulen getragen, eine Marmorplatte, auf der Toilette-Gegenstände, Parfüm-Flaschen und sonstige kosmetische Hilfsmittel ruhten.

Derselbe weibische Zug beherrschte, wenn auch nicht so akzentuiert wie in den bisherigen Räumen, das Speisezimmer und die Bibliothek.

Weder der Gärtner, noch der einzige Diener, zwei Männer, die seit Jahren schon mit ihrem Herrn dieses Haus bewohnten, hatten auch nur im entferntesten eine Ahnung von der abnormen Veranlagung des Grafen von der Mark.

Ebensowenig vermutete irgend einer von den Vorgesetzten, den Kameraden oder den Untergebenen des Gardekürassiers, daß hinter der männlichen Erscheinung dieses blonden Hünen die Psyche eines Weibes schlummerte und manchmal sogar erwachte.

Sein Diener und der Gärtner interpretierten die Tatsache, daß ihr Herr häufig am Abend nach Berlin fuhr und erst am nächsten Tage wiederkehrte, in einer ihrer natürlichen Empfindungen sehr nahe liegenden Weise.

Es war elf Uhr vormittags, als draußen am Gittertor der Straße schrill die Glocke ertönte. Der alte Gärtner ging hinaus und öffnete. Vor ihm stand Columbine.

«Ist Herr Graf von der Mark zu Hause?»

Der alte Gärtner musterte erstaunt die ihm so ungewohnt erscheinende Gestalt des Fragenden.

«Herr Graf sind im Kasino,» sagte er ziemlich unwirsch und war schon im Begriff, die Gittertür zu schließen, jedoch der andere hielt ihn auf.

«Dann lassen Sie ihn, bitte, holen, ich werde hier auf ihn warten.»

Ärgerlich blickte der Gärtner dem Aufdringlichen ins Gesicht.

«Ich weiß nicht, ob Herr Graf jetzt geholt werden wollen.»

«Aber ich weiß es,» erwiderte frech Pickert. «Hier bringen Sie ihm eine Karte von mir und der Herr Graf wird Ihnen dankbar sein, daß Sie ihn verständigt haben.»

Er hatte aus der Brusttasche seines Überziehers eine Visitenkarte herausgeholt, es war nicht seine eigene, es war die Karte des ermordeten Erich Selten.

Der Gärtner wollte die Karte ergreifen.

«Nein, geben Sie mir ein Kuvert,» wehrte Pickert ab und, eingeschüchtert und verblüfft vor dieser Sicherheit des Auftretens, führte der Gärtner den Fremden in den Warteraum, der neben der Empfangsdiele lag.

Hier reichte er ihm ein Kuvert, in welches der andere die Karte schloß, und während Columbine sich wartend auf eine Rohrbank niederließ, sandte der Alte den Diener mit dem verschlossenen Kuvert gegenüber ins Regiments-Kasino, wo er den Grafen von der Mark wußte.

Columbine sah sich prüfend in dem Warteraum um. Die magere Einfachheit des Zimmers überraschte ihn, nachdem er die Opulenz des Vorraumes bei seinem Eintritt konstatiert hatte.

Er überlegte, wie er dem Grafen jetzt gegenübertreten sollte und beschloß, es zunächst mit der Sanftmut zu versuchen. Der Weg der Drohung blieb ihm dann immer noch frei.

Er hörte draußen Schritte. Columbine zog das süßeste Lächeln, über das er zu verfügen vermochte, über seine Fratze, um seinen harten Mund zwang er etwas, das er für den Ausdruck von Liebenswürdigkeit hielt. Da ward auch schon die Tür aufgerissen und herein trat der Kürassier in voller Uniform, den Eingang krampfhaft hinter sich schließend.

Die Augen mit dem Ausdruck des höchsten Schreckes auf Columbine gerichtet, fragte der Graf von der Mark in fliegender Hast:

«Sie schicken mir die Karte, wer sind Sie, was wollen Sie von mir? Ich kenne Sie nicht.»

«Aber ich kenne Sie, Herr Graf,» flötete Pickert mit so weichen Tönen, als ihm überhaupt nur zur Verfügung stand.

«Mir hat die arme Lieschen häufig von ihrer Jeannette erzählt.»

«Ja, aber was wollen Sie von mir?» entrang es sich dem Offizier.

Columbine tat, als ob er verschüchtert zu Boden blicke, dann glitt sein Auge wieder langsam an den Offizier empor und mit derselben gekünstelten Weichheit des Ausdrucks sprach er zu ihm:

«Ich komme nicht in böser Absicht, Herr Graf, glauben Sie mir.»

Diese Versicherung schien den Geängstigten ein wenig zu beruhigen, die Hand sank von der Türklinke hernieder und der Ärmste trat einige Schritte auf Columbine zu:

«Ja, aber um des Himmels willen, wenn Sie hier jemand sieht, wenn irgend jemand etwas ahnt!»

«O, fürchten Sie das nicht,» beruhigte ihn Pickert. «Niemand vermutet etwas und gerade, weil ich jede Indiskretion vermeiden wollte, kam ich persönlich zu Ihnen nach Potsdam; ich wagte nicht zu schreiben, da ich ja nicht wissen konnte, ob der Brief nicht in unberufene Hände gelangt.»

Graf von der Mark sah seinem Besucher forschend ins Gesicht und mit einer Stimme, die fast wie eine Bitte klang, die wie ein Flehen sich von den Lippen dieses Mannes löste, fragte er:

«Kann ich mich denn auf Sie verlassen?»

«Aber Herr Graf,» entgegnete ihm vorwurfsvoll der andere.

«Dann kommen Sie mit.»

Der Graf öffnete die Tür und schritt voran. Columbine folgte ihm über die Treppe in den ersten Stock.

Ein selbstzufriedenes Lächeln huschte über das Gesicht Pickerts, als er die Räume durchschritt. Seine Kombination war richtig gewesen, und wenn es ihm gelang, wie es den Anschein hatte, des Grafen Freundschaft zu erwerben, dann fiel der Fischzug noch viel reicher aus, als er in seinen kühnsten Träumen je zu hoffen gewagt hatte.

Im «Boudoir» angelangt, legte der Graf die Karte aus der Hand und schnallte seinen Säbel ab, den er über einen Stuhl warf, dann wandte er sich zu Pickert:

«Was sind Sie eigentlich, haben Sie einen Beruf?»

«O, ich bin Schriftsteller, Herr Graf,» erwiderte der andere.

«Und Sie haben Erich Selten gekannt? Habt Ihr Euch denn geliebt?»

Die letzte Frage klang fast brüsk und etwas wie posthume Eifersucht brauste darin auf.

«O nein,» entgegnete Columbine ablehnend, «wir waren nur sehr gut befreundet, geliebt hat Lieschen Sie, bis dann zum Schluß ein anderer kam.»

«Wer war der andere?» fuhr der Graf hastig dazwischen.

«Ich weiß es nicht,» beteuerte Pickert, «Lieschen wollte nie darüber sprechen, aber vielleicht, Herr Graf, können wir beide es gemeinschaftlich erfahren. Am Montag findet die Totenfeier statt, ich wollte Sie einladen, hinzukommen.»

Es war eine kurze Pause eingetreten. Der Graf von der Mark schien nachzudenken.

«Wo findet denn die Feier um den Toten statt?» wandte er sich plötzlich an den Besucher.

«Am Montag, im Restaurant von Eli in der Dresdenerstraße, wir haben den Theatersaal gepachtet,» gab Columbine Bescheid. «Die Feier beginnt um drei Uhr nachmittags.»

«Ja, wie komme ich da hinein?» erkundigte sich der Kürassier.

«Ich werde Sie am Eingang erwarten und führe Sie hinein.»

«Ich danke Ihnen.» Graf von der Mark drückte ihm in ehrlichem Gefühl die Hand.

«Verzeihen Sie, wenn ich anfangs verschlossen schien.»

«Ach bitte, wie soll ich darum böse sein,» sprach Pickert mit resigniertem Tonfall, «wir, die wir anders fühlen, sind geächtet und verfolgt, und keiner von uns weiß, ob er dem Nächsten trauen darf. Es bedarf längerer Zeit, ehe wir es wagen dürfen, dem Freunde unser Herz zu erschließen.»

Graf von der Mark schien etwas bewegt und gleichzeitig befiel ihn eine gewisse Verlegenheit.

«Darf ich Ihnen, Herr – – –»

«Pickert,» stellte sich jetzt Columbine vor.

«Darf ich Ihnen, Herr Pickert, für Ihren liebenswürdigen Freundschaftsdienst danken und wollen Sie mir gestatten, Ihnen als schwachen Beweis meiner Erkenntlichkeit – – –»

Der Graf hatte bei diesen Worten seine Brieftasche gezogen.

Beleidigt reckte sich Columbine empor.

«O, bitte, Herr Graf, das habe ich nicht beabsichtigt.»

Erschreckt hielt der Kürassier inne.

«O, ich wollte Sie nicht kränken.»

«Das weiß ich,» lenkte Pickert milde lächelnd ein, «doch ich wollte Ihnen nur Gelegenheit geben, des toten Freundes zu gedenken. Also darf ich Sie Montag um drei Uhr vor der Tür bei Eli erwarten?»

«Jawohl, ich komme ganz bestimmt, und ich danke Ihnen nochmals, Herr Pickert, recht von Herzen.»

Die beiden schüttelten sich die Hand, dann griff Columbine nach seinem weichen Hütchen und Graf von der Mark geleitete den Erpresser die Treppe hinab bis an das Portal.

Columbine begab sich zur Bahn.

Er war mit sich zufrieden, es wäre töricht gewesen, jetzt einen lumpigen Hundertmarkschein als Botenlohn entgegen zu nehmen, er hätte sich für später diskreditiert und auf dieses Später waren alle seine Hoffnungen gegründet. Columbine stieg in den Zug, und eine Stunde später klopfte er energisch an die von innen verriegelte Tür seiner Minna.

Er hörte, wie sie sich müde und schlaftrunken aus dem Bett erhob, er hörte, wie sie nackten Fußes bis zur Tür kam.

«Mach auf, Minna, ich bin es.»

Der Riegel wurde zurückgeschoben und der Galan trat ins Zimmer.

«Schnell, Mädel, zieh Dich an, jetzt kaufe ich Dir noch einen Frühjahrshut.»

Mit einem Aufschrei voller Freuden hing Fräulein Minna am Halse ihres splendiden Freundes.

«Du, gehn wir auch zusammen aus?»

«Ja, schnell, zieh Dich an, denn ich habe einen Riesenhunger.»

Minna ließ los. «Dann mach Dir aber schnell die Schminke ab und nimm Dir ne richtige Krawatte, so siehst De ja beinahe wie ein Mädel aus.»

«Das kannst De haben,» lachte Columbine und mit Hilfe von Wasser und Seife zauberte er wieder seine edle Männlichkeit auf sein Schurkengesicht zurück.

Zwölftes Kapitel.

Leutnant von Struwe hatte sich mit der schönen Elise, der Tochter des Legationsrats von Seidwitz, verlobt.

Er hatte bei dem alten Seidwitz, der ganz genau vorher schon wußte, was kommen würde, um die Hand der Tochter angehalten, man hatte ihn zum Abend desselben Tages wieder hingebeten und nach einer Rücksprache mit Elise, die gleichgültig und ohne welchen Widerstand zu leisten, einwilligte seine Frau zu werden, dem Bewerber mit ja geantwortet.

Als Struwe dann allein sich mit Elise im Zimmer sah, als er ihr die Hand in die weiche, zarte Rechte dieses schönen Weibes legte, da war in ihm so etwas aufgestiegen, wie eine unbestimmte vage Angst.

Er blickte in die leuchtende Glut ihrer heißen Augen, deren warmer Strahl ihn umfing, und der Ausdruck dieses Leuchtens schien so viel Wissen, so viel Verstehen der allerletzten Dinge schon zu enthalten.

Er zog Elise in seine Arme und mit einer Glut und mit einer Heftigkeit, die jene überraschte, und ein wenig auch erfreute, drückte er sie an seine Brust, die heißen Lippen auf ihren ausweichenden Mund pressend.

Während sie seinen Reden mit scheinbarer Aufmerksamkeit folgte, und hier und da ein knappes Wort dazwischen warf, waren ihre Gedanken bei Günter von Plessow.

Wie würde der sich zu den Tatsachen stellen? Hier drohte noch eine Gefahr, denn Günters Leidenschaft war im stande, alle Rücksichten bei Seite zu schieben, mit einem Schlage die Situation zum Eklat zu bringen.

Sie mußte morgen zu ihm, das stand bei ihr fest, aus ihrem Munde sollte er es erfahren, sie mußte dabei sein, wenn die Nachricht ihn traf, sie fühlte sich der Aufgabe gewachsen, ihn zur Raison zu bringen.

Der Bräutigam hatte seinen Plan über die Zukunft bereits fertig. Der bunte Rock mußte an den Nagel gehängt werden, er wollte seinen Abschied nehmen und mit Elise das alte Schloß im Park von Retwitz beziehen. Eine größere Stadtwohnung in Berlin sollte nur im Winter eingenommen werden, wenn gesellschaftliche Verpflichtungen zu langem Aufenthalte in der Reichshauptstadt zwängen.

Die beiden alten Seidwitz widersprachen nicht und auch Elise schien mit diesem Ausweg einverstanden. Sie sah in der geplanten Stadtwohnung Vorwand genug, zu jeder Zeit, wenn sie dort draußen auf dem umfangreichen Landsitz die Langeweile und die Sehnsucht packen sollten, die kurze Eisenbahnfahrt von der Uckermark nach Berlin antreten zu können und so in kurzen Zwischenpausen hier Erinnerungsstoff für die Eintönigkeit ihres Ehelebens zu holen.

Als gegen elf Uhr abends Struwe die Wohnung seiner Schwiegereltern verließ, war das Hochzeitsdatum auf die Mitte des Monats Mai festgelegt, und alles schied im besten Einvernehmen.

***

Einen gab's, den die Nachricht von der Verlobung Elises von Seidwitz mit dem Leutnant von Struwe wie einen Schlag traf, der alle Hoffnungen vernichtete.

Graf Roon war nicht der Mann, den Schmerz, der ihn erfüllte, heuchelnd in konventionellen Formen vor den Augen der umgebenden Welt verbergen zu können. Da auch dieser Schmerz um die Frau, die er liebte, ihm heilig war, und er ihn um keinen Preis verraten hätte, stand sein Entschluß bald fest. Er wandte sich sofort persönlich an seinen Oberst und bat um Urlaub, der ihm gewährt wurde und noch am selben Abend fuhr Graf Roon an die Riviera.

***

Es war am Tage nach der Verlobung.

Elise war allein und diese unbeobachtete Einsamkeit kam ihren Absichten zu Hilfe. Sie hatte Günter von Plessow gebeten, sie um fünf Uhr nachmittag in ihrem Heim in der Köthenerstraße zu erwarten, und pünktlich stand sie vor dem Hause, das den Schlupfwinkel ihrer vergangenen Freuden barg. Es war ihr nicht ganz klar, wie sie der Szene, die ihrer sicher oben harrte, würde ausweichen können. Ihr ganzer Plan bestand darin, mit einem letzten Ausbruch aller Leidenschaften, in einen letzten Rausch der Sinne alle Einwendungen des Geliebten zu ertränken.

Sie stieg die Treppe empor und klopfte an die Tür.

Graf Günter, der wie immer sie bereits erwartete, öffnete und schnell schlüpfte Elise in den matt erleuchteten Vorraum. Günter hatte die Tür hinter sich zugedrückt und nun stand sie ihm gegenüber. Niemand sprach ein Wort.

Sie reichte ihm die Hand, die er still ergriff, doch ohne sie, wie er es sonst wohl tat, an seine Lippen zu drücken.

Dann führte er sie in das Zimmer.

Sie ließ sich auf einen Sessel sinken, Günter glitt mit seinem Blick traurig über die schlanke Schönheit ihrer Gestalt, dann wandte er sich ab, schritt zum Fenster und blickte durch die dichten Stores auf die Straße hinaus.

So verging eine längere Pause, die ihr fast unerträglich schien. Sie hatte gehofft, daß eine turbulente Szene ihr alle Waffen in die Hände spielen würde und nun bot sich ihr hier das stumme Schauspiel schmerzlicher Resignation, dem gegenüber sie fast wehrlos war.

Zum ersten Mal schien es ihr klar zu werden, wie dieser Mann sie liebte, und das Gefühl des wehen Schmerzes, das sich ins Herz ihr krallte, stimmte sie weich. Sie erhob sich aus ihrem Sessel und schlich leise auf ihn zu. Die zarten Hände auf seine Schultern legend, versuchte sie ihn von hinten an sich zu ziehen und leise bittend kam es von ihren Lippen:

«Geh, Günter, sei doch vernünftig!»

Der Graf wandte sich um, und während er ihre Hände langsam von seinen Schultern nahm, sah sie, wie aus den großen blauen Augen zwei Tränen über das Gesicht des starken Mannes rollten.

Ihr selbst drohten die Tränen in die Augen zu steigen, und langsam wollte sie sich abwenden, als plötzlich seine Stimme mit kaum verhaltenem Beben fragte:

«Also Du hast Dich mit dem Leutnant von Struwe-Schmidt verlobt?»

Sie vermochte nicht zu antworten.

«Du liebst ihn?» forschte er.

«Nein, Günter,» kam es fast traurig aus ihrem Munde, «geliebt habe ich nur Dich und nur Dich allein liebe ich noch.»

«Und dennoch heiratest Du einen anderen?» erwiderte der Graf.

Da löste sich's aus ihrem Inneren. Daß dieser große starke Mensch doch nicht begreifen wollte, daß mit diesem Schritt für alle Teile die bequemste Erledigung aller Wünsche kam.

«Sieh, Günter, sei doch vernünftig, ich muß doch. Sieh doch nur ein, daß gerade die Ehe mit Struwe-Schmidt mir und den Meinen die Erlösung von jenen peinigenden Sorgen bedeutet. Was hat denn das mit meiner Liebe zu tun, die bleibt doch Dir, Dir ganz allein und sieh, für alles habe ich schon gesorgt. Es wird in Zukunft uns nichts stören und noch viel öfter als bisher kann ich Dir angehören.»

Ihre Arme schlangen sich um seinen Hals, und wenn es ihr

gelang, jetzt seinen Sinn gefangen zu nehmen, dann hatte sie gewonnenes Spiel.

Doch Plessow entzog sich abermals ihrer Umarmung, und während sie, die großen Augen stumm auf ihn gerichtet, stehen blieb, trat er einige Schritte zurück, und ruhig, bemüht, nichts von der furchtbaren Erregung, die sein Inneres durchtobte, zu verraten, begann er:

«Nein, Elise, ein Plessow teilt nicht mit einem anderen. Alles oder nichts. Nun bitte ich Dich um eines, laß mir die Erinnerung an Dich rein und unbefleckt. Ich durfte Dich nehmen, so lange Du frei warst und so lange ich hoffen konnte, daß Du ewig bei mir bleiben würdest. Jetzt bist Du eines anderen Eigentum. Geh fort, Elise, geh, laß mich allein mit meinem Schmerz, so lange Du hier bist, will ich nicht weinen, ich bitte Dich, verlaß mich.»

Da stand sie auf und ging. Beschämt und gedemütigt von der Würde des anderen, den sie verließ um eines eitlen Laffen willen, schlich Elise von Seidwitz von dannen.

Dreizehntes Kapitel.

Geheimrat Bork war nach Berlin zurückgekehrt, er hatte in der angestrengten Tätigkeit, die sich ihm auf der Werft Cuxhaven bot, so einigermaßen die Contenance zurückerhalten.

Zwar drückte ihn das niederziehende Gefühl der Schuld nicht weniger als zuvor. Die Nächte gehörten nur zum Teil dem Schlafe, und wenn er schließlich ermüdet erst in den Morgenstunden einschlummerte, so war es nicht zu ungetrübter Ruhe, sondern in seinen Traum drängte sich stärker noch die Erinnerung an die Tat, die seine Seele belastete.

Die Furcht vor der Entdeckung war geschwunden, jedoch

dem edleren Menschen, der in ihm war, genügte dieses Gefühl der äußerlichen Sicherheit nicht.

Es drängte ihn nach Berlin, es drängte ihn in die Nähe seiner Tochter Klara.

Er hatte seine Ankunft telegraphisch angezeigt, und unmittelbar vom Hotel aus begab er sich nach der Brandenburgstraße.

Hier wohnte Klärchen bei ihren Pflegeeltern, dem Bureauvorsteher Rechlin und dessen Frau.

Frau Rechlin war Borks Amme gewesen, und es gehörte zu der Tradition des Hauses Bork, allen denen, die sich im Dienste der Familie treu erwiesen hatten, den besten Schutz weit über die Zeit jener Dienste hinaus angedeihen zu lassen.

Als Klaras Mutter starb, noch ehe Bork seine Beziehungen zu ihr legalisieren konnte, da hatte dieser sich in seinem Schmerz und seiner Sorge um das zurückgelassene kaum zweijährige Mädelchen des Rechlin'schen Ehepaares erinnert, und Frau Rechlin, überglücklich in dem Gedanken ihrem Gotte Bork dienen zu können, hatte mit Freuden sich der Kleinen angenommen.

Daß mit dieser Übernahme eine gewaltige Besserung der wirtschaftlichen Verhältnisse der Rechlins eintreten würde, daran hatte die gutmütige Ehrlichkeit der braven Frau, deren einfältigem Sinn Berechnung fern lag, nicht gedacht.

Jedoch lag es in der Natur der Sache, daß mit dem Einzug der kleinen Klara in das Haus, die frühere gediegene Einfachheit der Rechlins einem etwas moderneren Luxus weichen mußte.

Bork selbst beschränkte sich nicht darauf, in den üblichen Zwischenräumen die reichen Mittel zu senden, die ihm erforderlich schienen, den Unterhalt des Kindes zu bestreiten, nein, er kam auch selbst. Er selbst wählte Lehrer aus, die sein Kind unterrichteten, er selbst kaufte ihr die Kleider und alle Garderobengegenstände, die seiner Meinung nach erforderlich waren, und zu dem etwas übertriebenen Luxus, in den seine Vaterliebe häufig geriet, bot dann die einfache Art der

Frau Rechlin und ihres mit Geistesgaben nicht übermäßig gesegneten Mannes ein willkommenes Gegengewicht.

Klara war ein sehr intelligentes Kind, sie liebte ihren Vater über alles und nächst ihm Frau Rechlin, deren herzliche Sorgfalt sie ständig umgab.

Die Liebe zu ihrem Vater machte sie nicht blind gegen das Schiefe in ihrer Situation, und sie hatte als vierzehnjähriges Kind schon die Absicht geäußert, Lehrerin zu werden.

Erst sträubte sich Bork dagegen, dann kam er ihrem Wunsche nach. Mit aufmerksamer Freude verfolgte er ihre Fortschritte, und als sie eines Tages ankam mit der Meldung, sie habe das Examen mit Auszeichnung bestanden, war diese Freude in ihm so groß, daß er entschlossen war, sie mit sich zu nehmen und sie offiziell in seine Welt als seine Tochter einzuführen.

Doch Klara sträubte sich, sie fühlte eine Scheu vor jenen großen Kreisen, in denen sich ihre Lage nur noch schiefer betonen mußte. Sie zog es vor, in dem behaglich einfachen Komfort ihrer bisherigen Umgebung zu bleiben.

Bork kam ihren Wünschen um so leichter nach, als er bei ruhiger Überlegung selbst voraussah, welche Unzuträglichkeiten, welche Demütigungen und Kränkungen ihr Eintritt in seine Welt zur Folge haben mußten.

So war Klara, sorgsam behütet, achtzehn Jahre geworden, bis ihr das Unglück in der Gestalt des Leutnants Struwe-Schmidt entgegentrat.

Der Leser weiß bereits, wohin diese Begegnung führte, denn keine andere als Borks natürliche Tochter war es, die Struwe-Schmidt wenige Tage vor seiner Verlobung mit Elise von Seidwitz in so unwürdiger Weise verabschiedet hatte.

Die erste Begegnung zwischen den beiden war an einem Wochentage nachmittags in der Stadtbahn geschehen, und Klara war dem Tone leichter Liebenswürdigkeit, den Struwe-Schmidt im Verkehr mit Frauen spielen zu lassen verstand, erlegen.

Der Leutnant hatte lange um die Kleine werben müssen, viel länger, als es sonst seiner Gewohnheit entsprach, doch gerade dieser Widerstand hatte ihn gereizt, und als sie ihn endlich eines Tages in seiner Wohnung besuchte, verfiel sie ihm.

Ihm war es nichts mehr als eine Spielerei, dem armen Mädchen war es fürchterlicher Ernst, denn sie liebte diesen Mann, in dem sie die Verkörperung alles Schönen und Edlen sah, und selbst ihre hohe Intelligenz konnte nicht verhindern, daß ihr Mangel an Erfahrung die glänzende Schale des Gewissenlosen für den echten Kern hielt.

So lange der Besitz, den er so schwer erkämpfte, Struwe Freude machte, überschüttete er Klara mit tausend Rücksichten, und sie nahm jede als einen neuen Beweis seiner wahren Liebe hin, bis gerade in dem Moment, wo sie am stärksten auf ihn gerechnet hatte, im Augenblick, als sie sich Mutter fühlte, der Sturz kam.

Sie war von jener Szene, die dem Leser bekannt ist, wie entgeistert nach Hause gegangen. An Selbstmord dachte sie nicht, wenigstens nicht, nachdem sie ihrer Sinne wieder mächtig geworden war, dazu war ihr Gefühl zu stark. An eines dachte sie nur, wie sie ihrem Vater gegenübertreten würde.

Noch hatte sie ihn seitdem nicht gesehen, noch wußte sie auch nicht, daß Struwe-Schmidt sich mit einer anderen verlobt hatte, und sie sah der Begegnung mit ihrem Vater, den ihr das Telegramm aus Cuxhaven angekündigt hatte, mit einem Gefühl der Beklemmung und Scheu entgegen, denn zum ersten Male mußte sie ihm etwas verbergen.

Geheimrat Bork kam, und als er seiner Tochter gegenüberstand, an deren Reinheit er glaubte wie an ein Evangelium, an deren Liebe er sich klammerte, wie an ein etwas Entsühnendes, da trat auch ihn dieses Gefühl beklemmender Scheu an, es krallte sich um sein Gemüt und umgab sein Herz mit einer Schicht von Eis.

Mit stummer Scheu umarmte er die Tochter. Stumm küßte er sie auf Augen und Stirn, als wagte er nicht, ihren Mund zu berühren und merkte nicht, daß sie mit gleicher Scheu seine Zärtlichkeiten erwiderte.

Die beiden blieben im Zimmer allein, Frau Rechlin hatte sich zurückgezogen, und jeder zwang sich, den anderen mit Gleichgültigkeiten zu unterhalten, und jeder mußte ankämpfen gegen die Versuchung, vor den anderen hinzustürzen, offen alles zu bekennen und demütig um Verzeihung zu bitten. Hätten sie es beide getan, beide hätten die Erlösung gefunden, doch keiner wagte das. Nach kurzer Pause ging Bork traurig und gesenkten Blickes von dannen, und seine Tochter blieb zurück, niedergedrückt von dem Gefühl der Schuld, die sie dem geliebten Vater verbergen mußte, und ihr weinendes Gesicht bedeckte sie mit beiden Händen.

Vierzehntes Kapitel.

Vor dem Eli'schen Hause in der Dresdenerstraße wartete Columbine. Es mochte drei dreiviertel Uhr nachmittags sein, und die Teilnehmer an dem Totenfest schienen schon zur allergrößten Zahl im Inneren des Gebäudes versammelt.

Nur selten strebte hier und da noch einer dem schmalen, düsteren Torgange zu, scheu sich umblickend verschwand er im Dunkel des Einganges, und der eine oder der andere tauschte vorher noch einen flüchtig nickenden Gruß mit Columbine, der gemächlich auf und ab ging.

Diejenigen, die hier verschwanden, schienen eine tiefe Scheu vor der Helligkeit dieses Frühjahrs-Nachmittags zu besitzen. Fast alle waren irgend wie vermummt und wäre es nur durch aufgeklappte Rockkragen und tief in die Augen gedrückte Hutkrempen gewesen, als hätten sie ein Interesse, sich hier im klaren Licht der Sonne zu verbergen.

Columbine spähte nach beiden Seiten der Straße aus. Er war eben einige Schritte auf und ab gegangen, und als er sich umwandte, sah er Jeannette um die Ecke der Alexandrinenstraße biegen. Der Graf trug Zivilkleidung, sein Mantelkragen war hoch geschlagen, sein Hut tief in das Gesicht gedrückt.

Columbine ging auf ihn zu. Mit leiser Stimme, die dem Anderen die Rücksicht seiner Diskretion verraten sollte, begrüßte er ihn:

«Guten Tag, Herr Graf, ich wußte, daß Sie kommen würden, wir müssen uns beeilen, die Feier wird wohl bald beginnen.»

«Ich danke Ihnen, daß Sie sich meiner so annehmen,» erwiderte Jeannette und reichte dem anderen die Hand.

Stumm gingen beide auf den schmalen Hausflur zu und verschwanden in seinem Inneren.

Am Ende des Hausflurs führte Pickert seinen Begleiter über den Hof, der auf der einen Seite von einer hohen Mauer begrenzt war. Dieser Mauer gegenüber befand sich die Hoffront des Eli'schen Restaurants, und das Quergebäude schien nur einen einzigen einstöckigen Saal zu enthalten.

Auf dieses Quergebäude gingen die beiden zu. Einige Steinstufen leiteten zu einem Vorraum hinauf, von dem eine Tür direkt in die Garderobenräume führte.

Hier bot sich den Eintretenden ein sonderbarer Anblick. Diese Garderobenräume waren dicht gefüllt mit Menschen, und auf den ersten Blick glaubte man Frauen und Männer unterscheiden zu können.

Doch dieser erste Eindruck, der im Halbdunkel des Raumes entstand, betrog, und das Auge wurde, sobald es sich mit dem Zwielicht, das hier herrschte, vertraut gemacht, den Betrug gewahr. Die lange Roben trugen und auf deren Haupt sich stolze Coiffuren erhoben, das waren keine Frauen, es waren Männer - wenigstens im anatomischen Sinne des Wortes.

Sie waren es genau so viel, wie diejenigen, die in der Kleidung noch die Attribute ihres Mannestums beibehielten. Nur wer ihnen ins Gesicht sah, erkannte deutlich unter der Schminke, die die abgelebten Züge bedeckte, die charakteristischen Merkmale jener Zwitterwesen, die hier im Kreise der Gefährten ihrer Neigung sich ungezwungener fühlten als draußen, wo die normale Welt sie umgab.

Die Gesellschaft, in der sich ungefähr dreißig kaum dem Knabenalter entwachsene junge Menschen in Matrosenkleidern, Tiroler Kostümen, kurz allen möglichen Verkleidungen, die Gelegenheit boten, die Form des Körpers deutlich zu verraten, befanden, unterhielt sich laut und zwanglos. Die Stimmen zeichneten sich durchweg durch den bekannten hohen Fistelton aus.

Graf von der Mark und Pickert hatten sich ihrer Oberkleider entledigt und während Columbine von mehreren Bekannten begrüßt wurde, gewahrte Jeannette manches Gesicht, das ihm noch aus der Kneipe im Scheunenviertel geläufig war.

Ein älterer Mann näherte sich Columbine, und der Graf sah, wie des alten Mannes Lippen sich zärtlich auf den Mund Pickerts preßten.

Graf von der Mark näherte sich schnell seinem Freunde, und leise, fast flehend, bat er ihn:

«Wollen Sie nicht lieber bei mir bleiben, Herr Pickert? Mir tut es weh, zu sehen, wie ein anderer Sie küßt.»

Pickert triumphierte. Bereitwillig ergriff er des Grafen Hand und schmiegte sich an seine hohe Gestalt.

In diesem Augenblick ertönten aus einem Nebenraum drei Gongschläge.

Das surrende Geräusch der Stimmen verlosch, und die Gesellschaft begab sich, die schwere Fülle eines mächtigen Vorhanges bei Seite schiebend, in den Festsaal.

Das war ein langer, nicht zu großer Raum. Von beiden Seiten fielen aus zwei Fenstern durch farbige, schwere Vorhänge gemildert, bläuliches Licht in den Raum. Der Erdboden war mit einer verschwenderischen Menge von Teppichen ausgelegt, zu beiden Seiten der Längswände waren türkische Kissen aufgestapelt, und ganz im Hintergrund, die Querwand des Saales einnehmend, befand sich ein Altar.

Vor diesem Altar, der weiß in hellem Marmor wie ein griechischer Opferstein emporragte, stand ein erhöhtes Podium, gleichfalls mit Teppichen belegt. Der Marmor war mit Rosen frisch bekränzt, und über dem Altar erhob sich die nackte Statue eines Griechenknaben, der die Hände anbetend zum Himmel streckte.

An den vier Ecken des Podiums kauerten vier Knaben, von denen jeder höchstens zwölf Jahre alt sein mochte. Die Augen und die Wangen geschminkt, die Lippen rot gefärbt, Rosen im Haar und um die zarten noch unentwickelten Glieder ein weißes Griechenhemd geworfen, lagen sie in halbsitzender Stellung, die mit Sandalen bespannten Füße über den Rand des Podiums hinausstreckend. Die Ecke links neben dem Altar war mit einem Teppich abgegrenzt und verbarg das Harmonium, das bei der Feier die Orgel ersetzen mußte.

Der Saal hatte sich gefüllt. Die Paare, oft aber auch Gruppen, hatten sich auf jene türkische Kissen an den Seitenwänden niedergelassen, ein anderer Teil nahm die Mitte des Saales ein, und einzelne lagerten sich zu Füßen des Podiums. Pickert hatte ein Kissen in der Ecke zurechtgeschoben und zog den Grafen von der Mark sanft zu sich heran.

So saßen beide, als hinter dem Teppich hervor die ersten Töne der Musik erklangen. In langsamen, getragenen Mollakkorden drang leise eine orientalische Melodie in den Raum, dann teilte sich der Teppich und ein Mann im Priestergewand trat hervor. Ein langer weißer Mantel wallte an seiner kräftigen Gestalt herunter, nur die Arme ließ er bloß. Der kräftige, schön geformte Fuß war mit Sandalen bekleidet, deren goldene Schnüre sich über dem Schienbein bis zum Knie emporkreuzten. Ein üppiger schwarzer Haarwuchs krönte in lockiger Fülle das bartlose Gesicht, und um die Stirn wand sich die weiße Priesterbinde.

Als er hervortrat, sprangen zwei von den Knaben, die auf dem Podium harrten, auf ihn zu; er nahm sie an seine Seite und die Arme um ihre Schultern legend, schritt er mit ihnen die Stufen empor. Die Musik brach ab, und die Gemeinde schwieg.

Der Priester stand aufgerichtet mit erhobenem Haupt auf dem Podium, die beiden Knaben fest an seine Seiten drückend, und er hub an:

«Weine Hellas, klaget Ihr Brüder, rauft Euch das Haar und zerreißt Euch die Brüste, Antinous ist nicht mehr. Ein Unwürdiger, der seiner Schönheit Freuden trank, hat ihn in schnödem Undank ermordet, seine Knabenseele weilt in den Gefilden Castors und Polyneikes.»

Der Gemeinde hatte sich eine furchtbare Erregung bemächtigt. Die Paare drückten sich stöhnend aneinander, und während aller Augen auf den Mund des klagenden Priesters gerichtet waren, verschlangen sich die Arme und preßten sich die heißen Köpfe zusammen.

Graf von der Mark hatte Pickert, der willig nachgab, dicht an sich gezogen, und während sich des Erpressers Kopf fest an der Brust des Offiziers gedrückt lehnte, erschütterte ein nervöses Schluchzen die Gestalt des starken, kräftigen Mannes.

Des Priesters Prosa war beendet, ein wilder, heißer Sang drang jetzt aus jener Ecke, in der sich das Harmonium befand, hervor; der Chor der Knaben, der aus der Versammlung sich verstärkte, setzte ein und ein glühendes Preislied quoll, geführt von der Stimme des Priesters, durch den Raum.

Der Paroxismus der Menge schien aufs höchste gestiegen zu sein. Man hörte zwischen dem Gesang hindurch das Schluchzen der Erregten. Ein toller Rausch hatte alle erfaßt, der Priester ergriff einen Knaben mit starker Hand und hob ihn empor.

Die Orgie begann.

Fünfzehntes Kapitel.

In der Oranienburgerstraße, inmitten der alten, grauen Gebäude, an deren Vornehmheit der geschäftliche Spekulationstrieb der Neuerer vorüberzugleiten scheint, stand das

Wohnhaus des Privatgelehrten Heinrich Ewald, eines Mannes, dem es nicht gelungen war, in seinem Fach als Chemiker diejenige Stellung zu erklimmen, die seinem Ehrgeiz wünschenswert erschien.

Vergeblich hatte er, dem ein Riesenvermögen die absoluteste wirtschaftliche Unabhängigkeit garantierte, versucht mit Erfindungen und kühnen Lehren den brennenden Durst nach Popularität, der ihn verzehrte, zu stillen; sein Name war kaum im Kreise seiner Fachgenossen bekannt geworden.

Da bot die Geburt des Sozialismus in Deutschland dem Ehrgeizigen ein offenes Feld. Anfangs hatte der ehrliche Enthusiasmus der Jugend ihn zu den Interessen der Arbeiterklasse geführt, bald aber war ihm klar geworden, welch günstige Leiter sich hier seinen Ambitionen bot, und eifrig tauchte er in den Strudel.

Sein Plan gelang, und als die harte Strenge des Sozialistengesetzes auch ihm das bequeme Martyrium einer Gefängnisstrafe wegen politischer Vergehen einbrachte, stand Heinrich Ewald mit einem Schlage in der vordersten Reihe der stolzen Parteiführer.

Er hatte die Werke eines Marx, eines Lassalle eifrigst studiert und verstand es meisterhaft, in seinen scharf zugespitzten Reden die Schlagworte seiner Belesenheit anzubringen. Wenn er in seiner imposanten Figur auf der Rednertribüne erschien, dann jubelte man ihm schon zu, ohne daß er nur den Mund aufzutun brauchte, und seinem Herzen tat diese Popularität unendlich wohl.

Jetzt augenblicklich sah der große Volkstribun gar nicht so stolz und siegesgewiß aus. – Ewald saß in dem hohen Balkonzimmer seiner Wohnung im ersten Stockwerk des Hauses im hochlehnigen Sessel, schlaff zusammengesunken, den Blick starr auf den Boden gerichtet. Heute beleuchtete die eine Flamme, die an der mächtigen Krone brannte, einen Übelgelaunten, der finsterem Hinbrüten nachhing.

Aus einem Nebenzimmer tönte ein unterdrücktes Schluchzen.

Ewald sank aus seiner düsteren Melancholie hervor,

sprang auf und öffnete eine kleine Tapetentür, die in sein Schlafzimmer führte.

Ein junges Ding mit kaum entwickeltem Körper, ein Mädelchen, das allem Anschein nach erst vierzehn Jahr alt war, lag weinend auf der Chaiselongue, die quer vor dem breiten Bette stand, und barg den blonden Kopf schluchzend in die seidenen Kissen.

Ewald schloß in eiliger Hast die Tapetentür hinter sich. Mit einem Ausdruck in der Stimme, der dem Unbefangenen wie väterliches Wohlwollen geklungen haben würde, sprach er auf das weinende Mädchen begütigend ein, während seine breite Hand schmeichelnd durch den wirren Haarschopf fuhr.

«Geh Kind, hör doch jetzt auf zu weinen, es ist ja nicht so schlimm, ich habe Dir doch nichts getan, komm, wasch Dir Deine Augen mit kaltem Wasser und zieh Dich an. Wenn Du vernünftig bist, so merkt kein Mensch, was vorgefallen ist.»

Die Kleine schien stärker noch aufzuschluchzen, und Ewald biß sich, seinen Unmut unterdrückend, auf die Lippen.

Da schien er sich 'ne nette Sache eingerührt zu haben. Die Kleine nahm die Geschichte schwerer, als es ihm sonst begegnet war, und wenn das Mädel plauderte, daß er, der offizielle Stimmführer der Armen und Enterbten, sie an sich gelockt habe unter dem Vorgeben, sie zu beschäftigen, und sie, die schon nach dem zweiten Glase des schweren Portweins halb besinnungslos betrunken gewesen war, mißbraucht hatte, was daraus entstehen konnte, war nicht abzusehen.

Es war auch gar zu dumm, daß er von seinem diskreten Verfahren so töricht abgewichen war. Sonst war es seine liebenswürdige Freundin, die Witwe Scheibel, die in der Weinmeisterstraße hinter verschwiegenen Gardinen ein kleines Restaurant mit weiblicher Bedienung betrieb, die seinen Neigungen die geeigneten Objekte verschafft hatte.

Und statt sich nun an dieser sicheren Quelle zu laben, wo niemand wußte, wer er war, mit Ausnahme der Frau Scheibel, auf deren Diskretion er bauen konnte, anstatt dort genügsam sich von den Strapazen seines Volkstribunentums zu erholen, hatte er sich heute dazu hinreißen lassen, hier in seiner eigenen Wohnung mit diesem kleinen blonden Ding seinen Lüsten nachzugeben.

Wenn das je an die Öffentlichkeit gelangte, dann war es mit ihm vorbei, sowohl mit seiner Stellung innerhalb der sozialistischen Partei, wie auch im bürgerlichen Sinne, denn die Justiz würde den alten Sünder, der so pathetisch Wasser zu predigen verstand und heimlich Wein trank, nicht besonders schonen.

Es hieß um jeden Preis, das Kind zu beruhigen.

Ewald ließ sich an der Seite des Mädchens auf der Chaiselongue nieder. Sie hatte inzwischen aufgehört zu weinen, doch blieb ihr Köpfchen immer noch in den Kissen versteckt.

Ewald begann und streichelte liebkosend über den entblößten Rücken: «Geh, Kind, komm, zieh Dich an, wir wollen doch miteinander vernünftig reden.»

Die Kleine sprang auf:

«Wenn ich nach Hause komme und meine Mutter merkt was, was soll ich dann bloß sagen?»

Ewald atmete auf. Es war also nicht mehr die eigene moralische Empörung, die das Mädel zum Weinen brachte, es war die Angst nur vor dem Entdecktwerden. Die würde er besiegen, darüber war er sich nicht im unklaren.

«Hab keine Angst, Deine Mutter wird gar nichts merken, es kommt nur darauf an, daß Du vernünftig bist und hübsch den Mund hältst.»

Er zog die Kleine zu sich herab aufs Knie und sprach begütigend auf sie ein:

«Siehst Du, Kind, Du sagst zu Haus ganz einfach, Du hast bei mir Beschäftigung gefunden, Du sagst ganz ruhig, daß Du bei Herrn Ewald warst; er habe Dich zur Probe etwas schreiben lassen und sei sehr freundlich gewesen. Deine Arbeit hat ihm gefallen und er will Dich zu seiner Sekretärin ausbilden lassen. Dann kommst Du morgen wieder zu mir, und ich sorge schon dafür, daß Du noch was lernst, daß Du hübsche Kleider bekommst, und wenn Du etwas brauchst, hast Du es nur zu sagen.»

Die Kleine wandte das Gesicht ihm zu.

«Ja, merkt denn Mutter aber nicht schon an meinem Gesicht, was mit mir vorgefallen ist?»

Ewald beruhigte sie von neuem. Er klärte sie auf und unterrichtete sie, daß die Veränderung, die vor zwei Stunden mit ihr vorgegangen war, nicht vom Gesichte abzulesen sei. Nur schweigen müsse sie und dürfe sich nicht verplappern. Er wolle ihr gern Geld geben, nur müsse sie vorsichtig sein und zu Hause niemanden etwas von diesem unerklärlichen Besitz verraten, denn das würde leicht Verdacht erwecken. Er fragte sie, ob sie Geld haben wolle.

«Ja,» antwortete die Kleine, «wenn Sie mir was schenken wollen, Herr Ewald.»

«Aber Du mußt vorsichtig sein,» warnte Ewald nochmals und zog sein Portemonnaie hervor, dem er zwei neue Zwanzigmarkstücke entnahm, um sie dem Mädchen zu geben.

Das Kind nahm das Geld, und mit einem tröstenden: «Na, wenn Mutter nichts merkt, bin ich ja froh,» legte sie die beiden Goldstücke auf die Marmorplatte des Waschtisches. Dann begann sie unter dem wachsamen Auge Ewalds ihre dürftige Toilette zu machen. Aus einer verborgenen Kleidertasche holte sie ein altes Lederportemonnaie hervor, in das sie die beiden Zwanzigmarkstücke steckte.

Ewald hatte ihr lächelnd zugesehen. Das Gefühl der absolutesten Sicherheit war wieder zurückgekehrt.

«Hast Du noch Geschwister?» fragte er.

«Ja,» erwiderte Ella, «einen älteren Bruder.»

«Was arbeitet denn der?»

«Ich weiß nicht, er sagt, er schreibt für Zeitungen.»

Ewald erschrak. Verdammt, da hatte er besonderes Pech gehabt. Ein Bruder, der Journalist war, wenn da eine Indiskretion passierte, dann passierte sie gründlich. Hier galt es also doppelt Vorsicht einzuschärfen. Er sah die Kleine forschend an und sagte schließlich: «Du, wenn bloß Dein Bruder davon nichts erfährt, das wäre das Schlimmste.»

«Ach der,» erwiderte das Mädchen. «Der läßt sich alle Ewigkeiten mal bei uns sehen, und dann red ich mit ihm gar nich, ich bin froh, wenn er wieder weg ist.»

Ewald atmete erleichtert auf, dann war die Sache also gar nicht so schlimm.

Ella Pickert hatte ihre Toilette beendet, sie stülpte das kleine verstaubte Kapotthütchen auf ihr wirres Haar, das sie notdürftig in Ordnung gebracht, dann senkte sie das Portemonnaie, nachdem sie sich noch einmal von seinem goldenen Inhalt überzeugt hatte, in ihre Kleidertasche und schien zum Gehen bereit.

«Wann soll ich nun morgen wiederkommen, Herr Ewald?»

«Na, komm um zwei Uhr Nachmittag, Kind,» bestimmte der Alte. Er führte sie durch sein Arbeitszimmer hinaus auf den Korridor. Leise öffnete er ihr die Entreetür, und während er sie hinausschob, wiederholte er: «Also pünktlich um zwei Uhr.»

«Morgen um zwei Uhr!» erwiderte Ella, dann schloß sich die Tür, und das Mädchen ging die breite Treppe hinab.

***

Als Ella Pickert zum Hausflur hinaustrat, waren die Laternen bereits angesteckt. Ihre Augen sahen zwar noch etwas verweint aus, in ihrem Inneren aber war alle Bangigkeit geschwunden. Sie wurde nur von einem Gefühl beherrscht und das war dasjenige, in ihrem Vermögen vierzig Mark zu besitzen. An der Ecke blieb sie stehen, und beim Scheine einer Straßenlaterne holte sie ihr Portemonnaie heraus. Sie öffnete es und besah sich lange den goldenen Inhalt, der zwischen Kupfermünzen und einem Zehnpfennigstück hervorblitzte. Dann nahm sie die Zwanzigmarkstücke heraus und wog sie bedächtig in ihrer Hand.

Plötzlich fühlte sie, daß sie jemand auf die Schulter klopfte. Instinktiv schloß sie die Hand, die das Geld barg, und wandte sich um. Vor ihr stand ihr Bruder Anton

Pickert. Ein furchtbarer Schreck fuhr ihr durch alle Glieder.

Er sah, wie sie zusammenschreckte, und barsch fragte er:

«Nanu, wie kommst Du denn hierher?»

«Ich hatte hier zu tun,» gab ihm die Kleine Bescheid.

«Was versteckst Du denn da in Deiner Hand?» und schon hatte er mit roher Gewalt ihre Rechte erfaßt und drückte ihr die zusammengeballte Faust auseinander, so daß die beiden Zwanzigmarkstücke sichtbar wurden.

Anton Pickert hatte sich im Nu einen Zusammenhang konstruiert, der im wesentlichen den Tatsachen entsprach.

«Wie kommst Du zu dem Geld?» fragte er.

«Ich hab's gefunden,» versuchte Ella zu lügen.

«Ach, quatsch nicht, sag die Wahrheit,» fuhr sie Pickert an und eingeschüchtert vor dem groben Ton ihres Bruders erzählte Ella, sie habe bei Herrn Ewald Stellung gefunden.

Anton Pickert sah sie durchdringend an:

«Was, Stellung, wo Du gleich vierzig Mark bekommst, und deshalb hast Du geflennt? Was ist das für ein Ewald?» fragte er, ohne ihre Antwort auf die vorherige Frage abzuwarten.

«Herr Heinrich Ewald in der Oranienburgerstraße,» erwiderte Ella gänzlich eingeschüchtert.

«Was, Heinrich Ewald, der?» rief staunend Anton Pickert. «Wann hast Du Dich denn gemeldet?»

«Heute nachmittag,» stammelte Ella.

«So, und da hat er Dir gleich vierzig Mark gestiftet? Na, geh man nach Hause, behalte das Geld, aber sage nichts Muttern, denn die fällt ja auf den Schwindel nicht rein, die merkt sofort was los ist; vor mir brauchst Du keine Angst zu haben, ich habe jetzt keine Zeit, aber ich komme mal in den nächsten Tagen zu Euch, und da erzählst Du mir denn alles, was los ist. Wann hat Dich denn Ewald wieder hinbestellt?»

«Morgen,» erwiderte Ella.

«Na, denn geh man hin und sieh zu, daß Du so viel rausschlägst wie möglich, der muß blechen. So und nu mach, daß Du nach Hause kommst.»

Ella Pickert ging, froh darüber, ihr Geld ungeschmälert behalten zu dürfen und im Gefühl der Sicherheit, daß ihr Bruder sie nicht bei der Mutter verklatschen würde.

Anton Pickert wandte sich seinem Ziele zu. Nicht der leiseste Unwille über das Schicksal seiner Schwester bewegte seine Seele. Ihm schien es ganz selbstverständlich, daß sie auf diesen Weg geraten war, und daß der erste Schritt unter so glücklichen Auspizien getan war, daß es der reiche Sozialistenführer Heinrich Ewald gewesen, der diese Kleine hinüber geleitet hatte auf den Pfad des Lasters, erschien ihm wie ein besonderer Glücksfall. Da gab es sicher auch noch für ihn etwas Sahne abzuschöpfen, das war zu überlegen, und in doppelt gehobener Stimmung begab sich Columbine zu seinem neuen Freund in die Wohnung Jeannettes in der Spandauerstraße.

Sechzehntes Kapitel.

Pickerts edles Gemüt war erfüllt von einem Gefühl absolutester Genugtuung. Sein Weizen blühte, und des Schicksals Gunst blieb seinen Plänen unentwegt treu.

Graf von der Mark umhüllte ihn mit seiner Liebe. Er taumelte um den hageren Reiz des neuen Freundes in einem Rausch von Seligkeit, wie ihn herrlicher und größer nie ein Mann empfand, dem ein langumworbenes Weib zu eigen wurde.

Columbine erduldete den Strom von Liebkosungen, mit denen der Graf ihn überschüttete und seine Gleichgültigkeit, die ihn in allen ekstatischen Verzückungen des anderen nicht verließ, verbarg er mit außerordentlichem schauspielerischem Geschick.

Graf von der Mark glaubte seiner Treue und seinen

Gefühlsäußerungen und täglich fast, viel häufiger, als es der Dienst des Offiziers erlaubte, waren sie zusammen.

Jeannette, dieser Kosename war wieder in Gebrauch getreten, träumte davon, mit seinem neuen Liebchen ein Idyll, fern von den dienstlichen Verpflichtungen und den erzwungenen kurzen Trennungen und vor allen Dingen fern von dem drohenden Strafgesetz, zu verleben.

Italien, das Land der Liebenden, war das Dorado, nach dem er strebte, und zwischen beiden war schon nach zwei Tagen von nichts anderem mehr die Rede, als von der «Hochzeitsreise» nach dem Süden, von dem Graf von der Mark in lauter Begeisterung schwelgte.

Von Erich Selten wurde kaum noch gesprochen. In der Flut der Freuden, die Columbine seiner Jeannette gewährte, ertrank völlig das Andenken an den Toten, der sie eigentlich zusammengeführt hatte.

Nur einmal hatte der Zufall sie gezwungen, sich einen kurzen Augenblick mit Erich Selten zu beschäftigen.

Columbine, der in der Wohnung des Grafen in der Spandauerstraße jetzt schaltete und waltete, durchstöberte und kramte in sämtlichen Ecken und Schubladen der beiden kleinen Zimmer. Er betrieb dieses Geschäft nicht einmal heimlich, er setzte es mit scheinbarer Harmlosigkeit auch in des Grafen Anwesenheit fort, der den gezwungenen, zierlichen Bewegungen des Liebenden mit strahlenden Augen folgte.

Da plötzlich, es war am dritten Tage ihres Wonnemonds, stieß Columbine in einer Schublade auf ein kleines Feuerzeug aus rotem Safianleder mit goldbeschlagenen Ecken. Unten im linken Winkel des kleinen Rechteckes war ein kleiner goldener Hammer eingepreßt, um dessen Stiel sich ein lateinisches B wand.

«Gehört das Dir?» fragte Columbine und wandte sich dem Grafen zu, der auf der Chaiselongue liegend, seine verliebten Blicke zu ihm hinübersandte.

«Nein, das hat wohl Lieschen hier vergessen, ich weiß nicht, wo er es herhat, behalte es Dir,» und Columbine versenkte das Feuerzeug in seine Westentasche.

Es war ihm klar, daß dieses Feuerzeug von irgend einem unbekannten Verehrer des Toten herrühren mußte, und vielleicht wurde es ein wertvoller Fingerzeig auf dem Wege zu der Entdeckung des Täters. Er nahm sich vor, durch gelegentliche Fragen an Jeannette noch Näheres über die Zeit, in der Erich Selten zum ersten Male das rote Lederschächtelchen gezeigt hatte, zu erfahren. Jetzt unterließ er solche Fragen, denn es lag ihm daran, Jeannettes Gedanken möglichst ausschließlich auf seine eigene Person zu konzentrieren.

In seiner Freude über die Generosität des reichen Freundes, der ihm am zweiten Tage schon neben einer echten, wertvollen Busennadel einen namhaften Betrag übergeben hatte, mischte sich ein kleiner Wermutstropfen. Er war so dumm gewesen, dem Kriminal-Inspektor Doktor Bergler den wirklichen Namen Jeannettes zu verraten, und wenn es ihm nun nicht gelang Bergler hinreichend zu überzeugen, daß Graf von der Mark für die Aufklärung des Verbrechens im Tiergarten absolut nicht in Frage käme, war die wertvolle Freundschaft stark gefährdet. Wenn die brutale Hand des Gesetzes in die Maschen des feinen Netzes griff, das er jetzt spann, dann war mit einem Schlage alles zerstört.

***

In der Mittagsstunde des folgenden Tages schritt Anton Pickert aus dem Hauptportal des Polizeipräsidiums.

Er war in entsetzlicher Stimmung, das ganze von ihm so kunstvoll aufgerichtete Gebäude drohte mit einem Schlage zusammenzubrechen, und diese Katastrophe schien einzutreten in dem Moment, als gerade der höchste Erfolg sein Unternehmen krönen sollte.

Am Morgen dieses Tages hatte ihm Graf von der Mark erfreut mitgeteilt, daß er in zwei Tagen seinen Urlaub antrete und mit ihm, seinem neuen Freund, nach Sizilien fahren wolle. Entzückt von Columbines enthusiastisch geäußertem Einverständnis, hatte Jeannette ihm Geld nahezu aufgedrängt. Pickert spielte mit bewunderungswürdigem

Geschick die Rolle desjenigen, dem diese Gelderörterungen peinlich sind, und scheinbar zögernd nahm er den für ihn exorbitanten Betrag von fünftausend Mark an, die ihm der Graf, begeistert und gerührt von der lauteren Uneigennützigkeit des Freundes, zur Regulierung angeblich verschämt zugestandener Verpflichtungen überwies.

Den Bankscheck in der Tasche, hatte sich der Schurke von seinem betörten Opfer verabschiedet und war aufs Polizeipräsidium gefahren, denn nun galt es unter allen Umständen jede störende Intervention des Doktor Bergler zu verhindern.

Pickert hätte sich ohrfeigen können, gedachte er, mit welcher Dummheit er um lumpiger Hundert Mark den wahren Namen Jeannettes der Polizei verraten hatte.

Als Pickert vor Doktor Bergler stand, erkannte er bald, wie ganz vergeblich alle Bemühungen sein müßten, die Nennung des Namens des Grafen von der Mark als einen Irrtum hinzustellen.

Bergler hörte Pickert bis zu Ende an, um ihn dann ruhig zu fragen:

«Na, Pickert, für so dumm halten Sie mich wohl doch nicht, um Ihnen zu glauben, daß Ihr Gerechtigkeitsgefühl Sie zu mir treibt, um einen solchen Irrtum zu reparieren.»

«Aber ich sage bloß die Wahrheit, Herr Doktor,» versuchte Pickert zu protestieren.

Doktor Bergler sah ihm fest ins Gesicht und sprach mit langsamer Betonung die einzelnen Worte:

«Die Wahrheit haben Sie mir gesagt, als Sie mir verrieten, daß sich hinter dem Spitznamen Jeannette die Person des Kürassier-Leutnants Graf Friedrich August von der Mark verbirgt. Was Sie heute veranlaßt, diese wahrheitsgemäßen Angaben rückgängig zu machen, darüber habe ich meine Vermutungen, Pickert! Hüten Sie sich und jetzt beantworten Sie mir meine Fragen.»

«War Graf von der Mark anwesend bei der Gedenkfeier, die Donnerstag im Eli'schen Restaurant veranstaltet wurde?»

«Nein,» log Pickert.

«Sie, Pickert, Sie sind gewarnt, bleiben Sie bei der Wahrheit.»

«Aber ich schwöre Ihnen,» erwiderte Columbine, «der Graf war nicht da, er konnte auch nicht dagewesen sein, denn als ich ihn einladen wollte, erkannte ich ja meinen Irrtum; ich habe mir den Grafen von der Mark ganz aus der Nähe angesehen, er ist nicht Jeannette, das muß ein anderer sein, mit dem ich ihn verwechselt habe.»

Doktor Bergler war aufgestanden und sah Pickert, der gleichgültig diesen Blick zu ertragen schien, durchdringend ins Gesicht.

«Pickert, wenn Sie etwa da Ihre eigenen Geschichten machen, dann wehe Ihnen; ich stelle sofort meine Untersuchungen an, und wenn sie ergeben, was ich vermute, dann kenne ich kein Erbarmen. So, jetzt laß ich Ihnen bis morgen Bedenkzeit, kommen Sie morgen her, und überlegen Sie sich genau, was Sie mir dann als endgültige Wahrheit sagen werden.»

Anton Pickert war entlassen und als er durch das Hauptportal des Polizeipräsidiums schritt, war seine Stimmung der Verzweiflung nahe. Wenn hier nicht irgend etwas geschah, dann war die Reise nach Italien zum Teufel, und, was noch schlimmer war, sein ganzer Zukunftsplan ging in die Brüche.

Wenn es nur eine Möglichkeit gegeben hätte, diesen unbequemen Doktor Bergler zu beseitigen. Selbst dem Gedanken eines Mordes gab er in seinen Erwägungen Raum, aber das war ja alles unausführbar, denn wie sollte es denkbar sein, dem gewiegten Kriminalisten beizukommen. Er mußte eben räsonieren, und wenn alle Stricke rissen, blieb ihm nichts übrig, als den Grafen von der Mark zu opfern und sich der Ausbeutung Heinrich Ewalds, den ihm ein Zufall in die Hände gespielt hatte, zuzuwenden.

Columbine war hinübergeschritten zur Stadtbahn-Station Alexanderplatz. Seine Erwägungen hatten ihn in der Bahnhofshalle zurückgehalten, und als er sich jetzt anschickte ein

Billet zu lösen, fühlte er plötzlich eine Hand auf der Schulter.

Er wandte sich um, vor ihm stand lächelnd Doktor Bergler.

«Na, Pickert, ich beobachte Sie schon eine ganze Weile, Sie überlegen sich wohl schon, wie Sie mich morgen anschwindeln werden.»

«Na, wenn Sie kein Vertrauen mehr zu mir haben, Herr Doktor, dann kann ich mir nicht helfen, ich habe Ihnen bisher doch immer nur die Wahrheit gesagt,» erklärte mit gekränkter Stimme der Angesprochene.

«Na, dann bleiben Sie auch dabei, dann werden wir weiter gut miteinander fahren,» erwiderte Bergler.

Da plötzlich hatte Pickert einen Einfall. Wenn es ihm jetzt gelang, einen anderen Offizier, ganz gleichgültig welchen, zu beschuldigen, dann blieb Jeannette und ihm wenigstens Zeit in aller Ruhe das Ausland zu erreichen und diesem Gedanken, der ihn blitzschnell durchfuhr, sofort nachgehend, wandte er sich an Doktor Bergler.

«Ich habe ja schon den Richtigen, der hinter Jeannette steckt, ich weiß bloß nicht wie er heißt, der Graf von der Mark ist es nicht.»

Erstaunt hielt Doktor Bergler, der sich schon dem Schalter zuwenden wollte, inne.

«Warum haben Sie mir das nicht oben in meinem Bureau gesagt?»

«Ich sage Ihnen ja, Herr Doktor, ich weiß noch gar nicht, wie er heißt, sowie ich das erst rausgekriegt habe, melde ich es Ihnen schon.»

«Haben Sie ihn schon gesehen?» fragte Doktor Bergler und strengte jetzt seine Stimme zum leisen Flüstern an.

«Jawohl, zweimal,» log Columbine.

«Auch Offizier?» fragte Bergler.

«Jawohl.»

«Dasselbe Regiment?»

«Ja.»

Doktor Bergler schien einen Augenblick zu überlegen,

dann wandte er sich von neuem an seinen Vigilanten: «Wo haben Sie den Offizier beobachtet?»

«In Potsdam,» erwiderte Pickert.

Doktor Bergler nahm sein Notizbuch vor, dessen Inhalt er zu konsultieren schien, und das Buch wieder in seine Brusttasche versenkend, wandte er sich an Pickert: «Sie werden morgen Mittag mit mir nach Potsdam fahren und mir den Betreffenden zeigen, können Sie das?»

«Jawohl,» erklärte Pickert. Im Inneren war er entschlossen, den ersten besten Kürassierleutnant für Jeannette auszugeben.

«Seien Sie Punkt drei Uhr auf dem Potsdamer Bahnhof auf der Abfahrtseite, um drei Uhr zwanzig Minuten geht der Kölner Zug, der uns nach Potsdam bringt, ich bin rechtzeitig da und löse die Fahrkarten, also Punkt drei Uhr.»

«Jawohl, Herr Doktor,» erwiderte Pickert und sah dem Kriminalisten nach, der, nachdem er sich am Schalter ein Billet gelöst hatte, auf der Treppe zum Bahnsteig verschwand.

Siebzehntes Kapitel.

Im Hause der Familie Seidwitz herrschte die Erregung, wie sie einer Hochzeit voranzugehen pflegt.

Mit freudiger Genugtuung bemerkte Elise von Tag zu Tag mit größerer Deutlichkeit, daß Struwe-Schmidt sinnlos in sie verliebt war. Sie mußte sich verdammt zusammennehmen, um, wenn er sie an sich drückte, wenn sein Mund in kaum verhaltener Leidenschaft den ihren suchte, wenn seine Hand sich fest und zitternd zugleich um ihre Büste preßte und sein leuchtendes Auge glänzend in das ihre starrte, mit keiner Bewegung, keiner Geste und keinem Ausdruck ihres Gesichtes zu verraten, daß ihr die Wissenschaft der Liebe längst nicht mehr fremd war.

Elise selbst war es jetzt, die alle Vorbereitungen zur Hochzeit beschleunigte. Struwe war nach Retwitz zurückgekehrt. Der Abschied war ihm bereits bewilligt. Da galt's im Herrenhause Vorkehrungen zu treffen für den Empfang der jungen Frau. Und ferner hieß es, sich um tausend andere Dinge noch kümmern, die jetzt sich anders gestalten mußten, wo der Besitzer an der Hand einer jungen Gattin einzog, um selbst das Regime zu übernehmen. Wenn es seine Zeit erlaubte, fuhr Struwe nach Berlin, und dann kam es zu jenen heißen Umarmungen, bei denen Elise ängstlich darauf achten mußte, sich nicht zu vergessen.

Die Hochzeit sollte im Dom am Lustgarten gefeiert werden. Das Datum war endgültig auf den letzten Sonnabend im Monat Mai festgesetzt, und die Einladungen waren bereits versandt.

In der Berliner Hofgesellschaft war in jenen Tagen die Tendenz zu Festlichkeiten nur sehr schwach. Der alte Kaiser kränkelte unter der Last seiner hohen Jahre, er verbrachte Wochen im Bett, das er an manchen Tagen nur verließ, um sich, gestützt auf zwei Diener, an das historische Eckfenster zu begeben, wenn mittags die Wachtparade vorbeizog.

Es war für den ehrwürdigen Greis eine starke Leistung, täglich die Paraderolle am historischen Eckfenster spielen zu müssen, und dazu kam noch die Notwendigkeit, in kurzen Zwischenräumen, so wie sich nur der leiseste Hauch einer Besserung im Befinden des alten Herrn bemerkbar machte, Ausfahrten zu unternehmen, die den Zweck hatten, der Berliner Bevölkerung den unverändert guten Gesundheitszustand des Kaisers sichtbar zu demonstrieren.

Die starke Hand, die stützend und unsichtbar nach ganz bestimmten Plänen den schwachen Körper des alten Herrn schob, gehörte dem Reichskanzler, dem Fürsten Bismarck. Doch tat man unrecht, in diesem Aufrechterhalten des Dekorums einen Zug der fast zur Legende gewordenen Brutalität des eisernen Kanzlers zu erblicken.

Wenn es irgend etwas gab, woran Otto von Bismarck mit innigster Liebe hing, wenn es einen Menschen gab, der diesem Mann, der aus Trotz und Gewalttätigkeit zusammengesetzt schien, Tränen der Rührung hätte entlocken können, so war es die Person Kaiser Wilhelms des Ersten.

Der Kanzler, der in allen politischen Fragen starr und unbeugsam seinen Willen siegreich auch demjenigen des Monarchen gegenüber zu stellen gewohnt war, hatte für die Person seines Herrschers eine geradezu kindliche Verehrung.

Es mag hier unentschieden bleiben, ob dieses Gefühl einem Triebe der Selbsterhaltung entsprang, denn es war wirklich klar, daß seine Art der Politik niemals den Beifall des Kronprinzen Friedrich Wilhelm gefunden hatte, und daß mit einem Regierungsantritt dieses Kronprinzen seine Herrlichkeit zu erlöschen bestimmt war.

Und selbst, wenn Kronprinz Friedrich Wilhelm niemals auf den Thron gelangte, wenn sich der Tod ihm nahte, ehe noch sein kaiserlicher Vater die Augen schloß, dann setzte sich Prinz Wilhelm die deutsche Kaiserkrone auf das junge Haupt, und Bismarck war hinreichend Menschenkenner, um zu wissen, daß das trotzige Selbstbewußtsein dieser Jugend niemals dem erfahrenen Alter den Nacken beugen würde.

Dazu kam, daß sich um die Person des jungen Prinzen bereits eine Art Hofstaat zu bilden begann. Die Thronfolgerpolitik der Höflinge übersprang vollständig die Person des totkranken Kronprinzen Friedrich Wilhelm, von dem man sicher wußte, daß, wenn er überhaupt zur Herrschaft käme, sein Reich nur von sehr kurzer Dauer sein könnte, und wandte sich dem Prinzen Wilhelm zu.

Des jungen Hohenzollern Sinn war seinem Alter entsprechend stark auf das Dekorative gerichtet, und diese Tendenz äußerte sich ganz besonders in seinem Verhalten zu künstlerischen und militärischen Fragen.

Der äußeren Linie gab er den höchsten Wert, und in dieser Neigung unterstützte ihn eine kleine Schar falscher und echter Freunde, die ihn wie eine undurchdringliche Mauer umgab.

Der geistige Leiter dieser Freundesschar war Fürst Steiningen, ein märkischer Großgrundbesitzer und das damals zirka vierzig Jahr alte Oberhaupt einer ursprünglich süddeutschen altadligen Familie, die unter Friedrich Wilhelm III. in Preußen eingewandert war und der Diplomatie und dem Verwaltungsdienst des Landes manchen Beamten geliefert hatte.

Steiningen war verheiratet, Vater eines Sohnes und einer Tochter und lebte seit Jahresfrist auf Olshausen, seiner Jagdbesitzung in der Mark.

Er war bisher Vertreter des preußischen Hofes bei einem süddeutschen Fürsten gewesen und hatte sein Amt interimistisch abgegeben. Er zog es vor, hier in des Hofes Nähe den notwendigerweise bevorstehenden Thronwechsel abzuwarten, um einen heißerwünschten Botschafterposten bei einer größeren Macht zu erlangen. Steiningen war ein Mann von überragender Intelligenz, dabei erfüllt von künstlerischen Interessen, und in die Klarheit seines Wissens und Empfindens mischte sich nur störend ein schwärmerischer Hang zum Mystizismus.

Und dieser Hang war doppelt gefährlich, da er dem nicht sehr aufrichtigen Steiningen die Möglichkeit gab, um die Person des Hohenzollern-Prinzen einen Weihrauchduft von Schmeichelei und Schwarmgeisterei zu erzeugen, der selbst erfahreneren Leuten hätte zu Kopf steigen müssen. Tatsächlich taumelten Ehrliche in diese Dämmer-Atmosphäre, die angefüllt war mit flimmernder Übersinnlichkeit und sich nur etwas klarer gestaltete, wenn die Person des Prinzen Wilhelm in sie trat.

So war Graf Roon, der in dem Künstlertum des Fürsten Steiningen tausend verwandte Züge entdeckte, dem bedeutenden Einfluß dieses Mannes ganz verfallen.

Als er, von seinem Urlaub zurückgekehrt, in Berlin den Anfang zu seiner diplomatischen Karriere nahm, geriet er in den Umkreis des ihm früher schon bekannten Fürsten Steiningen und bald war er ein regelmäßiger Gast auf Olshausen, wo man zwischen musikalischen Genüssen der verfeinertsten Art und höchst zweifelhaften spiritistischen Seancen und anderen okkulten Experimenten hin und her schwankte.

Die Stimmung in beiden Gesellschaftskreisen war im Sommer des Jahres 1887 sehr verschieden, denn während der eine mit Angst dem kommenden Wechsel der Dinge entgegensah, der so leicht doch auch einen Wechsel in der Tendenz des ganzen Hofes mit sich führen konnte, harrte der andere mit kaum verhaltener Freude dem nahenden Umschwung entgegen, der sein Regime zu Ehren bringen sollte.

Aus den Angehörigen beider Gesellschaftskreise setzten sich die Gäste zusammen, die für die Struwe'sche Hochzeitsfeier in Frage kamen, und aus beiden Kreisen kamen Absagen, die die Verzweiflung des Seidwitz'schen Ehepaares bildeten.

Die gegenwärtige Hofgesellschaft hielt den Augenblick nicht für geeignet, rauschende Feste zu feiern und die anderen, die Olshausener, erwiesen sich noch sehr zurückhaltend. Man durfte sich jetzt nicht auf bestimmte gesellschaftliche Beziehungen festnageln, ehe man wußte, wie die Dinge sich entwickeln würden.

Elise von Seidwitz nahm die Absagen viel gleichgültiger hin, als man von ihr hätte erwarten dürfen, aber sie war so erfüllt von ihrer aufgepeitschten Begehrlichkeit und ihrer angefachten Sinnenlüste, daß ihr sonst so reges Interesse für Äußerlichkeiten versagte. Sie dachte an nichts anderes, als an ihre Ehe, und ob die kirchliche Feier, die dieser Sache vorausging, von dreißig Leuten mehr oder weniger besucht war, war ihr unwichtig, und mit diesem Ausdruck absolutester Gleichgültigkeit warf sie einen Brief, den der Postbote soeben überbracht hatte, nachdem sie ihn gelesen, bei Seite. Das Schreiben enthielt die Absage des Grafen Friedrich August von der Mark, der, wie er mitteilte, auf Anraten seiner Ärzte Urlaub genommen, um eine Erholungsreise nach Italien anzutreten.

Achtzehntes Kapitel.

Um ein halb sieben Uhr abends verläßt der Luxuszug, der über den Brenner nach Italien fährt, in Berlin die Halle des Anhalter Bahnhofes.

Es mochte gegen sechs Uhr sein. An einer Säule, unweit des Billetschalters, stand wartend Graf von der Mark und ließ seine Blicke suchend über die Menge schweifen.

An seiner Seite ruhte auf dem Boden das elegante Handgepäck. Seine große, stattliche Erscheinung steckte in vornehmen Zivilkleidern, die Reisemütze hatte er tief ins Gesicht gedrückt, und während seine Rechte krampfhaft die beiden Fahrscheine erster Klasse, die er bis Rom bereits gelöst hatte, umklammerte, hing sein Blick mit immer wachsender Nervosität am Eingang der Bahnhofshalle, wo er jeden Augenblick seinen Freund Pickert eintreten zu sehen glaubte.

Der Zeiger der Bahnhofsuhr rückte immer weiter, es fehlten nur noch fünfzehn Minuten bis zur Abfahrt des Zuges, und die Nervosität des Wartenden hatte ihren Gipfelpunkt erreicht, als plötzlich eine Droschke vor den Eingang rollte, Pickert absprang, dem Kutscher zahlte und in die Bahnhofshalle trat.

Er schien bleich und nervös erregt, und als sein Blick auf den herbeitretenden Freund fiel, zwang Pickert die blassen Züge seines knochigen Gesichtes zu einem liebenswürdigen Lächeln.

«Da bist Du ja, wo bleibst Du nur so lange, ich fürchtete schon, Du würdest den Zug versäumen,» begrüßte ihn der Graf und drückte ihm freudig bewegt die entgegengestreckte Hand.

Erstaunt, Pickert mit leeren Händen ankommen zu sehen, setzte er fragend hinzu:

«Hast Du denn kein Handgepäck?»

«Doch, doch,» erwiderte der andere, «ich habe es schon vormittag hier auf dem Bahnhof deponiert.» Er zog seinen Gepäckschein hervor, und beide begaben sich zur Aufbewahrungshalle.

Columbine verriet eine eigentümliche Nervosität in seinem Benehmen. Ängstlich und scheu waren seine Bewegungen, und sein verstohlener Blick glitt immer wieder durch die Bahnhofshalle, als suche er dort etwas.

Sie hatten die beiden neuen und sehr eleganten Koffer, die Columbine an der Aufbewahrungsstelle zurückerhielt, mit dem Handgepäck des Grafen einem der Träger übergeben und schritten nun die Treppe empor zum Perron.

Pickert verriet eine sonderbare Hast, den Zug zu erreichen, und als sie endlich beide in einem Abteil erster Klasse saßen, schien er die Zeit bis zum Abgang des Zuges kaum noch erwarten zu können.

Es handelte sich im ganzen nur um wenige Minuten, und dennoch lugte Pickert alle Augenblicke auf die Halle hinaus nach der großen Bahnhofsuhr und ließ den scheuen Blick wieder zögernd über den Perron schweifen, als drohe ihm von dorther irgend eine Gefahr.

Endlich gab der Stationschef das Abfahrtszeichen, der Zug setzte sich in Bewegung. Pickert hatte sich in die Ecke gedrückt und seine Augen flogen verstohlen an der langen Reihe, der auf dem Perron Zurückgebliebenen, vorüber.

Der Zug hatte die Halle verlassen, das Tempo wurde schneller, und bald glitten die westlichen Vororte Berlins vorbei. Mit jedem Kilometer, den der Zug zurücklegte und der ihn von der Reichshauptstadt entfernte, schien Pickerts Unbehaglichkeit mehr und mehr zu weichen.

Ein Gefühl der Befreiung überkam ihn, und aufatmend wandte er sich schließlich aus seiner Ecke an Jeannette, der ihn mit seinen liebevollen Blicken die ganze Zeit umschlungen hatte.

«Wo steigen wir denn zuerst aus?» fragte er.

«In München, Geliebter.»

Pickert erhob sich und setzte sich an des Grafen Seite. Er legte seinen Arm um seine Schulter und bat: «Würdest Du mir einen Wunsch erfüllen?»

«Jeden,» flüsterte der Graf.

«Dann fahren wir direkt bis Innsbruck und dort verbringen wir die ersten Tage ungestört zusammen, ist Dir das recht?»

«Wie Du willst, mein Lieb,» erwiderte der andere.

Dann beugte er sich nieder und preßte seinen Mund auf die schmalen Lippen des Schurken.

***

Der nächste Morgen sollte den Berlinern eine neue Überraschung bringen, eine Überraschung, die mit einer blutigen Tat das bereits eingeschlummerte Interesse an der mysteriösen Mordaffäre im Tiergarten wachpeitschte.

Der Kriminalinspektor Doktor Bergler, der Mann, der mit der Aufklärung jener Tiergarten-Mordaffäre betraut war, war im Eisenbahnzuge, der um drei Uhr zwanzig Minuten des vorhergehenden Nachmittags Berlin verlassen hatte, in Magdeburg tot aufgefunden worden, und alle Begleitumstände ließen keine Zweifel darüber, daß der Beamte ermordet worden war.

Der Zug, der drei Uhr zwanzig Minuten Berlin verläßt, eine halbe Stunde darauf in Potsdam hält und nach einer weiteren Stunde in Brandenburg an der Havel Station macht, langte gegen sechs Uhr fahrplanmäßig in Magdeburg an.

Ein Herr, der in Magdeburg einstieg, öffnete ein Coupé zweiter Klasse, in dessen gegenüberliegender Fensterecke bereits ein Passagier scheinbar schlafend lehnte.

Der Neuhinzukommende warf seine Handtasche in das Gepäcknetz und wechselte durch das geöffnete Coupéfenster mit zwei auf dem Perron zurückbleibenden Bekannten noch einige Abschiedsworte, bis sich der Zug in Bewegung setzte. Der Reisende schloß das Fenster, begann es sich ein wenig bequem zu machen, und als der Zug das Halbdunkel der Bahnhofshalle verlassen hatte, fiel sein Blick auf seinen Fahrtgenossen, der immer noch in der Ecke zu schlafen schien.

Doch was war das?!

Der Reisende sprang auf, aus seinem Gesicht war jeder Blutstropfen gewichen, und grauenhafter Schreck malte sich in seinen Zügen. Der Mann, der dort auf seinen Sitz zurückgelehnt so stumm verharrte, der schlief nicht, der war tot.

Aus seiner rechten Schläfe schien noch jetzt ein dünner Blutfaden auf die Schulter hernieder zu rieseln, und, da am Fußboden, lag ein kleiner einfacher Revolver, die Waffe, aus der allem Anschein nach der totbringende Schuß gekommen war.

Hier lag ein Selbstmord vor oder gar ein Verbrechen.

Der Reisende griff nach der Notbremse.

Der Zug, der den bebauten Teil Magdeburgs noch nicht verlassen hatte, hielt. Die Beamten stürzten herbei, und ein im Zuge befindlicher Arzt konstatierte, daß alle beabsichtigten Wiederbelebungsversuche nutzlos seien. Der Tod war seit mindestens zwei Stunden eingetreten, und zwar hatte die Kugel, die ins Gehirn gedrungen war, dem Leben ein unmittelbares Ende bereitet.

Die minutiösen Bestimmungen des Fahrplanes ließen eine längere Verzögerung nicht zu. Die Leiche wurde hinaus gehoben und in einen von der Station herbeigeeilten Hilfswagen gesetzt.

Ein Polizeibeamter hatte den Hilfszug begleitet, und während der Schnellzug in der Richtung nach Hannover davon dampfte, glitt die Leiche, von dem Beamten bewacht und von dem Reisenden, der den Toten entdeckt und nunmehr nolens volens seine beabsichtigte Fahrt unterbrechen mußte, begleitet, auf den Schienen nach Magdeburg. Hier war bereits die Kriminalpolizei alarmiert, man untersuchte die Taschen des Toten, um seine Identität festzustellen. Was man zuerst fand, war die Metallmarke, die die Kriminalbeamten des Reiches als Erkennungszeichen stets bei sich tragen, und aus dem

Inhalt des gefundenen Portefeuille ersah man, daß der Tote Doktor Bergler, der Inspektor der Berliner Kriminalpolizei, sei.

In seiner Westentasche fand man zwei Rückfahrtkarten zweiter Klasse für die Strecke Berlin-Potsdam, die beide mit dem Tagesdatum abgestempelt waren, und aus denen hervorging, daß Bergler diese Reise nicht allein angetreten hatte.

Doch wer war dieser Begleiter?

Noch am Abend desselben Tages wurde der Leichnam nach Berlin zurücktransportiert und hier von dem Beamten des Polizeipräsidiums in Empfang genommen. Unter den Leuten herrschte eine furchtbare Erregung, die sich noch steigerte, als aus der Aussage des Polizeikommissars, der unmittelbar mit dem Toten zusammengearbeitet hatte, hervorging, daß dieses neue Verbrechen wieder irgend welchen Zusammenhang haben mußte mit den homosexuellen Kreisen Deutschlands.

Der Kriminalkommissar Freyeisen war es, der Lieblingsbeamte des toten Bergler, dem dieser die Erledigung der mittags zurückgebliebenen Sachen auf dem Polizeipräsidium übergeben und erklärt hatte, er fahre nach Potsdam, um dort einen Offizier zu beobachten. Er glaube, er befinde sich auf der richtigen Spur in der Mordaffäre Selten.

Davon jedoch, daß Bergler in Begleitung eines anderen sich nach Potsdam begeben wollte, hatte er Freyeisen nichts gesagt, und das Ziel der ganzen Untersuchung richtete sich von vornherein darauf, zu erfahren, wer dieser mysteriöse Reisebegleiter war.

Die bisherige Untersuchung ergab bis zur Wahrscheinlichkeit, daß Bergler, während er sich, in die Landschaft hinausblickend, an das Fenster lehnte, erschossen worden war. Der Täter hatte, hinter seinem Opfer stehend, die Mündung der Waffe bis dicht an die Schläfe geführt; der Tod war auf der Stelle eingetreten, und der Ermordete auf seinen Sitz zurückgesunken.

Der Mörder mußte wohl in Potsdam den Zug verlassen

haben, und er war von dort wahrscheinlich mit einem der Lokalzüge nach Berlin zurückgekehrt.

Doch schon nach wenigen Tagen wurde es klar, daß alle Untersuchungen umsonst waren. Der aus Köln zurückberufene Kondukteur konnte nur angeben, daß sich ein in Zivil gekleideter Herr mit Bergler in dem Coupé befunden habe, daß beide anscheinend sehr vertraut miteinander waren, denn Bergler war es, der ihm die beiden Billets aus seiner Tasche zum Durchlochen gereicht hatte; eine Personalbeschreibung jedoch des anderen vermochte er nicht zu geben.

Die in Köln kommissarisch vernommenen Mitreisenden hatten den Schuß nicht gehört, und das war schließlich erklärlich, der ratternde Lärm des Zuges hatte den scharfen Knall der kleinen Waffe übertönt.

Man hatte ferner an Hand der Fabrikmarke die Herkunft der Waffe erforscht, um so vielleicht einen Anhalt für den letzten Besitzer zu erhalten.

Aber auch das war vergeblich gewesen, der Revolver war ein Massenfabrikat billigster Sorte, das in allen Waffenhandlungen Berlins geführt wurde.

Man tappte völlig im Dunklen, und als nach fünf Tagen die Leiche Doktor Berglers, begleitet von seinen Vorgesetzten und seinen Untergebenen, auf dem Zentral-Kirchhof beigesetzt wurde, war immer noch nicht die geringste Spur von seinem Mörder entdeckt.

Neunzehntes Kapitel.

An der Spitze der oppositionellen Presse, die den Mord an Doktor Bergler für ihre Zwecke auszubeuten versuchte, wütete am stärksten das Organ der Sozialdemokratie.

Der absolute Mangel an Tatsachen, der selbst besonnenere

und weniger bösartige Elemente vollständig auf das vage Gebiet der Kombination verwies, wurde in der Sensationsaffäre zu einer geradezu skandalösen Waffe dieser verleumderischen Publizistik.

Es waren nur drei Tatsachen gegeben, ein Lustknabe war im Tiergarten erschlagen worden, der mit der Aufklärung dieser Affäre betraute Kriminalbeamte war gleichfalls ermordet worden, und ein anderer Kriminalbeamter sagte aus, sein Vorgesetzter habe sich zur Beobachtung eines Offiziers nach Potsdam begeben wollen.

Das war den bösartigen Phantasten, der durch die Ausnahmegesetze allerdings stark verbitterten Sozialistenpartei, ausreichend, um wütende Schmähungen gegen das ganze militärische System auszustoßen, um Verdächtigungen durchschimmern zu lassen, die selbst vor den Personen in der unmittelbaren Nähe des Thrones nicht Halt machten.

Dabei waren diese Dinge mit einem bemerkenswerten journalistischen Geschick verfaßt, das Hauptgewicht der verleumderischen Anklagen lag zwischen den Zeilen desjenigen, was geschrieben wurde. Auf Grund des Wortlautes der Artikel war ihren Verfassern und Verbreitern gesetzlich nicht beizukommen.

Einer der Hauptmatadore dieser Campagne, deren eminenten agitatorischen Wert die Partei erkannt hatte, war Heinrich Ewald.

Er schrieb nicht selbst, denn seine Popularität bei seinen Anhängern hatte er sich bereits durch eine dreimonatliche Gefängnisstrafe wegen Majestätsbeleidigung befestigt.

Das hatte ihm genügt, um das Gloriole des sozialistischen Martyriums zu behaupten; dieses Opfer war gebracht und es entsprach nicht Heinrich Ewalds Charaktereigenschaften, sich neuerlich und überflüssig in Gefahr zu begeben.

Er brauchte auch nicht die Behaglichkeit seines wirtschaftlich ausreichend gesicherten Volkstribunendaseins durch einen unfreiwilligen Aufenthalt hinter Kerkermauern zu unterbrechen. Denn für die wirksame Wühlarbeit standen ihm die jungen Fanatiker der Partei zur Verfügung. Er aber selbst war es, der aus dem Hinterhalt die Flammen schürte, der die Kreise derjenigen, die militant mit ihrer Kraft in den Kampf eintraten, anfeuerte, der ihnen zeigte, wohin sie die Spitzen ihrer Angriffe zu richten hatten.

Wenn Heinrich Ewald in die Schar seiner Genossen trat, und die Skandalaffäre, die jetzt Berlin bewegte, unvermeidlich ins Gespräch geriet, dann hatte der sozialistische Führer die besorgte, nachdenkliche Art eines alten Patriarchen, über diese Dinge zu sprechen. Er manipulierte nicht mit dem fortreißenden Feuerstrom einer pathetischen, destruktiven Rede, nein, seine Mühlen mahlten langsamer, aber sicherer. Mit der abgeklärten Weisheit eines alten Sehers schilderte er den Niedergang der kapitalistischen Gesellschaft, die, innerlich verfault, schon überall die glänzende Außenseite von den Eiterbeulen ihrer Verwesung durchbrechen ließ.

Nichts Triumphierendes lag in diesen Ausführungen, viel eher schwang anscheinend ein leiser Unterton des Bedauerns und der Trauer mit.

Ewald zog Vergleiche heran aus der Geschichte und aus der Bibel, er sprach von übertünchten Gräbern und wies hin auf den Verfall des römischen Reiches, der mit gleichen sexuellen Verirrungen eingesetzt habe.

Wer ihn so sah und hörte, wer staunend bemerkte, wie eine versöhnliche, milde Weisheit die catonische Sittenstrenge dieses Tribunen verklärte, der konnte sich nur schwer dem Eindruck seiner Worte entziehen.

Allerdings, unter seinen Zuhörern befand sich niemand, der Heinrich Ewald je in dem verschwiegenen Hinterstübchen der Witwe Scheibel in der Weinmeisterstraße beobachtet hatte, hier war kein Mensch, der das schluchzende, blonde Kind auf der Chaiselongue des Schlafzimmers in der Oranienburgerstraße gesehen, und so störten keines Wissenden Einwürfe die reine Pose des alten Fuchses.

Heinrich Ewald durfte aber auch ganz beruhigt sein. Der Diskretion seiner liebenswürdigen Freundin, der Frau Scheibel, war er sicher, und auch von Ella Pickert waren irgend welche Torheiten nicht zu befürchten.

Das Mädel hatte sich mit überraschender Schnelle an die neue Situation, die ihr so viele Vorteile zu bieten schien, gewöhnt. Sie war jetzt fast regelmäßig nachmittags in der Wohnung Ewalds, und da der Alte fortfuhr, ihr seine Freigebigkeit zu erweisen, hatte sie nach einigen Tagen bereits mit sicherem Instinkt herausgefunden, wie sie sich vorteilhafter zu kleiden habe, um ihres greisenhaften Freundes Neigung immer wach zu halten.

An jedem Abend, wenn sie nach Haus zurückkehrte in die Andreasstraße, fand sie die Mutter beim Schein der Lampe mit der Anfertigung der billigen Wäschestücke beschäftigt, und jedesmal war sie erstaunt, ihren Bruder nicht anzutreffen.

Täglich erwartete sie, daß er käme und seinen Anteil fordern würde. Sie fürchtete ihn nicht, denn aus der kurzen Unterredung an jenem Abend, als sie zum ersten Mal die Wohnung Ewalds verlassen hatte, war ihr klar geworden, daß ihr Bruder durchaus geneigt sei, mit ihr gemeinschaftliche Sache zu machen. Sie wußte, daß diese Mitwisserschaft einen Teil ihrer Ernte kosten würde, und sie hatte bereits Geld zurückgelegt, um die Begierden Antons, sowie er sich einstellte, sofort stillen zu können.

Aber er kam nicht.

Der Mutter hatte sie erzählt, daß es ihr gelungen war, eine Stellung als Kinderfräulein bei reichen Leuten im Tiergarten zu erhalten. Sie müsse nachmittags die Kinder spazieren führen, die Frau des Hauses sei von übergroßer Liebenswürdigkeit und gebe ihr die Kleider ihrer ältesten Tochter, die mit Ella von einer Größe sei - und die alte Witwe Pickert glaubte.

Über ihre Arbeit gebeugt, gab sie sich gar nicht die Mühe, den Angaben des Kindes nachzuforschen, sie nahm alles wahr hin, was das Mädchen sagte und als ihr Ella nach Ablauf der ersten Woche sechs Mark, den angeblichen Ertrag ihres Wochenlohnes hinlegte, küßte sie dankbar diese Tochter, die besser wie ihr Bruder bereit war, der alten Mutter den Unterhalt ein wenig zu erleichtern.

Ella, die im Grunde genommen ein gutmütiges Geschöpf war, hätte gern mehr gegeben, nur hatte Ewald ihr ausdrücklich aufs Herz gebunden, nicht einen Pfennig mehr wie sechs Mark abzuführen, um nicht den Verdacht der Mutter zu erregen.

Noch eine andere Dame wartete vergeblich auf Anton Pickert. Das war die rote Minna.

So lange die das letzte Mal von Pickert zurückgelassenen Markstücke langten, dachte Fräulein Minna nicht daran, sich wieder den unsauberen Zufälligkeiten ihres Berufes auszusetzen. Sie zog es vor bis in den hellen Tag hinein zu schlafen und dann in ewig dauernder Morgentoilette auf Pickert zu warten, der ihr versprochen hatte, zurückzukehren.

Sie wartete vergeblich.

Das wenige Geld ging zu Ende, und da die Wirtin täglich die Bezahlung der Pension und des Zimmers forderte, mußte die edle Dame sich entschließen, ihren peripathetischen Verdienst wieder aufzunehmen.

Das war am fünften Tage, seitdem Anton Pickert das letzte Mal von ihr gegangen war.

Draußen auf der Straße wurden bereits die Laternen angesteckt und Fräulein Minna ging zunächst daran, ihre derangierte Frisur in wohlgeordnete Locken einzuteilen. Nur mit Unterrock und Hemd bekleidet, die billigen Lackstiefeletten aber bereits auf den Füßen, saß sie vor einem kleinen Spiegelständer und schwang mißmutig das Brenneisen.

Da klingelte es draußen.

Fräulein Minna horchte auf, sollte das vielleicht Anton sein?

Sie hörte, wie die Wirtin öffnete und wie sie die Tür schloß.

Es war nichts und ärgerlich fuhr sie mit der Brennschere in das rote Gewühl ihres Schopfes.

Da wurde an die Zimmertür geklopft.

«Jawoll, wat is denn?» fragte Minna ärgerlich.

«Fräulein Minna, ein Brief für Sie,» tönte von draußen die Stimme der Wirtin zurück.

Minna erhob sich und ging zur Tür. Sie schob den Riegel zurück und nahm den Brief, den ihr der Arm der Wirtin hereinreichte, entgegen, dann schloß sie die Tür wieder ab und ging in den Lichtkreis der Lampe, die neben dem Ständerspiegel, der gleichzeitig als Toilettetisch diente, stand. Sie sah die Handschrift, der Brief war von Pickert.

Mit nervöser Hast öffnete Fräulein Minna mit einer Lockennadel das Kuvert und zog den Brief hervor.

Ein Hundertmarkschein flatterte zur Erde. Minna bückte sich und hob ihn schnell auf, dann las sie die knappen Zeilen, in denen ihr Pickert mitteilte, daß er auf ein paar Wochen weg müsse, er habe im Auslande zu tun. Er schicke ihr die hundert Mark, und wenn es ihm möglich sei, würde er ihr auch von unterwegs noch etwas senden. Er grüße und küsse sie und sei ihr treuer Anton.

Fräulein Minna verstand die ganze Sache nicht ganz recht, sie wußte zwar, daß ihr Geliebter allerlei dunkle Affären machte, was er aber im Ausland zu suchen habe, das wurde ihr nicht recht klar. Na, es konnte ihr im Grunde genommen gleich sein, sie hatte den blauen Lappen, und die Möglichkeit, das süße Nichtstun der letzten Tage fortzusetzen, war gegeben.

Sie knöpfte ihre Lackstiefeletten auf und schlüpfte in die Hauspantoffel. Dann öffnete sie die Tür und rief mit lauter Stimme Frau Lange, ihre Wirtin, herbei.

«Hier haben Sie für zwei Tage die Pension, geben Sie mir den Rest raus,» mit diesen Worten überreichte sie der staunenden Kuppelwirtin den Hundertmarkschein, sich an der Überraschung der anderen weidend.

«Nu machen Sie man bißchen schnell und bringen Sie mir mein Abendbrot rein, ich geh denn gleich ins Bett.»

Frau Lange verschwand, Fräulein Minna entledigte sich ihres Schlafrockes und hüllte ihre schlanken Formen in eine schmutzige Matinee, dann stellte sie die Lampe auf den Tisch, der vor dem Sofa stand und räkelte sich in die Sofaecke.

Frau Lange erschien mit einem Teller, auf dem ein paar belegte Butterbrote lagen und einer Flasche Bier. Sie stellte alles vor ihre Gebieterin und zahlte ihr achtundachtzig Mark auf den Tisch.

«Wollen Sie noch was, Fräulein Minna?» fragte sie, und in ihrer Stimme klang noch etwas von dem Respekt, den der Anblick des Hundertmarkscheins in ihr ausgelöst hatte.

«Nee,» erwiderte Fräulein Minna, die aufgestanden war, um sich ein Buch vom Toilettentisch zu holen.

«Sie können morgen früh abräumen, ich gehe dann gleich ins Bett.»

Dann schloß sie hinter Frau Lange die Tür ab, setzte sich wieder in die Sofaecke und goß sich Bier ein, und während ihre Hand die belegten Butterbrote zu dem schmatzenden Munde führte, las Fräulein Minna aufmerksam und gerührt die Liebesgeschichte eines bewegten Hintertreppenromans.

Zwanzigstes Kapitel.

Im Norden des Sizilischen Eilandes in der Nähe des Kaps St. Vito, das die kleine Halbinsel, die sich zwischen Palermo und Trapani in das Thyrrhenische Meer streckt, abschließt, befindet sich eine kleine Besitzung, Villa Santa Anna genannt.

Ein weißes, weithin in das Meer hinaus leuchtendes schloßartiges Gebäude bildet den Mittelpunkt dieses entzückendsten Fleckes der Erde. Von der breiten Marmorterrasse, die sich weit ausladend über die bunte Vegetation des mit ziemlich steiler Vehemenz zum Meere hinabgleitenden Bergabhanges lehnte, genoß man einen prächtigen, endlosen Ausblick auf den Golf von Castellamar, und wer in die Stille eines Sommermorgens hinaustrat auf das Fliesen-Mosaik, das in anmutiger, griechischer Zeichnung den Fußboden der Terrasse zierte, und seinen Blick durch die zitternde Klarheit der blauen Frühatmosphäre hinaussandte, der glaubte dort am äußersten Rande des Horizontes, wo sich das satte Blau des Ozeans in einer noch dunkleren Linie abgrenzte von den zarten Tinten des italienischen Himmels, deutlich die bergige Zickzacklinie der östlichen Küste des Golfs von Castellamar bemerken zu können.

Von der Terrasse führte ein Weg in die stille Einsamkeit eines Pinienhaines. Doch mit dem Eintritt in den eigentlichen Wald verlor sich dieser Weg und hier ward dem irrenden Schritt des Wanderers keine Vorschrift mehr gegeben, sein Fuß konnte unbeirrt nach rechts und links eindringen in die geheimnisvolle Ruhe dieses dunklen Heiligtums, das sich hinunterstreckte bis an des Meeres Ufer.

Villa Santa Anna gehörte einer russischen Aristokratin, der Gräfin Rospine, die seit vier Jahren einige Monate ihren Aufenthalt in Rom mit der Schönheit dieses sizilischen Besitzes vertauschte.

In ihrer Abwesenheit verwaltete Giacomo das Haus, ein Norditaliener, der sonderbarerweise sich von jeder näheren Berührung mit der umgebenden Bevölkerung fernhielt, während die Gräfin Rospine es verstanden hatte, in den wenigen Monaten ihres alljährlichen Aufenthaltes sich eine starke Popularität zu erwerben.

Eine derartige Popularität zwischen den Bewohnern von Santa Anna und den umgebenden niederen Bevölkerungsschichten entsprach im Grunde nicht den Gewohnheiten, noch den Traditionen der Gegend. Santa Anna war ursprünglich der Besitz der Grafen Lusi, einer sizilianischen Familie, deren Adel nicht gerade von ehrwürdigem Alter war. Mit dem Sturze der Bourbonen erlosch auch der ziemlich schwache Glanz des Geschlechtes, dem der letzte Lusi durch einen überaus leichtsinnigen Lebenswandel den matten Schimmer geraubt hatte, und niemand war erstaunt, als vor vier Jahren die neue Besitzerin in Santa Anna erschien und der verwahrlosten Pracht dieses von ihrem Vorgänger vernachlässigten Paradieses mit sorgfältiger Hand neue Pflege angedeihen ließ.

Mit ihr kam Giacomo, ein Mann, der bei der Gräfin gleichzeitig die Rolle eines Verwalters, eines Haushofmeisters und eines Vertrauten zu spielen schien.

Sie führte keinen großen Dienertroß mit sich, nur zwei Französinnen, die zu ihrer persönlichen Bedienung blieben, und eine alte Köchin. Den Gärtner hatte Giacomo aus dem nächsten Dorfe engagiert; der Mann wohnte nicht in der Villa, sondern verließ am späten Nachmittage seinen Dienst, den er frühmorgens angetreten hatte, um sich in sein Heimatsdorf zu begeben.

Das war im ersten Jahre gewesen. Die Gräfin selbst hatte ihre Spaziergänge über das Gebiet des Parkes von Villa Santa Anna ausgedehnt, sie war eingekehrt in die kleinen, weiß leuchtenden Häuschen der Dorfbevölkerung, und bei den bescheidenen Lebensansprüchen dieser einfachen Landleute hatte sie es vermocht, mit relativ geringen Summen, in einzelnen Fällen durch das leichte Opfer einiger Lirescheine, sich eine allgemeine Zuneigung speziell von seiten der Frauen des Landes zu erwerben.

So war es im ersten Jahre, und als die Gräfin das zweite Mal wiederkehrte, befanden sich in ihrer Gesellschaft zwei Knaben, die nach ihrem Dialekt zu urteilen, aus Neapel stammen mußten. Doch niemand drang in die Mysterien der Villa Santa Anna. Die Knaben spielten im Park und wurden höchstens von dem Gärtner gesehen, der selbst nie in das Innere des Hauses gelangte. Ihm fiel auch nicht die große Vertrautheit auf, die zwischen der Gräfin und Giacomo herrschte, und er bemerkte nicht, daß zwischen der Herrin und den beiden Französinnen eine Intimität im Verkehr sich zeigte, die weit hinaus ging über das zwischen Herrschaft und Dienstpersonal übliche Maß.

Im zweiten Jahre kam Besuch aus Rom nach Villa Santa Anna, zwei Herren, die dort wohnen blieben, und die man häufig, mit den Knaben spielend, durch den Park eilen sah, und als die Herren abgereist waren, erschien als neuer Besuch ein Mann, den man im Schlosse mit besonderer Zuvorkommenheit behandelte, und dem sich beide Knaben mit einem Übermaß spielender Zuneigung widmeten.

Es war ein älterer Herr mit vornehmen Allüren, und wenn man von ihm sprach, so verriet man keinen Namen, er wurde einfach der Signor genannt. Sein Italienisch, das er bei gelegentlichen Berührungen mit der Bevölkerung anwandte, hatte einen eigentümlichen harten Klang, und sein Französisch, das er mit den beiden Zofen der Gräfin gebrauchte, enthielt nichts von der flüssigen Melodik dieser Sprache.

Mit der Gräfin selbst sprach er in einem Idiom, das niemand kannte, und da man von der Gräfin wußte, daß sie aus Rußland stammt, nahm man an, daß es russisch sei. Nur Giacomo war besser informiert, er wußte, daß es deutsch war, was die beiden sprachen, und er war auch der einzige, der neben der Gräfin wußte, wer der Signor, aus dessen Taschen die Mittel zur Erhaltung aller Pracht flossen, war.

***

Es war jetzt am Beginn des Monat Mai. Die Gräfin war aus Rom soeben wieder eingezogen in ihr Buen Retiro; im Juni schon sollte der Signor eintreffen, und es galt alles für seinen Besuch vorzubereiten.

Gräfin Rospine stand auf der Balustrade des Landungssteges und blickte hinaus in die blaue Unendlichkeit des Mittelmeeres. An ihrer Seite lehnte Giacomo. Die Gräfin schien mit ihren Gedanken beschäftigt. Plötzlich wandte sie sich um.

«Das ist nun wohl das letzte Mal, daß wir den Sommer hier in Santa Anna verbringen.»

Giacomo sah sie fragend an und setzte die Unterhaltung, die sie in italienischer Sprache begonnen hatte, mit einem deutschen Satze fort: «Marfa, steht Dein Entschluß ganz fest, Du willst endgültig nach Berlin?»

«Ich will und ich muß, schon im März in Rom schrieb mir Durchlaucht aus Petersburg, daß meine Anwesenheit in Berlin jetzt nützen könnte. Unsere Mission ist erfüllt, und obgleich mir Paris natürlich lieber gewesen wäre, wir müssen nach Berlin.» Sie unterbrach sich und schien einen Augenblick nachzudenken.

«Wir haben da ja auch Verbindungen, wie wir sie nützlicher wo anders kaum vorfinden würden. Geheimrat Bork wird mir die Tore öffnen, die zu meinen Zielen führen.»

«Der Signor?» warf Giacomo zweifelnd dazwischen, «ich fürchte, er wird nicht wollen.»

Ein verächtlicher Zug huschte über das reife, schöne Antlitz der dunklen Gräfin, ein leises Lächeln zog um ihren vollen Mund und ihre Augen.

«Geheimrat Bork nicht wollen? Wenn ich will, fügt er sich.»

Der Haushofmeister sah die Gräfin fragend an. «Willst Du Lorenzo und Cecco nach Deutschland mitnehmen?»

«Ich denke nicht daran,» erwiderte die Gräfin, «die beiden Knaben bleiben hier, ich werde mich hüten, mich in Berlin durch solche Dinge zu kompromittieren. Diese Gefälligkeit hat Bork nicht mehr von mir zu erwarten, zum mindesten nicht in Deutschland, und höre, Giacomo, wir müssen auch daran denken, Toinette und Lison irgendwie zu versorgen. Nach Berlin nehme ich die beiden Mädchen, so schwer es mir wird, mich von ihnen zu trennen, nicht mit, denn sie könnten dort in meinem Hause so manchen wiedersehen, der ihnen hier begegnet ist, und vor allen Dingen darf außer uns beiden keiner in Deutschland wissen, wer der Signor ist.»

Sie wandten beide sich von der Terrasse zurück und schritten durch den Hain dem Schlosse zu.

«Was ist es eigentlich mit dem deutschen Grafen, den Du vor vier Tagen noch in Rom so liebenswürdig empfangen hast, und der uns hier besuchen will?»

«Das ist ein preußischer Gardekürassier, der mit seinem Freunde, einem Herrn Pickert, eine Italienreise macht; ich lernte die beiden einige Tage vor unserer Abreise bei einem Empfang auf der deutschen Botschaft kennen. Der Graf soll sich der persönlichen Gunst des Prinzen Wilhelm im hohen Grade erfreuen, und ich glaube auch, es wäre gut, sich näher an ihn anzuschließen, denn, da wir doch mal nach Berlin müssen, gilt es, jetzt alle gesellschaftlichen Vorteile für die deutsche Hauptstadt auszubeuten. Ich bat ihn, mich zu besuchen, er kam allein, ohne seinen Freund, und ich wollte die Gelegenheit benutzen, den Verkehr durch den Ton eines kleinen Flirts ein wenig vertraulicher zu gestalten, doch sonderbarerweise gelang das nicht. Er nahm zwar meine Aufforderung, bei seiner Reise durch Sizilien ein wenig in Santa Anna zu verweilen, dankbar an, nur bat er, seinen Freund, Herrn Pickert, mitbringen zu dürfen, und mir scheint, dieser Freund ist die Erklärung für das kühle Verhalten des schönen Gardeoffiziers gegenüber meiner Zuvorkommenheit. In wenigen Tagen werden beide kommen.»

Giacomo lachte auf. «Na, dann wird beiden vielleicht die Anwesenheit von Cecco und Lorenzo eine besondere Freude bereiten.»

«Schon möglich,» nickte lächelnd die Gräfin, und während sie die Stufen zu der Veranda des Schlosses emporstieg, wandte sie sich noch einmal scherzend in deutscher Sprache an ihren Vertrauten:

«Für uns Frauen scheint im Lande dieser Deutschen jedenfalls die Gefahr nicht groß zu sein.»

Lachend verschwanden beide im Herrenhause.

***

Schon eine Woche darauf kam Graf von der Mark und Pickert nach Santa Anna. Sie verweilten wenige Tage nur, doch Ceccos und Lorenzos Reize blieben wirkungslos dem Grafen gegenüber, der völlig in den Banden seiner Columbine lag. Pickert dagegen wuchs mit jedem Tage mit überraschender Wandlungsfähigkeit in die Atmosphäre der besseren Gesellschaftskreise hinein. Sein schauspielerisches Talent erleichterte es ihm, die Allüren der großen Welt, in die er jetzt durch seinen Freund geriet, nachzuahmen.

Graf von der Mark, der in seiner Verliebtheit die Unvollkommenheiten seines Freundes gänzlich übersah, hatte es gewagt, ihn während des römischen Aufenthaltes überall dahin mitzunehmen, wo sich ihm auf Grund seines Namens und seiner Stellung die Türen öffneten. Selbst zum Empfang beim deutschen Botschafter war Anton Pickert erschienen, und das Experiment war gelungen dank der Klugheit Pickerts, der es verstand, da, wo ihn seine Kenntnisse verließen, zu schweigen.

In Santa Anna frappierte ihn die Anwesenheit der beiden neapolitanischen Knaben. Ihm war die Existenz der Gräfin Rospine, die voller Liebenswürdigkeit und Zuvorkommenheit zu dem Grafen und ihm selbst war, nicht recht erklärlich. Zudem fühlte er Zweifel über die Art der Gräfin, die ihm selbst gegenüber, so freundlich sie auch war, sich doch von ihrem Ton zum Grafen von der Mark unterschied. Er begriff, daß diese Frau den innersten Kern seines Wesens zu erkennen fähig war, und ein unbestimmtes Gefühl der Unsicherheit überkam ihn. Auf der anderen Seite gab ihm die Anwesenheit der beiden Knaben zu denken, es fehlte ihm zwar jede Möglichkeit, sich mit ihnen zu verständigen, und dennoch hatte er sie beide im Park angesprochen. Er hatte spielend seine Hand durch ihre dunklen Locken gleiten lassen, und aus der schmiegsamen Zuvorkommenheit beider hatte sein für solche Dinge geübtes Gefühl sofort erkannt, welchen Zwecken Cecco und Lorenzo zu dienen bestimmt waren, aber für wen? –

Er hätte viel darum gegeben, wenn ihm die Kenntnis der Sprache es ermöglicht hätte, dieses Rätsel zu lösen, denn er sah auf dem Schloß kein männliches Wesen, das in Betracht kam, und über die Neigungen der Gräfin selbst, die er einen Moment in Verdacht hatte, hatte ihn der Zufall beruhigt.

Schon am zweiten Tage ihres Aufenthaltes in Santa Anna war er früh morgens durch den Park geschlichen, und plötzlich gewahrte er, an dem Sockel einer Dianastatue lehnend, die Gräfin. Sie hatte ihr Kleid ein wenig geschürzt, ihr rechter Fuß ruhte auf dem Schenkel Toinettes, die vor ihr kniete und im Begriff war, die Schnüre des Schuhes fester zu ziehen.

Pickert war stehen geblieben, ohne sich bemerkbar zu machen, um so den wunderbaren Bau des Knöchels und der Wade, die sich ihm offen zeigte, zu betrachten. Da gewahrte er plötzlich, wie Toinette den Fuß ergriff und ihren Mund inbrünstig auf den Unterschenkel preßte, dann zog die Gräfin sie empor, drückte sie an sich und während die Zofe ihr feines, hübsches Köpfchen wie beseligt zurückbeugte, preßte sich der volle, sinnliche Mund der Herrin auf ihr Gesicht. Eine Minute hatte die Umschlingung fast gedauert, doch Pickert wartete ihr Ende nicht ab. Behutsam schlich er von dannen, er war informiert.

Für wen aber waren die beiden Knaben im Hause? Es ließ ihm keine Ruhe und schließlich wandte er sich an den Grafen. Doch dieses Unternehmen hatte einen unerwarteten Erfolg. Jeannettes Eifersucht erwachte, er fürchtete, daß Columbines Liebe sich den beiden Knaben zuwenden könnte, er drängte fort und nach vier Tagen schon verließen Graf von der Mark und Anton Pickert das gastfreie Haus der Gräfin Rospine, um ihre Reise fortzusetzen.

Einundzwanzigstes Kapitel.

Der Tag war gekommen, an dem der Segen des Priesters die Ehe Elise von Seidwitz mit dem Besitzer von Retwitz, mit Struwe-Schmidt, schließen sollte.

Vor der Freitreppe, die vom Lustgarten emporführte zu der einfachen, würdigen Architektur des alten königlichen Domes, staute sich eine Riesenmenschenmenge, und eine tätige Schar von Schutzleuten, deren Arbeit von vier berittenen Beamten unterstützt werden mußte, hatte alle erdenkliche Mühe, die schaulustige Masse zurückzuhalten und für die Freiheit der nicht allzubreiten Passage zu sorgen, die, teppichbelegt, von der Bordschwelle des Trottoirs über die Stufen hinauf durch ein mächtiges Palmenarrangement zum Portal der Kirche führte.

Obgleich die deprimierende Stille, die durch das Alter des

regierenden Kaisers und durch die Krankheit des Thronfolgers in den Hofkreisen herrschte, die Beteiligung an den Hochzeitsfeierlichkeiten stark beeinflußt hatte, blieb das gesellschaftliche Bild, das sich bot, immer noch großartig genug, um den einfachen Sinn des Bürgers zu berauschen.

Der Kaiser selbst hatte einen Flügeladjutanten zur Trauung entsandt, das Regiment Struwes war mit einer glänzenden Deputation vertreten, das Ministerium, in dem der alte Seidwitz arbeitete, befand sich fast vollzählig unter den Traugästen. Nur Graf Plessow war nicht erschienen, er hatte dafür gesorgt, daß eine Dienstreise nach Süddeutschland ihm den bequemen Vorwand bot, der Trauung fernzubleiben.

Allein Graf Roon war da, er hatte seinen Urlaub abgebrochen, so groß ihm der Schmerz auch war, endgültig auf die Hand der Angebeteten verzichten zu müssen, ihr ewig fern zu bleiben, vermochte er nicht. Sehr häufig glaubte er ja nicht, sie noch sehen zu dürfen, denn wohin ihn die Pflicht des diplomatischen Amtes führen würde, das wußte er nicht, und vielleicht war die Hochzeit Elises die letzte Gelegenheit, seinen künstlerischen Sinn am Anblick ihrer Schönheit zu erfreuen.

Wagen auf Wagen rollte heran. Glänzende Offiziere geleiteten die Damen der Hofgesellschaft mit respektvollem Handkuß unter dem devoten Staunen der Menge über die teppichbelegte Freitreppe hinauf.

Einem Wagen entstieg Geheimrat Bork. Wie müde schien der Mann, der aus Cuxhaven herbeigeeilt war, weil er sich dem Zwange dieser Einladung nicht entziehen durfte. Die ganze Qual seiner Schuld war wieder in ihm wach geworden, seitdem der Mord an dem Kriminalkommissar Doktor Bergler die Erinnerung gewaltsam erweckt hatte. Tausend Befürchtungen zuckten ununterbrochen durch sein Gehirn, und was ihn am meisten peinigte, war die Vermutung, daß die Polizei scheinbar einen Unschuldigen in Verdacht hatte, die Tat, unter der sich sein Gewissen bog, begangen zu haben.

Seine Bekannten grüßend, verschwand Bork im Inneren

des Domes. Hier strahlte eine helle Lichtmenge auf das Mittelschiff herab. Nichts von christlicher Demut, nichts von protestantisch-puritanischer Einfachheit schien in dieser glänzenden Gesellschaft zu leben. Der Glanz der Uniformen, der Schmuck der Frauen, der fast nirgend unbescheidene Dimensionen annahm, erfüllte die alte Preußenkirche, und unter dem strahlenden Lichterschimmer der Kronleuchter schienen sich die Reflexe der goldenen Litzen der Offiziere und des Haarschmuckes der Damen zu vertausendfachen.

Das Brautpaar schritt, geleitet von den Trauzeugen, zum Altar, wo der Hofprediger ihrer harrte. In pastoraler Monotonie leierte er seine Ansprache herunter, dann tat er beide, die Ringe wechselnd, zusammen, und aus den Bänken drängte sich die Gesellschaft an das junge Ehepaar, um zu gratulieren. Die Trauung war zu Ende.

Herr und Frau von Struwe schritten zum Wagen hinaus, hinter ihnen unmittelbar die Eltern der jungen Frau, dann Geheimrat Bork und die übrige Gesellschaft.

Das Paar hatte das Portal verlassen und schickte sich eben an, die Treppe hinab zu steigen, wo der Wagen mit geöffnetem Schlage wartete. Da schien etwas die Menge, die in unerschütterlichem Spalier bis jetzt rechts und links geharrt hatte, zu beleben und zu bewegen, und plötzlich drängte ein junges Mädchen, gewaltsam sich lösend, aus den Händen derjenigen, die es zurückhalten wollten, hervor und pflanzte sich vor das Brautpaar auf.

Struwe war kreidebleich geworden. Das Auge der Verlassenen, deren Mund stumm blieb, war starr auf ihn gerichtet, und schon drängte sich die übrige Hochzeitsgesellschaft heran.

Da trat Geheimrat Bork aus der Reihe. Sein Blick traf das Mädchen, das sich dem Ehepaar in den Weg stellte. Ein leiser Schrei entfuhr seinem Munde. Klara erblickte ihren Vater, sie wankte und fiel im nächsten Moment ohnmächtig zu Boden.

Aus der Menge rechts und links sprangen einzelne hinzu, aber schon hatte Bork alle zurückgeschoben, seine beiden Arme umfaßten den Körper der Ohnmächtigen und hoben sie auf. Mit heiserer Stimme rief er fast befehlend dem verdutzten Ehemann zu:

«Steigen Sie in Ihren Wagen!» Dann drängte er, während die Menge scheu auswich, mit seiner Last seitwärts auf seinen Wagen zu, legte sein Kind hinein und fuhr mit ihr von dannen.

***

Die Gräfin Rospine hatte bald Gelegenheit ihrem Freund, dem Signor, einen neuen Dienst zu erweisen. Geheimrat Bork traf ein auf Villa Santa Anna, viel früher, als es sonst seine Gewohnheit war und diesmal nicht allein. In seiner Gesellschaft befand sich ein junges Mädchen, bleich und leidend und Cecco und Lorenzo fuhren noch am gleichen Tage nach Neapel zurück. Der Signor hatte darauf bestanden, daß die beiden Knaben Villa Santa Anna verließen und die Gräfin, von Bork informiert, mußte gleichfalls mit Giacomo den Landaufenthalt aufgeben.

Klara erholte sich so weit, als bei ihrem Zustand möglich war, in der lauen Luft des Südens. Ein Arzt, der aus Palermo herbeigerufen war, hatte erklärt, daß das bevorstehende Ereignis erst in vier Monaten eintreffen würde, und mit zarter Sorgfalt, ohne ein Wort des Vorwurfs, geleitete Bork seine Tochter auf ihren Spaziergängen durch den Park. Die Schuld seines Kindes war ihm fast wie eine Erleichterung, es schien ihm, als sei die Wand, die sich zwischen beiden aufgetürmt hatte, gefallen. Die alte Herzlichkeit und Liebe, das Vertrauen waren zurückgekehrt, und Klara hatte, ohne daß ein Wort des Tadels, ohne daß der leiseste Vorwurf sie traf, dem Vater beichtend ihr Herz erleichtern können.

Bis zum Herbst dauerte dieses schmerzliche Idyll, und auf Villa Santa Anna, auf dem Besitz der Gräfin Rospine, brachte die uneheliche Tochter Geheimrat Borks einen unehelichen Knaben zur Welt.

Zweiundzwanzigstes Kapitel.

Das Getriebe auf dem kleinen Provinz-Bahnhof hatte soeben, wenige Minuten vor Abgang des Berliner Zuges, seinen Höhepunkt erreicht. Die Passagiere, fast durchweg einfache Leute, deren Kleidung und slavische Gesichtszüge auf den ersten Blick erkennen ließen, daß man sich in einer der östlichen Provinzen des Reiches befand, drängten sich in schwerfälliger Eile an den Zug heran.

In diesen großen, plumpen Wagenkasten, deren Aufschrift «Vierzig Mann oder sechs Pferde» geradezu etwas Symbolisches hatte und von einem ironischen Humor war, der den Einrichtungen des preußischen Staatsdienstes sonst nicht eigen ist, richteten sie sich mit Hilfe ihrer Kisten und Säcke, ihrer Röcke und Decken so bequem und wohnlich ein, wie es diese primitiven Mittel nur immer zulassen wollten.

Endlich tönten die drei starken Schläge der Stationsglocke, die Maschine gab einen schrillen, gequälten Pfiff gleich einem durchdringenden Schmerzensschrei von sich, der Zug setzte sich in Bewegung, verließ den Bahnhof, rollte an den langen Häuserreihen der altertümlichen Stadt vorüber und glitt immer schneller und schneller ins freie Land hinaus, indem er alsbald den Passagieren den Rhythmus seiner gegen die Schienen stoßenden Räder mitteilte, der sich in ihren schaukelnden Körpern und nickenden Köpfen fortpflanzte.

Zwischen all diesen einfachen, erbarmenswerten Menschen, die von dem furchtbaren Brandmal schwerer körperlicher Arbeit gezeichnet waren, saß ein junger Mann eingeklemmt, der sich von der ganzen übrigen Gesellschaft deutlich unterschied.

Durch einen großen, weichen Filzhut, durch das lange

schwarze Haar und eine zur Schleife gebundene schwarze Krawatte, mehr freilich noch durch den Ausdruck des glattrasierten, intelligenten Gesichts und der ein wenig nervösen, feingebildeten Hände ließ er den Künstler erkennen, doch hätte man wohl vergeblich zu ergründen versucht, ob dieser junge Mann ein Maler, ein Bildhauer oder ein Schauspieler sei.

In dem Augenblick, als der Zug sich in Bewegung setzte, hatte er tief aufgeatmet, wie einer, der eine unangenehme Sache endgültig von sich abgewälzt hat. Dann betrachtete er seine Reisegenossen.

Eine ganze Weile beobachtete er diese plumpen Gestalten, die mit ihren kleinen eigenen Angelegenheiten beschäftigt, ihn selten nur mit einem verwunderten oder gleichgültigen Blick streiften.

Der junge Mensch zog sich ganz in sich selbst zurück. Er verkroch sich in sein nachdenkliches Schweigen, wie die Schnecke in ihr Haus, er richtete dieses Schweigen als eine Scheidewand auf zwischen sich und all diesen Menschen, mit denen ihn irgend ein widriges Geschick auf kurze Zeit in einem dumpfen Raum, in eine Art von Gefängnis zusammengesperrt hatte, und von denen er sich doch weit getrennt fühlte.

Hier, mitten in dem Milieu von körperlichem Elend, von geistiger Leere, hier, in dieser Luft, die mit den Dünsten des Schmutzes, des Lasters, der Entartung geschwängert war, hier, in diesem Raum, wo die bitterste Armut aufgestapelt war, um in die Welt versandt zu werden, hier, wohin sein eigenes Elend ihn zwischen andere Elende geschleudert hatte, wurde er sich plötzlich des Reichtums wieder voll bewußt, den er in seiner Brust trug, desselben Reichtums wurde er sich bewußt, dessen Gefühl seine Jünglingsjahre belebt und mit großen Plänen erfüllt hatte, desselben Reichtums, der ihn, noch halb ein Knabe, vor einigen Jahren bewog, Eltern und Familie zu verlassen und ihn getrieben hatte, in der Welt umherzujagen, desselben Reichtums, den er unter all den Schicksalsschlägen, die er seither erdulden mußte, vergaß. Wie mit einem Zauberschlag spürte er plötzlich die alte Kraft in sich, fühlte, daß da etwas in ihm steckte, das ihn über die Millionen hinaushob, und das ihn, wenn er gleich zehnmal Schiffbruch erlitten hatte, dennoch eines Tages an einer Stelle sitzen würde, in der er für seinen Ehrgeiz, für seine Begeisterung und seinen hervorragenden Tätigkeitsdrang Befriedigung finden mußte.

Jetzt lag auch die Episode seiner schauspielerischen Tätigkeit hinter ihm.

Dort hinten, wo die alten Türme am Horizont versunken waren, würden sich seine lieben Kollegen nun bald die Köpfe zerbrechen, wenn sie erfuhren, daß er davongegangen war, und der Herr Direktor würde hinter dem Kontraktbrüchigen herfluchen und ihm furchtbare Rache schwören.

Und während er all das bedachte, glitt der Zug beständig seiner Heimat, der Reichshauptstadt entgegen. Noch wenige Stunden und er würde den Boden des großen, schönen, gewaltigen, lebensprühenden Berlins wieder unter seinen Füßen fühlen.

Und wieder hielt der Zug. Die Stationsnamen wurden deutsch. Da kam Starnberg, da Rappeu, da Kunersdorf und endlich Frankfurt an der Oder. Man war in der Mark und konnte sich schon einbilden, Berliner Luft zu spüren. Und mit jeder Radumdrehung, die ihn seinem Ziele näher führte, begann der junge Mensch ungeduldiger und aufgeregter zu werden. Von Fürstenwalde an stand er am Fenster und blickte in die Dämmerung hinaus, die sich langsam auf die Felder niedersenkte. Dann ging es an Erkner vorüber, an Friedrichshagen, an Cöpenick, an all den kleinen Orten, die er als Knabe manchesmal zum Ziele seiner Ausflüge gemacht hatte; die ersten Häuser von Berlin erschienen, hinter den Fenstern flammten hier und da die ersten Lichter auf, und endlich fuhr der Zug langsam in die mächtige Halle des «Schlesischen Bahnhofes» ein.

Hier verließen die meisten Passagiere den Zug, der jetzt, von seiner Hauptlast befreit, im langsamen Tempo über die

Stadtbahn fuhr, bis er am Bahnhof «Friedrichstraße» noch fast den ganzen Rest seiner Fahrgäste verlor.

Auch der junge Mensch verließ hier mit seinem Koffer den Zug und stieg die breiten Treppen hinab. An der Aufbewahrungsstelle für Handgepäck gab er seine Last ab, dann suchte er den Waschraum auf, um sich vom Reiseschmutz zu säubern und seine Kleider ein wenig in Ordnung zu bringen. Endlich trat er auf die Straße hinaus.

Es war um die ersten Abendstunden, eine Zeit, wo der Verkehr in der Friedrichstraße seinen Höhepunkt erreicht hatte.

Wie vom Schwindel erfaßt, mußte er einen Augenblick stehen bleiben, der Boden schien unter seinen Füßen zu wanken.

Da war er also in Berlin, in seiner Heimat.

Einsamer als unter den rohen polnischen Arbeitern, deren Worte er nicht verstehen konnte, stand er hier mitten im Getriebe der Millionenstadt und wußte nicht, was er beginnen, wohin er sich wenden sollte.

Ratlos stand er diesem tosenden Leben, diesen unausschöpfbaren Möglichkeiten gegenüber, überall taten sich ihm die Wege auf, aber er war wie gefesselt, sein Geist wie gelähmt und ohne jede Lust und ohne Energie.

Endlich begann die Spannung seiner Nerven nachzulassen, und er suchte sich auf das zu konzentrieren, was nun zunächst geschehen sollte.

Langsam ging er die Friedrichstraße hinauf, durchquerte die Linden, sah grüßend zum Brandenburger Tor hinüber und zum Denkmal Friedrichs des Großen, warf einen Blick in die Passage hinein und ließ sich von der Menschenmenge bis zur Leipzigerstraße schieben.

Hier blieb er einen Augenblick unschlüssig stehen, dann wandte er sich nach rechts, dem Potsdamer Platz zu. Er überschritt ihn und ging weiter die Potsdamerstraße entlang. Ganz instinktiv ging er vorwärts, ohne Überlegung, bis er schließlich vor einem Hause stehen blieb und zur zweiten Etage hinaufblickte.

Dort oben, hinter den erleuchteten Fenstern, mochten jetzt

seine Eltern beim Abendbrot sitzen, seine Schwester mochte wohl in ihrer altklugen, verächtlichen Manier von ihrem Bruder Max sprechen, dem Landstreicher, dem Taugenichts; ein fremder Mensch, ihr Bräutigam, saß vielleicht behaglich an dem großen, runden Tisch von altem Eichenholz, während er hier unten stand, einsam, verlassen, elend, ohne Subsistenzmittel.

Fort von hier, weg aus dem Bereich der Versuchung! Ging es ihm denn nicht gut? Hatte er nicht noch ein ganzes Zwanzigmarkstück in der Tasche und die reichsten Hoffnungen im Busen? Wenn man sich mit diesem Geld und diesen Hoffnungen sparsam einrichtete, so konnte man wohl damit auskommen, bis sich irgend eine Beschäftigung gefunden hatte.

Nein, noch war er nicht am Verhungern, noch war er nicht am Ende seiner Hoffnungen.

Energisch wandte er sich um und ging wieder die Potsdamerstraße entlang in der Richtung, aus der er gekommen war.

Mit einem Fonds von zwanzig Mark und einigem losen Silber- und Nickelgeld in der Tasche schritt er dahin, straßauf, straßab und überlegte reiflich, wie man einen solchen Schatz gewissenhaft einzuteilen hätte. Den Plan, ins Hotel zu gehen, gab er auf, er hätte wohl eine zu starke Bresche in sein Arbeitskapital gelegt.

Auch von dem warmen Abendbrot beschloß er Abstand zu nehmen. Einige Brötchen und ein Stück Wurst taten es wohl auch. Einige Stunden Schlaf im Wartesaal sollten ihm dann über die ersten Nachtstunden hinweghelfen, den Rest der Nacht mußte er dann im Freien verbringen. Für diese kleinen Strapazen wurde er reichlich entschädigt, wenn er morgen ein kleines Zimmer mieten konnte und nach einer Anzahlung von zehn Mark noch so viel übrig behielt, daß er eine Woche leben konnte. Eine Woche, das war eine lange Zeit in einer Stadt wie Berlin, wo die Gelegenheiten für den, der sie zu erfassen verstand, und der den redlichen Eifer hatte vorwärts zu kommen, zahllos waren.

So kaufte er sich denn einige Brötchen, ein Stück Wurst und ging mit seinem Proviant zum Bahnhof zurück.

Im Wartesaal vierter Klasse suchte er sich eine bequeme Ecke auf einer Bank aus, ließ sich ein Glas Bier geben und verspeiste seinen Vorrat mit großem Appetit. Dann legte er sich in die Ecke zurück und versuchte zu schlafen. Es war jetzt halb Neun. Wenigstens bis um drei Uhr blieb der Wartesaal wohl geöffnet. Das waren reichlich sechs Stunden. Es hatte in seinem Leben Tage gegeben, an denen er weniger als sechs Stunden geschlafen hatte.

Aber in seinen Gliedern lag eine Art nervöser Müdigkeit, die ihn nicht zum Schlafen kommen ließ; der Tabaksrauch, der den Raum erfüllte, beizte ihm die Augen, daß sie schmerzten, und die harte Bank drückte. Er rutschte auf seinem Platz hin und her, schlug die Augen wieder auf, lag wieder eine Zeit, die ihm fast zur Ewigkeit wurde, um schließlich zu bemerken, daß noch keine zehn Minuten vergangen waren.

Er nahm alle Energie, die er noch besaß, zusammen und suchte sich zur Ruhe und zum Schlaf zu zwingen. So verbrachte er etwa eine Stunde mit geschlossenen Augen.

Endlich aber litt es ihn nicht länger. Er sprang auf und verließ den Wartesaal.

Draußen auf der Straße brauste der Verkehr in kaum geminderter Lebendigkeit fort. Aber die Qualität des Publikums hatte sich ganz offensichtlich geändert. Statt der Menschen, die ihren Geschäften nachgingen, oder von ihren Geschäften kamen, und eilig ihr Heim aufsuchten, bummelten jetzt junge Elegants gemütlich dahin, Leute, denen man von weitem schon die Wohlhabenheit und die Provinz anmerkte, sahen sich neugierig das ungewohnte Leben an, Gestalten von zweifelhaftem Aussehen schlüpften vorüber und verschwanden in den Nebenstraßen und Dirnen mit aufgeputzten Kleidern, mit auffällig bemalten Gesichtern, Dirnen von allen Sorten, große und kleine, junge und alte, elegante und unelegante, häßliche und – keine hübschen.

Angewidert von diesem Treiben, wandte er das Gesicht ab. Er rechnete, was er verdienen mußte, um zu leben, wieviel er für die Miete des Zimmers ausgeben durfte, wieviel er für den täglichen Lebensunterhalt verbrauchen konnte, und was er zur Bestreitung von Kleidern und Wäsche auswerfen sollte.

Und zwischen all diesen Rechenexempeln, die die Dürftigkeit diktierte, zogen Träume eines künftigen Wohllebens durch seinen Kopf, dachte er der glücklichen Zeiten, wo er nicht mehr mit dem Gelde sparen müssen, wo er ohne Gewissensbisse eines dieser prächtigen Lokale würde aufsuchen und die Speisekarte wie ein Mann, der zu leben verstand, in der Hand, dem Kellner seine Aufträge auf alles das würde geben können, worauf er Lust verspürte.

Ein tiefer Seufzer entfuhr ihm.

Es war jetzt erst elf Uhr und es schien unmöglich, diese Nacht jemals zu überstehen. Vielleicht, daß er doch ein Hotel nehmen sollte, ein einfaches, billiges, ein Fremdenlogis! ...

Er begab sich auf die Suche.

Ach, wie lange mochte es noch dauern, bis seine Träume zur Wirklichkeit wurden, wie weit war es noch, bis er sein Ziel erreicht haben würde, wie fern noch der Tag, da er die Genüsse des Lebens, nach denen ihn dürstete, kennen lernen, da er die Stunde ruhig und im Besitz verleben würde dürfen! –

Ihn packte etwas wie ein Taumel, ein Sehnen nach kurzem Vorgeschmack von dieser fernen Zeit des Herrschens. Was ihn jetzt hier in der milden Nachtluft der Straße umgab, das Parfüm der Weiber, das Rascheln ihrer Kleider wühlte in seinen Nerven; es erregte seine Sinne und ermattete sie zugleich.

Vor ihm ging ein Mädchen und lockte seine Blicke. Sie war hübsch, und der Rhythmus ihrer Glieder fesselte ihn, in ihrem Gang war etwas aufreizendes, und die gutbeschuhten Füße, die feinen Knöchel faszinierten ihn.

Er kämpfte einen langen Kampf.

Krampfhaft hielt er das Zwanzigmarkstück, sein letztes Gut, zwischen den Fingern. Aber sein Wille war zermürbt, sein Widerstand gebrochen, das Bild seiner Zukunftsträume verflogen. Die Gegenwart lebte, sie machte ihr Anrecht geltend und er unterlag den Lockungen dieser käuflichen Sirene.

DREIUNDZWANZIGSTES KAPITEL.

Das war die erste Nacht, die Max Gerber nach Jahren der furchtbarsten Entbehrungen wieder in seiner Vaterstadt zubrachte.

Als er in der Frühe des nächsten Tages in den kalten, nebligen Herbstmorgen hinaustrat, war sein Gemütszustand ein fürchterlicher.

Die Kälte drang durch seine dünnen Kleider und bohrte sich ihm in die entkräfteten Glieder.

Der Hunger wühlte in seinem Magen, und das Bild einer warmen Schüssel tauchte vor seinen Blicken auf. Er sah diese große runde Schüssel deutlich, sah sie mit irgend etwas Appetitlichem angefüllt und die Dämpfe in kleinen geballten Wolken daraus emporsteigen.

Er ging in eine der kleinen Destillen und ließ sich eine Tasse heißen Kaffees geben. Dazu aß er einige Brötchen. Nachdem er sich so ein wenig erfrischt hatte, nahm er die Morgenzeitung vor und begann emsig nach einer Stellung zu suchen.

Jede sollte ihm recht sein. Nur ein Anfang mußte gemacht werden! Nur etwas Geld verdienen, damit er leben konnte und einen Ort fand, wohin er sich niederlegen konnte, um zu schlafen. Das war alles, was er vor der Hand brauchte.

Er notierte sich eine Reihe von Adressen und machte sich auf den Weg.

Es waren kleine kaufmännische Stellen, um die er sich bemühte. Den ganzen Tag lief er umher, aber er mußte endlich bemerken, daß der Mangel an Zeugnissen und vor allem seine reduzierte Kleidung jede Mühe vergebens sein ließ.

Vor Hunger und Müdigkeit fast zusammenbrechend, versuchte er, die Nacht auf den Bänken des Tiergartens zu verbringen. Heute hatte er nicht nötig, sich zum Schlaf zu zwingen. Er nickte, kaum daß er saß, schon ein, aber immer wieder von den Schutzleuten geweckt und davongetrieben, mußte er sich zuletzt irgendwo hinter einem Gebüsch verkriechen.

Er erwachte erst von dem ächzenden, stöhnenden Geräusch eines Lastwagens, der über die nahe Charlottenburger Chaussee zog. Es mochte gegen fünf Uhr morgens sein, als er sich vom Boden erhob. Dieser Schlaf hatte ihn nicht erquickt, seine Glieder waren wie zerschlagen, und die Feuchtigkeit der Erde hatte sich seinen Kleidern mitgeteilt. Ihn fröstelte und mit schnellen Schritten, um sich zu erwärmen, ging er dem Brandenburger Tor zu.

Wieder nagte dieses verdammte Hungergefühl in seinem Inneren, und die Sehnsucht nach einer großen Tasse heißen Kaffees wurde so stark, daß er fast im Laufschritt sich dem Norden zuwandte, um in einem der Nachtlokale der Wasserstraße für die letzten Pfennige, die er besaß, sein Verlangen zu stillen.

Ihn störte nicht der widerliche, aus schlechtem Parfüm, Alkoholdünsten und Tabaksqualm sich mischende Geruch dieser Atmosphäre, nur ihre Wärme schmeichelte sich lau um seine starren Glieder, und während gleichzeitig der heiße Kaffee aus der großen Tasse in seinen Magen strömte, überkam ihn ein wohliges Gefühl von Wärme und Sicherheit. Müde ließ er seinen Kopf auf die Tischplatte sinken, und schon schlossen sich die Augen, als ihn der rauhe Ton des einzigen Kellners, der die Bedienung der zweifelhaften Gäste dieses Lokales besorgte, emporriß.

«Hier wird nich jepennt!»

Die schmutzige Hand des Menschen schüttelte seine Schulter. Verlegen erhob sich Gerber, er wußte nichts zu erwidern und schickte sich an, die wenigen Pfennige aus seiner Hosentasche auf den Tisch zu legen, als ein anderer Gast, der einige Schritte entfernt vor einem Glase Bier saß, sich einmischte.

«Maxe, lassen Sie doch den Herrn in Ruhe – der stört doch niemanden!» –

Der Mann schien Autorität über den Kellner zu haben, denn dieser, der eben das Geld einstrich, drehte sich um und erwiderte, wie zu seiner Entschuldigung: «Wir müssen ja jetzt zumachen!»

Der Gast stand auf, warf den Betrag seiner Zeche auf den Tisch und wandte sich an den noch immer verlegen dastehenden Gerber:

«Kommen Sie, wir gehen zusammen hinaus.»

Und Gerber folgte seinem Beschützer und stammelte einige Worte des Dankes.

«Durchaus keine Ursache.»

Dann gingen sie eine Weile schweigend nebeneinander her.

Gerber warf zuweilen einen flüchtigen Blick zu seinem Begleiter hinüber.

Er war ein junger, hagerer Mensch mit schmalem, bleichen Gesicht. Ein hellbrauner Sommeranzug mit großkariertem Muster, ein vorn offener Stehkragen, eine sorgfältig gebundene, auffallende Krawatte und spitze Lackschuhe gaben ihm etwas von der Eleganz jener Leute, die ihre Tage auf den Rennplätzen, in den Spielsälen und Cafés verbringen.

«Der Mann schien großen Respekt vor Ihnen zu haben,» sagte Gerber.

«Ja, ich bin dort sehr bekannt. Ich studiere diese Gesellschaftsschichten. Übrigens: Pickert mein Name!»

«Ich heiße Gerber.»

«Sehr angenehm. Künstler, was?»

«Ja, ich bin Schauspieler; das heißt ...»

«So, sehr erfreut. Ich bin Schriftsteller.»

Er begann ihn auszufragen, und nach einer halben Stunde war er bereits mit den Schicksalen und Verhältnissen des aufrichtigen Gerber vollkommen vertraut.

«Finde es sehr richtig, daß Sie nicht zu Ihren Eltern gehen. Haben Sie auch gar nicht nötig. Bei Ihren Anlagen und Fähigkeiten werden Sie sich schon selber durchsetzen.»

Gerber war ein wenig peinlich berührt. Was wußte der Mann denn von seinen Anlagen und Fähigkeiten?

Aber jener plauderte weiter. Er fragte ihn, ob er diesen und jenen Schauspieler und Künstler kenne? Er selber schien sie alle zu kennen und auf Du und Du mit ihnen zu stehen. Er sprach von seinen Beziehungen zu den Tagesblättern und von seinen Bekanntschaften bis in die höchsten Gesellschaftskreise und versprach Gerber, ihm behilflich zu sein, eine Stellung für ihn zu finden.

«Und jetzt will ich Ihnen einen Vorschlag machen. Sie kommen vorläufig mal mit in meine Wohnung. Dort wollen wir uns ausruhen und dann Mittag essen. Das weitere wird sich alles finden.»

Gerber blieb in der Lage, in der er sich nun einmal befand, nichts weiter übrig, als dieses Anerbieten anzunehmen. Die Aussichten auf ein warmes Mittagbrot, auf eine Gelegenheit, sich zu säubern und zu waschen, auf ein Zimmer, in dem er es sich bequem machen konnte, waren zu verlockend, als daß er für diesen Preis nicht das leise Mißtrauen hätte überwinden sollen, das er gegen diesen Menschen empfand.

So folgte er dann willig seinem neuen Bekannten.

Sie bogen in die Borsigstraße ein und erreichten endlich das Haus, in dem Pickert wohnte.

Durch eine schmutzige Einfahrt gelangten sie auf einen großen Hof, gingen in ein Seitengebäude hinein, stiegen zwei Treppen empor und hielten vor einer Türe, auf der eine Visitenkarte mit der Aufschrift: Anton Pickert, Schriftsteller, befestigt war.

Pickert öffnete und ließ Gerber eintreten. Dann führte er ihn in ein Zimmer.

«Bitte, machen Sie es sich nur bequem; ich bin gleich wieder da.» Mit diesen Worten ließ er Gerber allein.

Dieser sah sich ein wenig in dem Zimmer um. Es war eine kleine Stube, mit einfachen Möbeln ausgestattet, die Wände waren mit einigen großen Öldruckbildern billigster Sorte behangen.

Die Tür öffnete sich und Pickert trat ein, mit einer weiblichen Person.

«Gestatten Sie, Herr Gerber, daß ich Ihnen meine Braut vorstelle, die auch hier wohnt. Herr Gerber – Fräulein Minna Landmann.»

Gerber war aufgesprungen und starrte dieses Weib an, das ihm gegenüberstand. Er vergaß vor Erstaunen ihre Verbeugung zu erwidern. Es war dasselbe Frauenzimmer, bei dem er vor zwei Nächten sein letztes Zwanzigmarkstück gelassen hatte.

Vierundzwanzigstes Kapitel.

Wir müssen uns notgedrungen wieder ein wenig mit der Persönlichkeit des Herrn Anton Pickert beschäftigen, dessen äußeres Wesen seit seiner Freundschaft mit dem Grafen von der Mark eine durchgreifende Veränderung erfahren hatte.

Die italienische Reise hatte ihm in mehr als einer Beziehung ausgezeichnete Lehren gegeben, und die ganze Energie dieses Menschen war nun darauf gerichtet, mit peinlicher Sorgfalt die Formen jener besseren Gesellschaftskreise, zu denen er selbst geneigt war, sich jetzt zu rechnen, anzunehmen.

Er begann zu lernen. Ja, er trieb es so weit, französischen Sprachunterricht zu nehmen. Das alles entsprach nun nicht einem natürlichen Bildungsdrange, dem Schurken war auch das nur Mittel zum Zweck seiner Schurkerei.

Sein Domizil lag nunmehr in der Borsigstraße. Er hatte dort auf seinen eignen Namen unmittelbar nach seiner Rückkehr eine ziemlich geräumige Hofwohnung gemietet und

Fräulein Minna, die treue Gefährtin seiner schlechten Tage, zu sich genommen.

Die Dame war anfangs überglücklich, denn Pickert hatte ihr mitgeteilt, daß sie es nun nicht mehr nötig habe, ihr Gewerbe zu betreiben, sie sei nur noch für ihn da.

Doch Fräulein Minnas Erwartungen waren bald getäuscht, denn ihr Geliebter machte von ihren Reizen seltenen Gebrauch. Die meisten Nächte brachte er außer dem Hause zu, und Minna wußte nicht, daß diese Nächte dem Grafen von der Mark gehörten, denn Pickert hielt diese Beziehung streng geheim. Sie wußte nicht, daß der Freund allmählich in die höheren sozialen Sphären tauchte, sie wußte nicht, daß dieses Schurken Abende häufig von gesellschaftlichen Verpflichtungen ausgefüllt wurden.

Tatsächlich hatten sich solche gesellschaftliche Verpflichtungen eingestellt, und das kam so:

Die Gräfin Rospine, deren flüchtige Bekanntschaft er bereits in Sizilien gemacht hatte, war in Berlin aufgetaucht, und in Begleitung des Grafen von der Mark war Anton Pickert in den Salon der Gräfin gelangt.

Hier hatten sich bald ganz andere Beziehungen ergeben, und so kam es, daß der Lump, der seine Seele und seinen Körper durch den tiefsten Schmutz menschlicher Leidenschaften wälzte, Günter von Plessow vorgestellt wurde, sich der Bekanntschaft des Grafen Roon erfreute und anderen Angehörigen der Aristokratie sich grüßend nahen durfte.

Pickert war klug genug, in seinen Kreisen mit diesen Beziehungen nicht zu renommieren. Er führte ein absolutes Doppelleben und vermied geschickt, die Erscheinungen dieser beiden Existenzen sich miteinander irgend wie berühren zu lassen.

Nur Fräulein Minna war mit diesem Stand der Dinge, deren Ursache ihr völlig unbekannt blieb, nicht zufrieden, denn ihr Freund nahte sich ihr nur höchst selten. Über die Art, wie er die Zeit, die er von ihr entfernt verbrachte, verwendete, hatte sie nur Vermutungen, und selbst in diesen wechselte sie je nach Laune und je nachdem ob Eifersucht oder die Niedrigkeit der eigenen Gesinnung überwogen, sehr ab.

Sie war bald dahinter gekommen, ihr altes Gewerbe in vermindertem Umfange wieder aufzunehmen und Anton Pickert ahnte nicht, daß häufig, während er die widerlichen Liebkosungen «Jeannettes» ertrug, seine Minna sich der stürmischen Gunst irgend eines Jünglings erfreute, den sie häufig, ohne Rücksicht auf die finanzielle Leistungsfähigkeit, bei ihren nächtlichen Ausflügen gewählt hatte. Natürlich gelang es ihr auch wiederholt, aus diesen nächtlichen Exkursionen pekuniäre Vorteile zu ziehen, und auch diese kleine Beihilfe zur Bestreitung ihrer persönlichen Luxusneigungen war ihr immer willkommen.

***

Gerber empfand in der Gastfreundschaft, die sich ihm unter so sonderbaren Umständen bot, etwas ungemein Lästiges, das natürlich noch gesteigert wurde durch das Wiedersehen mit Fräulein Minna. Jedoch der Hunger und die Müdigkeit, die beide wieder sich meldeten, ließen alle Bedenken in ihm schweigen, und so nahm er mit seinem Beschützer und der Dame des Hauses an dem nicht einfachen Mittagsmahl teil.

Das Essen war vorbei, und Gerber folgte mit großer Bereitwilligkeit der Aufforderung Pickerts, einen kurzen Mittagsschlaf zu halten. Er legte sich auf eine Chaiselongue, die beiden anderen verließen das Zimmer und bald war der junge Mensch eingeschlafen.

Es mochte gegen vier Uhr nachmittags sein, als Pickert weckend an Gerber herantrat. «Na, Gerber,» Gerber fuhr aus seinem Schlafe empor, «wollen Sie nicht ein bißchen mitkommen in die Stadt?» fuhr Pickert fort.

«Gern,» sagte Gerber, sich die Augen reibend, dann glitt unwillkürlich sein Blick an seiner eigenen Gestalt herab, als wollte er sein Äußeres einer Prüfung unterziehen, wie weit er noch im stande war, einigermaßen zu repräsentieren.

Pickert schien zu erraten, was in seinem Gast vorging, und mit gutgespielter Urbanität stellte er sich vor ihm auf und sagte: «Hören Sie mal, mein Lieber, ich weiß, wie solche Sachen sind; wenn es uns Künstlern» – diese angebliche Gemeinschaft betonte Pickert ganz besonders – «schlecht geht, dann geht's uns meistens dreckig schlecht, ich habe das selber durchgemacht, also seien Sie vernünftig, ziehen Sie sich an, wir haben fast die gleiche Figur, und meine Garderobe steht Ihnen zur Verfügung.»

Gerber wollte gekränkt auffahren, doch Pickert hinderte ihn daran mit einer Handbewegung.

«Ach nicht doch, machen Sie keine Dummheiten, das ist doch so selbstverständlich. Wenn ich in die gleiche Lage komme, pumpe ich mir bei Ihnen och 'nen Frack.»

Dann wandte er sich ab, öffnete einen Kleiderschrank, der neben der Tür stand und mit den Worten: «So, nun suchen Sie sich was aus,» verließ er das Zimmer.

Gerber war mit einem Gefühl tiefster Beschämung sitzen geblieben. Wer war dieser Mensch und wie kam er dazu, gerade ihm diese Wohltaten zu erweisen; am liebsten wäre er aufgestanden und stumm davongeschlichen, doch das wäre ja Torheit gewesen, denn bald kam ein neuer Abend, eine neue Nacht und wieder ein Tag, denen er hilflos gegenüberstand.

Gerber erhob sich und inspizierte den Inhalt des Kleiderschrankes. Ein dunkelblauer Anzug schien seinen Zwecken am geeignetsten, er zog diesen an und hatte eben seine Toilette beendet, als Pickert in das Zimmer zurückkam. Er sagte nichts, er schien das alles ganz selbstverständlich zu finden, und beide verließen, ohne sich von Fräulein Minna, die noch weiterschlief, verabschiedet zu haben, die Wohnung.

Sie gingen langsam schlendernd die Friedrichstraße entlang, bis sie an die Linden kamen, die sie überschritten.

Sie hatten beide soeben das Trottoir erreicht, als ein jüngerer mit geschmackvoller Eleganz gekleideter Herr Gerber anhielt.

«Gerber, bist Du's?»

Gerber wandte sich um und erkannte Dresdner, seinen früheren Schulfreund. Die beiden begrüßten sich, und Gerber empfand es unwillkürlich unangenehm, Herrn Pickert seinem alten Freunde vorzustellen.

«Herr Dresdner, ein alter Schulfreund von mir, Herr Schriftsteller Pickert,» bequemte er sich schließlich zu sagen, und Dresdner verneigte sich mit einer kurzen, studentenmäßigen Verbeugung. Dann wandte er sich Gerber zu und sagte lächelnd: «Ich bin jetzt übrigens Doktor Dresdner, ich habe im Herbst meinen Referendar gemacht und steure jetzt auf den Assessor zu; was treibst Du denn, ich dachte, Du mimst da irgendwo in der Provinz den Carlos oder den Mohr?»

«Nee,» sagte Gerber und er versuchte mit einem überlegenen Lächeln die Phantastereien abzutun, «das ist vorüber, ich habe jetzt andere Pläne.»

Dresdner, der gut aufgelegt schien, und wohl den Wunsch hatte, mit seinem alten Freunde ein wenig zu plaudern, forderte die beiden auf, sich ihm auf seinen Weg ins Café Kaiserhof anzuschließen. Gerber schien nicht recht zu wollen, doch Pickert sagte zu, noch ehe sein Schützling vermocht hätte, das zu umgehen.

Es mochte fünf Uhr sein, als die drei das Café Kaiserhof betraten, wo sich inmitten einer gemischten Gesellschaft von Agenten, Wechselschiebern, Pferdehändlern mit ihrem weiblichen Anhang, Schachspielern und ernsten Zeitungslesern eine Art von literarischer Kolonie zusammengefunden hatte.

AAA

Dresdner führte seine beiden Begleiter an einen der Fenstertische, an dem bereits zwei Herren saßen. Es war ein Stammtisch, dessen Plätze den regelmäßigen Besuchern reserviert wurden, wie die nach vorn gegen die Tischplatte gelehnten Stühle verrieten.

Pickert und Gerber nahmen, nachdem sie Dresdner den anderen, zwei trotz ihrer Jugend schon bekannten Schriftstellern, vorgestellt hatte, Platz, und bald war ein Gespräch im Gange.

Gerber schien erst nur zögernd in die Konversation eintreten zu wollen, aber bald war er inmitten der Materie. Das Gespräch pendelte auf und nieder, zwischen Politik und Literatur, aber immer wieder fand Gerber den Punkt, wo seine Persönlichkeit einzusetzen vermochte, und immer wieder riß er die Unterhaltung an sich, und die knappen Widersprüche und Einwürfe, die den anderen zufielen, schienen die sprühende Flut seiner Gedanken immer von neuem zu stimulieren. Einigemale wurde die Diskussion durch die Vorstellung neu hinzukommender Stammgäste unterbrochen, aber auch diese verfielen bald in die Rolle der aufmerksam Lauschenden, zu der die zwar selbstgefällige, aber bestrickende Rede des Neulings sie zwang.

Mit kaum verborgenem Staunen bewunderte Pickert seinen Freund. Zwar vermochte er nicht alles zu verstehen. Die metaphorisch verzierte Dialektik Gerbers enthielt für ihn tausend ungelöste Rätsel, aber das konnte die fast ehrfürchtige Bewunderung des Unwissenden nicht vermindern. Stumm und staunend hing er am Munde des Vortragenden, bis die Ankunft eines neuen Gastes seine Aufmerksamkeit ablenken sollte.

Es war ein älterer Mann, mit ergrautem Spitzbart, der an den Tisch herantrat und von allen mit einem respektvollerem Mangel an Vertraulichkeit, als in diesem Kreise sonst üblich zu sein schien, begrüßt wurde. Doktor Dresdner stellte vor:

«Gestatten Sie, meine Herren, daß ich Sie bekannt mache. Herr Reichstagsabgeordneter Heinrich Ewald.»

Bei Nennung dieses Namens lauschte Pickert auf und sah dem Sozialistenführer starr ins Gesicht, der liebenswürdig lächelnd sich verneigte.

Doch auch Heinrich Ewald sollte das Lächeln bald vergehen, als der Vorstellende fortfuhr: «Hier sehen Sie Herrn Max Gerber, einen Jüngling, der ein verruchtes Schauspielerdasein aufzugeben bereit ist, und an seiner Seite den Schriftsteller Herrn Anton Pickert, ein Mann, der viel Länder gesehen und vieles erlebt hat.»

Doktor Dresdner setzte sich.

Auf Ewalds Lippen war das Lächeln erstarrt bei Nennung des Namens Pickert. Er dachte an die Qual, die ihm die Schwester dieses Menschen jetzt bereitete. Ella war seit vier Monaten in anderen Umständen, täglich kam das Mädel zu ihm, täglich peinigte sie ihn mit ihrer entsetzlichen Angst, täglich drohte sie ihm, sich das Leben nehmen zu wollen, und als er ihr nahe gelegt hatte, durch einen operativen Eingriff die drohenden Folgen beseitigen zu lassen, hatte sie sich ängstlich geweigert und ihm schluchzend und schaudernd ins Gesicht geschrieen, er wolle sie ermorden. Bei allem verließ ihn nie die Furcht, das Mädchen könnte in ihrer Angst das kompromittierende Geheimnis verraten. Dann war alles verloren, und nun saß er ihrem Bruder gegenüber.

Doch der schien nichts zu wissen. Pickert hatte die Vorstellung scheinbar mit größter Gleichgültigkeit entgegengenommen und war jetzt im Begriff, sich mit Gerber zu unterhalten, dessen Diskussion beendet schien.

Ewald war entschlossen, heute mit dem Mädchen irgend ein Ende zu machen. Er mußte einen Vorwand finden, sie auf längere Zeit von Berlin zu entfernen, sie zu einem Landaufenthalt zu überreden, dort konnte eine Niederkunft erfolgen. Das schien die einzige Lösung und zufrieden, diesen Entschluß gefunden zu haben, wandte sich Ewald jetzt der allgemeinen Unterhaltung zu.

Doch Gerber kannte als Schauspieler den Wert eines guten Abganges. Ohne Pickert, dessen Bewunderung er deutlich gefühlt hatte, von seiner Absicht zu verständigen, erhob er sich und mahnte ihn zum Aufbruch.

Und richtig, Pickert, der jetzt gern noch eine Weile geblieben wäre, schon um irgendwie Ewald ein wenig näher zu kommen, stand auf und folgte. Nach kurzem Abschied verließen beide das Caféhaus.

Fünfundzwanzigstes Kapitel.

Kriminalkommissar Freyeisen hatte heute, am Sonntag, Nachtdienst.

Draußen fiel beharrlich und eindringlich ein dünner Sommerregen hernieder.

Plötzlich schlug die Weckerglocke am Telephon an.

Der Kriminalbeamte vom Kommissariat drei in Rixdorf meldete: «Soeben erstattet hier ein Schlosser Ernst Wegner die Anzeige, daß er in einem Graben der Köllnischen Wiesen die Leiche eines etwa sechzehnjährigen Mädchens gefunden habe, das anscheinend ermordet ist. Der Mann bleibt hier auf dem Bureau, um die Beamten zur Fundstelle zu führen.»

«Gut, der Schlosser soll warten, bis ich komme, in einer Stunde sind wir draußen. – Halt! Noch eins! Die augenblicklich auf der Wache befindlichen Beamten sollen sich bereit halten, um sich der Mordkommission anzuschließen.» –

Rasch schritt Freyeisen über dunkle Korridore und Treppen zur Wohnung des Chefs der Kriminalpolizei. Geheimrat Dietrich ließ ihn nicht lange warten. Freyeisen durfte kurze Zeit, nachdem ein Diener ihn angemeldet hatte, in das Privatkabinet seines Chefs eintreten.

«Was gibt's denn, Herr Kommissar?»

«Ein Mord, Herr Geheimrat.»

«Schon wieder?»

«Kommissariat drei in Rixdorf meldet, daß auf den Köllnischen Wiesen in einem Graben die Leiche eines jungen Mädchens gefunden wurde.»

«Gut. Machen Sie sofort die Mordkommission mobil. Nehmen Sie außerdem soviel zuverlässige Beamte mit, als Sie nur irgend jetzt auftreiben können, um an die ersten Ermittlungen gleich eine gründliche Razzia auf den Wiesen und in den benachbarten Laubenkolonien anzuschließen. – Lassen Sie mir einen Mann, der mich zur Fundstelle der Leiche führen kann, auf dem Kommissariat zurück. In spätestens anderthalb Stunden kann ich draußen sein. Alles übrige ordnen Sie nach eigenem Gutdünken an, Herr Kommissar. Ich weiß ja, daß ich mich auf Sie verlassen kann.»

«Zu Befehl, Herr Geheimrat.»

Freyeisen ging. Er ließ sofort alle Mitglieder der Mordkommission telephonisch nach dem Rixdorfer Kommissariat bestellen. Dann warf er sich in eine Droschke und fuhr, so rasch der steifbeinige Gaul, von Peitschenhieben ermuntert, laufen konnte, hinaus nach Rixdorf.

Die Wachtstube des Polizeikommissariats, ein nur mäßig großer Raum, war von feuchtwarmem Dunst erfüllt. Die nassen Kleider der zwölf Beamten, die sich hier versammelt hatten, dampften förmlich in dem warmen Zimmer.

«Guten Abend, meine Herren,» begrüßte der eben eintretende Freyeisen die Versammelten.

«Guten Abend, Herr Kommissar,» tönte es zurück.

«Sind Sie bereit, meine Herren?»

«Zu Befehl!»

«Na, dann vorwärts! Wir haben keine Zeit zu verlieren!» –

Man brach auf. In Truppen von drei oder vier Mann ging es durch die Straßen. Allen voran Freyeisen mit dem Schlosser, einem etwa fünfundzwanzigjährigen Mann, dem man an dem blassen Gesicht, den tiefliegenden Augen, vor allem aber an der zerrissenen Kleidung die lange Arbeitslosigkeit und Not ablesen konnte. Freyeisen musterte ihn scharf; er grub sich mit dem Blick in die Seele seines Begleiters während dessen Bericht über seinen grausigen Fund.

«Sie werden's ja sehen, Herr Kommissar, es ist ein blutjunges, bildhübsches Ding.»

«Also neun Uhr war's, wie Sie sie fanden? – Hm! Fiel Ihnen an dem Fundort oder in dessen Umgebung etwas Besonderes auf?»

«Ach nee! – Nich det ick wüßte! – Halt doch. Am Jraben

so jerade am Rande muß een Handwagen gestanden haben. Vielleicht ist dadruff de Leiche herjeschafft worden – dacht ick mir und versuchte die Radspur weiter zu finden. Det war nu aber bei die Dunkelheit nich so eenfach. Und wie ick nu so suche und suche, da is es mir doch, wahrhaftig Herr Kommissar, als wenn ick in die Ferne een paar Kerle mit eenen Handwagen davonjagen sehe, Jott, ick kann mir ja och bei die Finsternis jetäuscht haben, aber es war mir so!»

«So?» wieder warf Freyeisen einen forschenden Blick auf den Sprecher. «Wir werden ja sehen!»

Das Gespräch brach jetzt ab. Die Straße war zu Ende, man trat ins Feld hinaus. Zwischen Gemüsebeeten, die mit alten Brettern umzäumt waren, zog sich ein schmaler Weg. Hier und dort gewahrte man kunstlose Hütten, aus den Trümmern von Häuserabbrüchen zusammengezimmert, daneben ein Stall, der für Kaninchen oder für sonstiges Hausgetier bestimmt war. Grüngestrichenes Sparrenwerk war zu Lauben zusammengehauen, daneben eine Stange, an deren Spitze ein schmutziger bunter Lappen, schwer vom Regen, schlaff herabhing.

«Können Sie sich hier ohne Laterne zurecht finden?» fragte Freyeisen.

«Wie in meine Westentasche, Herr Kommissar!»

«Gehen Sie voran.»

Nach kurzer Zeit standen sie an einem Graben, der das Laubenterrain von der freien Wiese abschloß. Der Schlosser sprang hinüber, auch der Beamte war bald am jenseitigen Rande des Grabens, an dem die beiden Männer nun langsam entlangschritten.

Es hatte aufgehört zu regnen.

Wegner machte vor einer Masse Halt, die zur Hälfte im Graben selbst, halb auf dem Wege lag.

Von leichtem Nebelschleier verhüllt, trat der Mond aus dem Gewölk und warf seine bleichen Strahlen auf das Antlitz einer Toten.

Es war ein Mädchen von sechzehn bis siebzehn Jahren in dunkelblauem eng anliegendem Kleide, das die schon ebenmäßigen, entwickelten Formen des Körpers voll zur Geltung kommen ließ. Das blonde Haar hatte sich durch den Wind gelöst und hing in feuchten, schweren Strähnen um ein Gesicht von feinem Schnitt mit einer leicht gebogenen Nase, einem kleinen üppigen Mund und großen Augen, die weit offen in ihrem glasigen Ausdruck dem Beschauer Entsetzen einflößen konnten. Freyeisen gab sich nicht lange dem ersten Betrachten hin.

«Haben Sie Laternen mitgebracht?» fragte er den Rixdorfer Revierbeamten.

«Zu Befehl, Herr Kommissar!» Drei kleine Handlaternen wurden rasch angezündet und beleuchteten den Schauplatz der unheimlichen Tat.

«Ein Lustmord ist es nicht!» war das Urteil Freyeisens, nachdem er kurze Zeit die Leiche und die Umgebung aufmerksam gemustert hatte. «Der Mord ist auch nicht hier verübt worden, sondern in einem Zimmer. Die Kleider wären sonst nasser und schmutziger. Die Leiche muß in Decken gehüllt hierhergebracht worden sein.»

«Hier ist die Wagenspur,» fiel der Schlosser ein und wies auf die schmalen Eindrücke von Rädern, die in dem lehmigen Erdreich am Graben deutlich zu sehen waren, während sie sich weiterhin in dem Grase der Wiese immer mehr verwischten.

«Sie haben recht,» entgegnete Freyeisen. «Kennen Sie das Mädchen?» fragte er scharf.

«Jott bewahre,» war die ruhige Antwort.

«Auch Sie nicht?» wandte sich der Kommissar an die Beamten.

«Keiner von uns,» meinte ein Polizist.

«Die Laternen werden abgeblendet. Sie, Wilde, verfolgen die Wagenspur und Sie, Wachtmeister, suchen mit acht Mann die Wiesen und Lauben ab und verhaften, was sich vorfindet.»

Inzwischen war ein Handwagen requiriert, und Freyeisen ging daran, mit Hilfe eines Beamten den Körper aufzuladen.

Der Transport mit dem Leichnam erreichte, ohne übermäßiges Aufsehen zu erregen, das Polizeirevier.

Die Tageszeit und das abscheuliche Wetter ließen die Straßen so menschenleer, daß kaum ein paar unberufene, neugierige Schwärmer in den Bannkreis der Beamten traten.

Der Leichnam wurde in einer der Wachtstuben niedergelegt, und während einer der Beamten den nächsten zuständigen Arzt herbeizuholen bemüht war, wurden die Opfer der Razzia von den Schutzleuten in das größere Wachtlokal bugsiert.

Kriminalkommissar Freyeisen hatte sich nicht allzulange an der Fundstelle des Leichnams aufgehalten. Daß hier noch irgend welche Merkmale zu erspähen waren, das war eine Arbeit, die eventuell einem anderen Beamten überlassen werden konnte, viel wichtiger war es jetzt für ihn, mit Hilfe des Arztes die Todesursache festzustellen und sich eventuell Gewißheit über die Persönlichkeit der Ermordeten zu verschaffen.

Als er am Kommissariat eintraf, kehrte gerade der Beamte mit dem Arzt zurück. Der Mediziner begab sich sofort zu der Leiche; Freyeisen ließ ihn allein, nachdem er ihm über den Fund und die Lage des Körpers einige aufklärende Andeutungen gemacht hatte. Er zog es vor, ihn bei seiner Untersuchung ungestört allein zu lassen und begab sich in das große Wachtzimmer hinüber, wo ängstlich, auf einer der primitiven Holzbänke zusammengedrängt, die von der polizeilichen Razzia Betroffenen hockten.

Der zuständige Polizeileutnant hatte bereits mit der Aufnahme der Personalien begonnen, ihm waren alle diese Leute fast ausnahmslos bekannt, und über die Markantesten unter ihnen hatte auch der Kriminalkommissar in seiner bisherigen Tätigkeit Gelegenheit gehabt, sich zu informieren. Das waren alles im Grunde harmlose Landstreicher, heruntergekommene Deklassierte, Leute, deren Widerstandskraft an den Fährnissen des Lebens gescheitert war, die, einmal aus den Gleisen des Daseins geworfen, nicht die Energie gefunden hatten, sich wieder einzurangieren.

Der Polizeileutnant und auch der Kriminalkommissar hatten im Verkehr mit diesen Leuten einen gewissen Ton liebenswürdiger Urbanität, und in dem Verhör, das beide mit den Einzelnen jetzt gemeinsam anstellten, kam mehr als einmal der schnodderig vorlaute typische Berliner Witz zum Ausbruch.

Eines wurde Freyeisen bald klar. Wenn jenes Mädchen, dessen Leichnam im Nebenzimmer in ärztlicher Untersuchung sich befand, einem Verbrechen zum Opfer gefallen war, von diesen Elendesten aller Elenden, die da vor ihm kauerten, wußte niemand um das Verbrechen, und keiner kam in Betracht.

Die Glocke des Kommissariats ertönte, ein Schutzmann ging öffnen, Geheimrat Dietrich, der Chef der Kriminalabteilung, erschien. Und eben, als er die Wachtstube betrat, kam auch der Arzt zurück. Seine provisorische Untersuchung war beendet.

«Na, was ist los und worum handelt es sich?» begrüßte Dietrich den Kriminalkommissar.

«Das Mädel ist tot, Herr Geheimrat,» erwiderte Freyeisen und wandte sich mit einem fragenden Blick dem eintretenden Arzte zu: «Hier ist der Arzt, der eben bei der Untersuchung war.»

«Haben Sie etwas entdeckt, Herr Doktor?» fragte Dietrich.

«Viel kann ich noch nicht sagen,» erklärte jetzt der Arzt. «Ich habe nur oberflächlich untersuchen können, aber ein Mord scheint's nicht zu sein, ich glaube vielmehr, das Mädchen hat Selbstmord begangen, bestimmte Anzeichen lassen mich sogar vermuten, daß sie sich mit Blausäure vergiftet hat, jedenfalls trägt der Körper keinerlei Spuren, die auf eine gewalttätige Einwirkung schließen lassen.»

«Dann wäre die Sache ja wesentlich harmloser,» erklärte der Geheimrat Dietrich.

«Vielleicht nicht ganz,» erwiderte der Arzt, «denn das junge Mädchen, das selber noch ein halbes Kind ist – sie dürfte höchstens sechzehn Jahr alt sein – befindet sich in anderen Umständen, und ich vermute, daß dieser Zustand mit dem Selbstmord, den ich für ziemlich sicher halte, im Zusammenhange steht.»

«Das ist allerdings sehr naheliegend,» bemerkte Dietrich, «können Sie mir sagen, Herr Doktor, wie weit die Schwangerschaft vorgeschritten ist?»

«Genau nicht, doch ich taxiere, der Zustand ist fünf bis sechs Monate alt, das läßt sich aber alles bei genauerer Untersuchung viel schärfer feststellen.»

Jetzt mischte sich Freyeisen in das Gespräch.

«Verzeihen Sie, Herr Geheimrat, aber dieser magere Befund läßt schon mit ziemlicher Sicherheit bestimmte Schlüsse zu. Ich nehme an, daß die spätere Untersuchung den Selbstmord und die Schwangerschaft bestätigt. Dann ist es mir ganz klar, daß das Mädel aus Angst vor den Folgen ihres Zustandes sich ums Leben gebracht hat, und zwar hat sie das in einer Behausung getan, wo ihr Tod jemanden zu kompromittieren geeignet war. Ich gehe wohl nicht fehl, wenn ich annehme, daß es sich um den Verführer des vielleicht noch gar nicht sechzehnjährigen Kindes handelt, der nun sorgen mußte, daß der Leichnam entfernt wurde. Er schleppte ihn hier hinaus und hatte dabei allem Anschein nach noch einen Helfershelfer, denn der Mann, der die Anzeige erstattete, behauptet, als er den Körper fand, gesehen zu haben, wie in der Ferne zwei Männer mit einem Handwagen davoneilten.»

Es entstand eine kleine Pause, und Geheimrat Dietrich blickte anerkennend zu seinem Kommissar hinüber.

«Hat sich denn bei dem Leichnam nichts gefunden, was für die Feststellung der Identität von Nutzen sein könnte?»

«Bis jetzt nicht,» erwiderte Freyeisen, «aber wenn der Geheimrat wünschen, könnten wir gleich noch einmal eine Untersuchung vornehmen.»

Dietrich stimmte zu, und alle drei, die beiden Kriminalisten und der Arzt, begaben sich in das kleine Zimmer, wo bei dem trüben Scheine einer Gasflamme der Leichnam auf einem Tische ruhte.

Der Körper war entkleidet, der Arzt selbst hatte diese Arbeit vorgenommen und hatte sämtliche Garderobenstücke sorgfältig auf einen Stuhl neben der Leiche aufgeschichtet. Er blieb jetzt stumm zuschauend stehen, während die beiden Kriminalisten sorgfältig den Kleiderhaufen durchsuchten. Aber nichts war zu finden. Die Taschen waren völlig leer und selbst aus der Wäsche waren die Zeichen sorgfältig entfernt. Diejenigen, die den Leichnam fortgeschafft hatten, hatten es sich also angelegen sein lassen, die Agnoszierung so schwer wie möglich, wenn nicht unmöglich zu machen.

«Na, da ist nicht viel zu tun,» entschied endlich Geheimrat Dietrich. «Das Beste ist, nicht sehr viel Aufsehen von der ganzen Sache machen, und wir beschränken uns einfach auf eine Notiz im Polizeibericht. Dann sorgen Sie dafür, Herr Kommissar, daß morgen schon die Obduktion vorgenommen wird, die uns ja sicher die Angaben des Herrn Doktor,» hier verneigte sich der Kriminalist liebenswürdig gegen den Arzt, «bestätigen wird, und geben Sie den einzelnen Polizeirevieren ein möglichst detailliertes Signalement der Toten. Vielleicht ist es so möglich unter den als vermißt gemeldeten, das Mädchen zu identifizieren. Sie haben wohl die Liebenswürdigkeit, mir morgen noch Bericht zu erstatten.»

Geheimrat Dietrich schüttelte seinem Kommissar und dem Mediziner die Hand und verließ, von einem Schutzmann hinabgeleitet, das Revier.

Freyeisen machte sich daran, die Überführung der Leiche in das Schauhaus, wo die Obduktion vorgenommen werden mußte, zu veranlassen, dann ging er, die Erledigung unwichtiger Formalitäten dem Revierleutnant überlassend, hinab und nachdem er sich von dem Arzt, der in der Nähe wohnte, verabschiedet hatte, bestieg er einen Wagen und fuhr durch das unfreundliche Regenwetter nach Haus.

Sechsundzwanzigstes Kapitel.

Berlin befand sich in dieser Zeit in einer ständigen Erregung. Der alte Kaiser war dahingegangen. Seine ebenso bescheidene, wie eindringliche und sympathische Persönlichkeit war wohl aus dem Gesichtskreis, aber noch nicht aus dem Gefühlskreis der Berliner Bürgerschaft verschwunden.

Die Regierungszeit des schwer leidenden Kaiser Friedrich sah man nur als ein Provisorium an; man gab sich über den Zustand dieses Monarchen, der sich der Teilnahme der ganzen Welt erfreute, keiner übertriebenen Hoffnungen hin, und man blickte besorgt in die Zukunft. Man fürchtete den Tag, wo dieser wohlwollende, bedächtige Mann die Augen schließen und die Regierung auf den jungen Friedrich Wilhelm übergehen würde. Von dem zukünftigen Herrscher war bekannt, daß er jung und temperamentvoll war, aber man hatte in Preußen seit langer Zeit nicht Jugend und Temperament auf dem Thron gesehen und war so sehr daran gewöhnt mit der Gestalt des Herrschers Würde, Alter und Greisentum zu verbinden, daß man für die Geschicke des Staates, der sich nun seit anderthalb Jahrzehnten in einer ruhigen, friedlichen Entwicklung befand, fürchtete. Das Bürgertum wollte sich nicht in die Unruhe und Gefahr kriegerischer Wirren gestürzt sehen, die bei dem jugendlichen Ehrgeiz, bei der energischen Selbstsicherheit des Thronfolgers unvermeidlich schienen, und wenn da noch eine Hoffnung war, so war sie in der aufgerichteten, wie aus Eisen gegossenen Gestalt des Nationalhelden Bismarck zu finden, auf den sich in diesen schweren und Ungewissen Tagen alle Augen vertrauensvoll, aber auch mit einer stummen Beschwörung richteten.

Und dann kam der Tag, wo die Glocken tief und dumpf

von den Türmen riefen. Man kannte ihren Ton; es war noch nicht gar so lange her, daß sie geläutet hatten, den Tod des greisen Helden verkündend, den man sich auf seinem Sterbelager mit einem Lorbeerkranz auf den silbernen Locken vorstellte. Man kannte den Ton und wußte, was er zu bedeuten hatte. Man sah die Flagge auf dem königlichen Palais mit Halbmast sinken und hörte die dumpfen Trommelwirbel der Regimenter.

Max Gerber saß in seinem Zimmer, als der Klang der Glocken zu ihm hereindrang. Nicht lange darauf stürzte Pickert ins Zimmer.

«Gerber, wissen Sie schon? Der Kaiser ist tot!!»

Er rief es fast lustig, es schien nur die reine Freude von der Sensation zu sein, die ihn hertrieb. Was ging ihn der Kaiser an! Er war weder verwandt noch verschwägert mit ihm. Und wenn er es gewesen wäre! Der Tod der eigenen Mutter würde ihn ja auch nicht erschüttert haben.

Gerber fühlte diese Kälte, aber er nahm sie nicht allzu tragisch. Er war ja selber keine sentimentale Natur oder vielmehr, er war zu gebildet und hatte einen zu guten Geschmack, um über patriotische Dinge, die im Laufe des letzten Jahrzehnts national-deutscher Entwicklung ein wenig in den Hintergrund getreten und meistens nur noch Phrasen in dem Munde verlogener, streberischer oder geschäftseifriger Menschen geworden waren, außer sich zu geraten.

Und dennoch! Da draußen läuteten die Glocken, auf der Straße riefen es sich die Menschen zu, und selbst dieser verderbte, verrohte Pickert, der kaum noch etwas in seiner Brust hatte, das den Namen menschliches Gefühl verdient hätte, konnte – das bemerkte Gerber jetzt deutlich – trotz der zur Schau getragenen Gleichgültigkeit eine gewisse Erregung nicht verbergen. Die Erregung hatte ihn hergetrieben, hatte ihn gezwungen, ihm diese Nachricht entgegenzurufen, die ihn selber doch irgendwie berührt haben mußte.

Und zum ersten Mal empfand Gerber, daß der Verstand und das Gefühl sich nicht immer decken. Sein Verstand sagte: «Was geht mich der Kaiser an?» Sein Gefühl aber zitterte und vibrierte unter dem merkwürdigen, geheimnisvollen Klang dieses einen kurzen Satzes: «Der Kaiser ist tot!» und warf das Echo in seine Seele zurück.

«Na, sehr gesprächig sind Sie ja nicht, Gerber,» unterbrach Pickert die lange Pause.

«Ja, in der Tat, die Nachricht kommt mir ein wenig überraschend.»

«Gewiß, wir haben's ja schon längst gewußt, aber es ist doch merkwürdig: wenn einer tot ist, dann ist das doch noch ganz anders, als wenn man nur weiß, daß er sterben wird.»

«Ja, die Tatsache des Todes ist eine zu überwältigende, eine zu unerschütterliche, und jedes Bindeglied zwischen Leben und Tod fehlt in unserer Vorstellung.»

Dann entstand abermals eine lange Pause.

Endlich nahm Pickert das Gespräch wieder auf. Er erging sich in allerlei Betrachtungen über die Zukunft, über die politische Constellation, über die Möglichkeit nationaler Verwickelungen und viele ähnliche Dinge, die er, wer weiß wo, gehört und aufgelesen haben mochte. Dann kam er auf den jungen Fürsten zu sprechen, der nunmehr den Thron einnehmen sollte, auf seine Unerfahrenheit, seinen Hochmut und andere Eigenschaften, die man dem jungen Kronprinzen zu jener Zeit in einem großen Teil des Volkes nachsagte.

«Nein,» sagte Pickert, «es ist noch zu früh für ihn. Friedrich hätte noch zehn Jahre leben müssen, am besten der alte Kaiser, der für unser ganzes nationales Leben das Rad und der Pendel war.»

Dieser Ausdruck stammte nun zufällig von Gerber selbst. Er hatte ihn vor einigen Tagen geprägt und dabei eben die Empfindung gehabt, daß sich das Getriebe der Staatsmaschinen in jenem zuverlässigen, sicheren Gang bewege, den ein Uhrwerk haben soll, und er hatte diesen Ausspruch als ein besonderes Lob aufgefaßt. Jetzt plötzlich schien ihm dieses Bild, das er gebraucht hatte, in einem neuen Licht. Der alte Kaiser war tot, eine neue, frische Kraft im Begriff, die Staatsräder zu ergreifen; neue soziale Möglichkeiten tauchten auf, geistige Umwälzungen standen bevor, und Gerber empfand plötzlich fast wie eine Vision, als ob ein neuer Luftzug durch diese Stadt, durch das ganze Land ginge.

«Ja,» rief er aus: «Rad und Pendel war er, der alte Kaiser, er hat die Maschinen wundervoll in Gang gehalten, und er hat die Kräfte, die das Räderwerk stürmisch vorwärts treiben wollten, in stetige, gleichmäßige und dauernde Energie gewandelt. Aber ein Staat ist keine Uhr! In ihm regen sich tausend unkontrollierbare Kräfte, tausend neue Möglichkeiten, die nach Luft und Leben drängen und sich entfalten wollen. Der Kaiser hat seinen Platz ausgefüllt, er hat reguliert, gemildert, gemäßigt, er hat all die wilden Sprößlinge, die damals nach dem Kriege emportreiben wollten, sauber weggeschnitten, und wenn vielleicht manches Gesunde und Entwicklungsfähige unter ihm nicht zur Blüte kam, so war seine negative Tätigkeit während der Friedensjahre doch eine gesunde, verdienstvolle und unentbehrliche. Aber jetzt, wo wir die Fehler einer zu gewaltsamen Entwicklung, die keine innerliche, sondern eine rein äußerliche, künstliche war, einzusehen beginnen, jetzt, wo wir anfangen, die alten Phrasen abzulegen und statt dessen nach dem Wert der Dinge selbst zu suchen, wo Kunst und Literatur einen gewaltigen Reinigungsprozeß durchmachen, die geistigen und technischen Errungenschaften einen fast betäubenden Ausblick auf eine reiche Zukunft gewähren, jetzt muß da eben einer stehen, der jung ist mit den Jungen. Der unsere Gefühle teilt, der unsere Empfindungen mitempfindet, der unsere Kämpfe mitkämpft, der unser Ringen mitringt und unsere Siege mitbejubelt. Daß in diesem Augenblick das gesamte deutsche Volk dasteht und rückwärts auf die beiden Männer blickt, die einer früheren Generation angehören, die schon tot waren, ehe sie die Augen schlossen, das ist wahrlich eine Schande. Bringt diesen Männern Eure Liebe und Eure Verehrung dar; sie haben ja für Euch und mit Euch gewirkt, sie haben ihren Platz ausgefüllt und ihre Mission in vollendetem Maße erfüllt, liebt und verehrt sie und behaltet sie in gutem Andenken, aber blickt nach vorn auf einen jungen Herrscher, der allein jetzt, da die neue Zeit die alten Bande sprengt, berufen ist, die Geschicke des Volkes in neue Bahnen zu lenken. Mag er nun ein schlechter oder guter Herrscher werden, wir können noch nichts wissen, aber eins wissen wir: er ist ein junger Herrscher und besser, daß das Neue und Lebendige uns falsch, als daß das Abgestorbene uns gar nicht führt.»

Gerber hatte sich in eine Begeisterung hineingeredet, wie sie Pickert noch niemals an ihm bemerkt hatte und mehr durch den Schwung und durch das Temperament dieser Worte, als durch ihren Sinn, den er wohl nicht zu erfassen vermochte, gefesselt, hing er aufmerksam an den Lippen des Sprechenden. Soviel aber ward ihm aus dem, was Gerber da sagte, klar, daß es wohl so ungefähr das Gegenteil der Meinung war, die man im Volke hatte, die die Presse zwar nicht offen, aber doch deutlich genug aussprach und die auch in jenen hohen Kreisen, zu denen er Beziehung hatte, die geläufige war. Er konnte sie nicht auf ihre Berechtigung prüfen, aber er spürte in ihr instinktiv den Sturmwind eines neuen Frühlings, die aufspringenden Knospen junger grüner Hoffnungen, die Befreiung aus einem langen Winter schlafender Gefühle und erstarrter Lebenskräfte. Und eine merkwürdige Idee kam ihm.

«Es ist sehr schade,» sagte er, «daß Sie Ihre Ansichten nicht auch anderen mitteilen. Sie wissen so klug und verständig über politische Dinge zu urteilen, daß Sie vielleicht der Gesamtheit damit dienen könnten. Wissen Sie, was Sie tun sollten? Sie sollten so etwas, was Sie eben gesprochen haben, mal niederschreiben und einer Zeitung geben. Ich glaube, daß sie es drucken würde. Vielleicht wäre das sogar ein guter Beruf für Sie!»

Diese Worte waren leicht hingeworfen, so wie sie der Augenblick Pickert, der selber gern mit seiner schriftstellerischen Tätigkeit prahlte oder sie zum Aushängeschild für seinen unkontrollierbaren Lebenswandel benutzte, eingegeben hatte. Weder er noch derjenige, an den sie gerichtet waren, konnten ahnen, welchen Einfluß diese Anregung auf das ganze zukünftige Leben Gerbers haben sollte.

Gerber selbst wurde von diesem Vorschlag zu überraschend

getroffen, er hatte auch zu wenig jemals daran gedacht, seine geistige Begabung auf schriftstellerischem Gebiet auszunutzen, als daß er zunächst stark davon hätte berührt werden sollen. Außerdem fühlte er sich auf diesem Gebiet viel zu sehr Dilettant, und war daher nicht kühn genug, sich etwas derartiges zuzutrauen.

Aber nachdem ihn Pickert verlassen hatte und seine Ideen sich nach derselben Richtung fortspannen, in der sie ihr Gespräch geführt hatten, überfiel ihn selber die Lust, seine Gedanken niederzuschreiben. Zunächst erschien ihm das, da er beschäftigungslos war, als ein angenehmer Zeitvertreib. Aber indem er schrieb und die Sätze sich rundeten, riß ihn der Gedanke, seine Arbeit gedruckt zu sehen vorwärts, begeisterte ihn, und bald saß er mit glühenden Wangen und leuchtenden Augen und schrieb und schrieb. So mochten zwei Stunden vergangen sein, als er den Artikel vollendet hatte. Er las ihn durch und erfreute sich an dem Fluß seines Stils und dem Sinn seiner Sätze.

Er sprang von seinem Stuhl auf.

Jetzt auf eine Redaktion!

Rasch entschlossen kleidete er sich an und machte sich, mit seinem Manuskript in der Tasche, auf den Weg.

In der ersten Redaktion, die er aufsuchte, wies man ihn mit höflichem Bedauern zurück. Aber er hatte sich schon zu sehr in den Gedanken, gedruckt zu werden, hineingelebt, als daß er sich so schnell hätte entmutigen lassen, und beim zweiten Blatt war das Glück ihm hold. Er trug dem Redakteur in kurzen Worten den Inhalt seines Artikels vor. Dieser war mit dem leitenden Gedanken vollkommen einverstanden. Er versprach, ihn zu lesen und ihm schriftlichen Bescheid zukommen zu lassen.

Beglückt verließ Gerber das Haus.

Den folgenden Tag verbrachte er in fiebernder Erwartung, den zweiten Tag ebenso. Der dritte Tag verging, und er fing bereits an, die Hoffnung aufzugeben.

Da, am vierten Tag, des Morgens in aller Frühe, erhielt er mit der ersten Post eine Drucksache. Er entnahm ihr ein

Zeitungsblatt. Aufgeregt durchsuchte er die Spalten. Endlich entdeckte er einen Artikel, der mit Blaustift bezeichnet war. Es war sein eigener Artikel, von der Redaktion ein wenig geändert.

Als Pickert an diesem Vormittag zu ihm ins Zimmer trat, legte Gerber ihm, statt aller Worte, das Zeitungsblatt vor. Pickert sah ihn erstaunt an, eine ganze Weile, dann reichte er ihm die Hand.

«Sehen Sie, was habe ich Ihnen gesagt? Ich wette, daß Sie ein Genie sind!»

Siebenundzwanzigstes Kapitel.

Columbine hatte Ruhe, wenigstens für einige Tage.

Der Thronwechsel brachte Regimentsbesichtigungen, Truppenvereinigungen und so weiter mit sich, und der junge Monarch, der vom ersten Augenblick an geneigt war, das Pathetische seines Berufes besonders zu betonen, nahm alle diese Dinge mit umständlicher Gründlichkeit wahr.

Graf Friedrich August von der Mark wurde durch seinen Dienst in diesen Tagen sehr in Anspruch genommen. Dazu kam ein überraschendes Avancement. Der neue Herrscher, in der erklärlichen Absicht, denen, die ihm in früheren Tagen nahegestanden hatten, eine Freude zu bereiten, hatte den Grafen zum Rittmeister befördert und gleichzeitig ihn seinem näheren persönlichen Dienst attachiert.

Das alles entzog ihn, wenigstens so lange die Dinge neu waren, ein wenig dem häufigeren Verkehr mit Anton Pickert, und so kam es, daß Columbine momentan sich einer größeren Freiheit erfreute.

Pickert suchte seine Mutter auf, zum ersten Male, seitdem er aus Italien zurückgekehrt war.

Als er die dürftige Hofwohnung in der Andreasstraße betrat, fand er die alte Frau gebrochen, mit leeren, glanzlosen Augen, die das Weinen verlernt zu haben schienen, untätig im Lehnstuhl sitzen. Eine Nachbarin, die bei ihr zu Besuch gewesen war, hatte ihm geöffnet.

Sein erstauntes «Guten Tag, Mutter» wurde mit der hastigen Frage erwidert «hast Du Ella gesehen?» und so erfuhr er, daß das Mädchen seit zwölf Tagen spurlos verschwunden war.

Sie war wie gewöhnlich, eines Nachmittags weggegangen, angeblich, um ihre Tätigkeit als Kinderfräulein im Tiergartenviertel aufzunehmen und war nicht wiedergekommen.

Die geängstigte Mutter hatte die Polizei alarmiert, ihr eine genaue Personalbeschreibung geliefert, aber die Bemühungen der Behörden schienen bisher nutzlos zu sein. Im ganzen Tiergartenviertel war keine Familie zu entdecken, wo Ella Pickert oder ein anderes Mädchen, das auf die von der Mutter gegebene Beschreibung gepaßt hätte, bekannt war.

Pickert lauschte aufmerksam und kaum versuchte er mit ein paar banalen Trostworten den Schmerz der alten Frau zu mildern. Er wußte ja, von wo aus er den Spuren seiner Schwester nachzugehen habe, hier schien irgend etwas passiert zu sein, dem nachzuforschen sich sicher lohnen würde.

Er versuchte die Mutter durch einige Redensarten zu trösten und legte ihr ein Goldstück auf die Nähmaschine, die unbenutzt neben dem Fenster stand. Dann wandte er sich der alten Frau zu, um sich zu empfehlen, als draußen die Türglocke ertönte.

Pickert ging selbst hinaus und öffnete die Tür. Ein Schutzmann stand draußen.

Pickert begriff sofort, daß der Beamte in irgendwelchem Zusammenhang mit den Nachforschungen nach seiner Schwester stand und hielt ihn in der Küche zurück.

«Haben Sie meine Schwester gefunden, Herr Wachtmeister?» fragte er ihn.

«Sie sind der Bruder?» erwiderte der Beamte. «Na, das ist mir auch lieber, als wenn ich es der alten Frau so direkt sagen müßte. Also hören Sie mal, Herr Pickert,» fuhr er fort und begann etwas umständlich in seiner Aktenmappe, die er auf den Küchentisch gelegt hatte, zu kramen. «Ich glaube, wir haben Ihre Schwester gefunden, aber nu erschrecken Sie nicht, nehmen Sie sich zusammen, das arme Ding ist tot.»

«Tot?» erwiderte Pickert.

«Ja, Selbstmord durch Vergiften,» erklärte der Beamte, «das heißt, wenn es diejenige ist, wir können uns ja bloß nach der Kleiderbeschreibung richten, aber die scheint zu stimmen.»

«Kann ich die Tote sehen?» fragte Pickert hastig den Beamten.

«Ja, das wollen wir ja,» erwiderte der Schutzmann, «ich kam eigentlich her, um Ihre Mutter zum Rekognoszieren zu holen, aber wenn Sie kommen, ist es uns ja lieber, denn die alte Frau regt sich so auf.»

«Warten Sie einen Augenblick,» bat Pickert den Schutzmann, «ich komme sofort mit.» Dann trat er in das Zimmer zurück, in dem seine Mutter saß.

«Mutter, da draußen ist ein Schutzmann, die Polizei hat ne neue Spur, ich will gleich mal mit und sehen, ob es sich um unsere Ella handelt, ich sag Dir dann gleich Bescheid, Mutter.» Und ehe die alte Frau noch irgend eine Gegenfrage stellen konnte, war er hinaus und schritt mit dem Schutzmann die Straße hinab.

Sie begaben sich zum nächsten Polizeikommissariat, und von dort ging es in das Leichenschauhaus. Ohne jede tiefere Erregung, von keinem anderen Gefühl getrieben als von seiner Neugier, betrat Pickert diese Stätte des Grauens. Der Inspektor führte ihn in die Leichenhalle, und hier ruhte seit zehn Tagen hinter der hohen Vitrine, erhalten durch die niedrige Temperatur der Eisluft, der Körper seiner Schwester Ella.

Er erkannte sie sofort. Die Leiche war bis zum Halse zugedeckt, nur der Kopf mit dem blonden Haar, das in unveränderter Schönheit herabfiel, war zu sehen.

Pickert stand still und stumm vor der Vitrine. Die Beamten, die seine Stille für den Ausdruck einer schmerzlichen Trauer hielten, wagten nicht zu stören, bis er sich selbst umwandte.

«Ja, das ist meine Schwester Ella, ich möchte nun wissen, wo sie so gefunden worden ist?»

«Vielleicht kommen Sie mit mir zurück aufs Polizeirevier,» erwiderte der Schutzmann, «dort wird Ihnen der Leutnant alle Auskünfte geben, ich weiß nicht so genau Bescheid.»

Pickert folgte, und auf dem Polizeirevier erfuhr er, daß die Leiche des jungen Mädchens, das, wie die Autopsie ergab, Selbstmord begangen hatte, vor zehn Tagen auf den Köllnischen Wiesen aufgefunden worden war, daß seine Schwester sich in anderen Umständen befunden und wahrscheinlich aus Furcht vor den nahenden Folgen ihrem Leben ein Ende gemacht hatte, daß man aber nicht wisse, wo das geschehen sei. Am Fundort sicher nicht, die Leiche sei erst dorthin geschleppt worden.

Die Frage des Polizeileutnants, ob er, der Bruder, nicht Auskunft geben könne über den Verführer, ob er Vermutungen habe, verneinte Pickert.

Der Schurke wußte nun genau, woran er war, was hätte es für einen Zweck, für einen Nutzen gehabt, die Polizei aufzuklären. Die Kenntnis der Dinge konnte er viel besser selbst benutzen.

Er fühlte die Verpflichtung, seine Mutter zu verständigen und vor der Szene, die dieser Verständigung folgen mußte, vor dem Ausbruch des Schmerzes, der bei der alten Frau ganz unvermeidlich war, war ihm entsetzlich bange. Er hätte viel darum gegeben, wenn diese Mission ihm erspart geblieben wäre.

Doch niemand war da, der ihm diesen Dienst hätte abnehmen können, und so begab er sich nach der Andreasstraße zurück. Diesmal öffnete Frau Pickert selbst.

«Na, war es Ella?» war die erste Frage, die von den angstzitternden Lippen der Mutter kam.

«Ja, Mutter, wir haben sie gefunden,» erwiderte Pickert und schloß schnell hinter sich die Tür.

«Wo ist sie?» rief die alte Frau, und als sie sah, wie jener mit der Antwort zögerte, schrie sie verzweifelt auf: «Sie ist tot, sie ist tot!!»

Das Peinliche, das Pickert so gefürchtet hatte, begann, er mußte trösten, mußte herzlich sein, mußte lauter Dinge tun, für die er in seinem Innern nicht den rechten Ton fand.

Er faßte die jammernde Alte an den Arm und führte sie zu ihrem Lehnstuhl zurück.

«Na, Mutter, sei vernünftig, sieh mal, es ist doch nun geschehen und bei dem, was ich gehört habe, war es vielleicht noch besser so.»

«Was ist denn noch?» stöhnte die alte Frau.

«Ja, Mutter, Ella hat sich selbst vergiftet, well sie ein Kind bekommen sollte, sie ist schon seit zehn Tagen tot.»

Der Schmerz der alten Frau fand keine Worte mehr, sie weinte lautlos vor sich hin, und dieses stumme Schluchzen, diese Beharrlichkeit in einer Verzweiflung, an der er gar keinen Anteil nahm, erhöhte seine Unbehaglichkeit.

Verlegen, wie er sich dem Schmerze gegenüber zu verhalten habe, legte er ein zweites Goldstück neben dasjenige, das noch auf der Nähmaschine lag, dann sagte er, während seine Hand mechanisch über das graue Haar der alten Frau strich:

«Na, Mutter, geh, beruhige Dich, jetzt werde ich für Dich sorgen. Ich gehe jetzt, denn ich muß ja sehen, daß Ella anständig beerdigt wird; ich komme morgen wieder zu Dir.»

Sie antwortete nicht, sie schluchzte und weinte leise weiter, und still und wortlos nahm Pickert seinen Hut und ging hinaus, die Tür leise hinter sich zudrückend.

Er atmete wie erleichtert auf, als er draußen auf dem Treppenflur stand.

Verdammt, das war zu unangenehm gewesen und für Gefühlsgeschichten war er nicht zu haben. Er ging zum Polizeirevier und informierte sich über die Schritte, die zu unternehmen seien, um die Beerdigung in die Wege zu leiten.

Man gab ihm die nötigen Anweisungen und den Auslieferungsschein, er fuhr in ein Beerdigungsinstitut, gab den

Schein und veranlaßte alles Weitere, nachdem er einen Vorschuß von hundert Mark hinterlegt hatte.

***

In Heinrich Ewalds Hause begann der Bann, der seit nahezu vierzehn Tagen auf dem Gemüt des Volkstribunen lastete, jetzt ein wenig zu weichen.

Zwar sträubte sich noch das dünne Haar auf seinem grauen Schädel, wenn er zurückdachte an die entsetzliche Szene, die sich an jenem Sonnabend Abend hier abgespielt hatte. Er war nach Haus gekommen am späten Nachmittag, und Ella glaubte er nicht mehr vorzufinden.

Da, als er das Schlafzimmer betrat, bot sich ihm der entsetzliche Anblick dar, den er sein ganzes Leben hindurch nicht würde vergessen können.

Auf der Chaiselongue wälzte sich zur Hälfte entkleidet Ella Pickert. Ein süßer Mandelgeruch erfüllte das Zimmer, und auf dem Tabouret am Kopfende der Chaiselongue stand ein kleines Fläschchen. Ewald hatte sofort die Situation ergriffen. Das Mädchen hatte Blausäure getrunken.

Wie kopflos vor Verzweiflung rannte Ewald hinaus. Es galt schnell einen Arzt zu holen, und verfolgt von den gellenden Hilferufen des Mädchens drang er in die Küche, in der seine alte, stocktaube Wirtschafterin hauste. Er machte ihr in fliegender Hast begreiflich, daß sofort ein Arzt geholt werden müsse und schob sie, die nur halb begriffen hatte, worum es sich handelte, zur Tür hinaus, die nach der Hintertreppe führte. Dann eilte er über den langen Korridor zurück in das Schlafzimmer. Die Schreie hatten aufgehört, in konvulsivischen Zuckungen wand sich der junge Körper, und nur ein wimmerndes Ächzen entrang sich dem schmerzverzerrten Munde. Ratlos stand Ewald vor der Unglücklichen, er wußte nicht, wie er einzugreifen habe, er sah, wie sich der Körper in einer letzten Zuckung aufbäumte, dann fiel das Mädchen auf die Chaiselongue zurück, ein letztes Aufschluchzen, und sie war tot.

Eine namenlose Angst bemächtigte sich Heinrich Ewalds. Wenn jetzt der Arzt käme, dann war alles verloren.

Er hörte an der Tür, die von der Hintertreppe in die Küche führte, schließen. Das konnte nicht der Arzt sein, er würde die Vordertreppe benutzen. Die Wirtschafterin kehrte also allein zurück.

Er eilte zu ihr hinter, um zu vermeiden, daß sie das Schlafzimmer betrat. Die taube Alte berichtete der Arzt sei jetzt nicht dagewesen, sie habe zurückgelassen, er möchte kommen, sowie er zurückkehrt, dann machte sie sich ruhig daran, ihre Küchenarbeit fortzusetzen.

Ewald eilte in das Schlafzimmer zurück und öffnete die Fenster, um den durchdringenden Mandelgeruch aus dem Zimmer zu vertreiben.

Vorsichtig, damit kein Blick zufällig von außen in das Gemach gleiten könne, zog er die Vorhänge zusammen, dann wandte er sich um.

Die Leiche lag jetzt ruhig und fast friedlich auf der Chaiselongue, und auf dem Tabouret stand noch immer die Flasche, die das Gift enthalten hatte.

Er nahm die Flasche und füllte sie mit Wasser, dann korkte er sie fest zu und packte sie in ein Stück weißen unbeschriebenen Papiers. Er würde sie beim Passieren einer Brücke in das Wasser werfen und so blieb sie dann endgültig verschwunden. Wie aber konnte er sich des Leichnams entledigen? Vor allen Dingen galt es nun sie hier von der Chaiselongue zu entfernen. Er blickte sich im Zimmer um und sein Auge fiel auf den breiten, mächtigen Garderobenschrank, der an der Wand lehnte. Am Fuße des Schrankes befand sich eine tiefe, mächtige Schublade, die zur Aufnahme der Schmutzwäsche bestimmt war. Er öffnete die Schublade, ja, sie war tief genug und konnte für einige Stunden wohl den Leichnam bergen.

Er schob die Wäsche, die unordentlich beieinander lag, zur Seite, dann trat er an die Chaiselongue, seine zitternden Arme schlangen sich um den toten Mädchenleib, und während der Angstschweiß ihm in dicken Tropfen auf die Stirn perlte, trug er den Leichnam bis an den Schrank und ließ ihn leise und behutsam in die Schublade sinken. Er sah sich im Zimmer um, um alles, was an die Anwesenheit des Mädchens hätte erinnern können, zu entfernen. Ihr kurzes Jäckchen und den kleinen koketten Strohhut, die auf dem Stuhle lagen, legte er auf die Leiche, dann schob er die Lade in den Schrank hinein und schloß sie ab.

Er atmete erleichtert auf und wischte sich den Schweiß von seiner Stirn. Dann hatte er die in Papier gehüllte Giftflasche in die Tasche seines Jacketts gesteckt und war gegangen.

Doch das Entsetzen hatte ihn von neuem gepackt, als er die kühle Abendluft um seine angstfeuchte Stirn wehen fühlte. Ganz hilflos stand er der furchtbaren Katastrophe gegenüber, denn jener Leichnam konnte doch nicht oben in seinem Zimmer bleiben. Die fieberhafte Furcht jagte die unseligsten Gedanken durch das delirierende Gehirn.

Die Qualen jener Nacht und jenes folgenden Sonntags konnte Heinrich Ewald nicht vergessen. Er fand den Komplicen in der Person eines Maurers Fritz Schenk, der ihm zu ewigem Dank verpflichtet war, und der es ohne Zögern übernahm, den furchtbaren Auftrag auszuführen.

Am späten Nachmittag des Sonntags, der dem entsetzlichen Tage folgte, war der Helfer erschienen. Der beständig niederrieselnde Regen war dem düsteren Werk gefällig, denn menschenleer lagen die Straßen, und kein Passant beobachtete den Arbeiter, der aus dem Hausflur der Oranienburgerstraße ein Paket trug, aus dessen Form niemand den traurigen Inhalt hätte erkennen können. Er legte es auf den Handwagen, der vor dem Hause wartete und fuhr gemächlich von dannen.

Ewald war befreit, jedoch bei dem besten und treuesten seiner Freunde, bei dem ergebendsten seiner Anhänger wirkte von nun ab der erlogene Glorienschein, der sein Tribunenhaupt umgab, nicht mehr.

Am nächsten Tage hatte er die kurze Polizeinotiz vom Leichenfunde der Selbstmörderin auf den Köllnischen Wiesen gelesen. Doch niemand schien der Angelegenheit irgendwelche Bedeutung beizumessen, die Zeitungen gaben keinerlei

Kommentare, und dazu kam, daß der Tod Kaiser Friedrichs, der nun eintrat, der Thronwechsel und die Proklamation die Spalten der Blätter so füllten, daß für alle anderen Dinge kaum noch Platz zu halten war.

Jetzt waren vierzehn Tage seit dem Vorfall verflossen. Der Thronwechsel erforderte auch eine Stellungnahme der sozialdemokratischen Partei, und an die Person des Monarchen knüpften sich allerhand Hoffnungen und Befürchtungen, in denen, so weit dies die strenge Handhabung des Majestätsbeleidigungs-Paragraphen seitens der preußischen Justiz zuläßt, Ausdruck gegeben werden mußte.

Am heutigen Abend fanden vier große sozialdemokratische Volksversammlungen statt, und in der größten unter ihnen, in der Brauerei Friedrichshain, sollte Ewald, im Anschluß an die letzten Erklärungen des jungen Monarchen, über Arbeiter-Versicherung sprechen.

Der Einberufer dieser Versammlung war Fritz Schenk, und Ewald wartete, sich auf seinen Vortrag vorbereitend, daß Schenk ihn holen kam.

Der Beginn der Versammlung war auf neun Uhr angesetzt. Um ein halb neun Uhr erschien Fritz Schenk, um den Hauptredner in das Versammlungslokal zu geleiten.

Ewald bot dem Genossen, der sein Geheimnis kannte, ein Glas Rotwein an; sie tranken beide und machten sich dann auf den Weg nach dem Friedrichshain.

Stumm schritten sie nebeneinander her, bis schließlich Ewald wagte das Schweigen zu unterbrechen.

«Fritz, sage mal, hast Du noch was davon gehört?»

«Nein,» erwiderte der andere knapp und nach einer kurzen Weile, während der er scheinbar mit sich gekämpft hatte, wandte er sich an Ewald und sagte ihm leise und eindringlich:

«Höre mal, ich denke, es ist besser, wir reden über die ganze Sache überhaupt nicht mehr. Frage mich nicht, und ich will Dir auch kein Wort darüber sagen, denn ich habe es Dir getan, weil Du Dich mir als opferwilliger Freund erwiesen hast. Als man mich wegen meiner Teilnahme am

Kopenhagener Parteitage ins Gefängnis warf, hast Du für meine Frau und meine beiden kleinen Kinder gesorgt, und als ich nach halbjährlicher Haft in die Freiheit zurückkehrte, hast Du mich über Wasser gehalten, bis ich im stande war, selbst für die Meinen das Brot zu schaffen; ich werde Dir das nie vergessen und nur, weil ich daran dachte und daran immer denken muß, fand ich die Kraft, Dir diesen letzten Dienst zu leisten. Ich hatte Dich so lieb, wie ein Mann den anderen nur haben kann, aber weil ich immer offen zu Dir war, sag ich Dir jetzt, was Du ja längst gefühlt hast. Seitdem ich das erfahren habe mit diesem armen kleinen Mädel, hat meine Liebe zu Dir einen schweren Stoß erlitten. Ich mach Dir keine Vorwürfe, es ist geschehen, und wir können es nicht ändern, aber um eines bitte ich Dich, sprich nie mit mir darüber.»

Stumm hörte Ewald auf die Worte des treuen Freundes, und ohne einen Laut zu erwidern, beschämt und niedergedrückt, ging er neben ihn her.

Draußen im großen Saal der Brauerei im Friedrichshain stand und saß die Menge der Männer und Weiber dicht gedrängt. Die Versammlung war noch nicht eröffnet, und schon war der Saal bis auf den letzten Platz überfüllt.

Die draußenstehende Abordnung der Schutzleute ließ niemand mehr eintreten.

Im Saal herrschte eine lärmende Unruhe, Lachen und Unwillensäußerungen unterbrachen die lautgeführte Unterhaltung, in der alle miteinander standen.

Plötzlich machte sich am Eingang des Saales eine Bewegung geltend. Mehrere Männer drängten sich hastig durch die Massen.

«Er kommt, er kommt,» schrieen einzelne, es entstand inmitten des Saales eine schmale Gasse und während ein Polizeileutnant und ein Schutzmann, die mit der Überwachung der Versammlung betraut waren, das Podium betraten, und den Helm vor sich auf den Tisch legend, Platz nahmen, brauste ein lautes «Hoch Ewald» durch den Saal.

Ewald durchschritt die schmale Gasse zum Podium, nach

rechts und links grüßend, Einzelnen, die er persönlich kannte, die Hand schüttelnd.

Aufmunternde Zurufe begleiteten seinen Weg, Scherzworte nicht immer der zartesten Art flogen ihm zu, und in diesem Strom von Popularität, in dieser Atmosphäre von Glaubensseligkeit und Vertrauen, die ihn flimmernd umgab, wuchs das niedergedrückte Selbstbewußtsein von neuem.

Die gesetzlichen Formalitäten der Bureauwahl waren schnell erledigt. Fritz Schenk hatte den Vorsitz, und er erteilte dem Genossen Ewald das Wort.

Ewald stand oben hinter dem kleinen Tisch. Die Ankündigung seiner Rede war wieder mit einem nicht endenwollenden «Hoch» von der Versammlung entgegengenommen worden, dankend nickte er leise und wartete, bis sich der Sturm gelegt hatte. Dann begann er:

«Genossen, wir sollten heute eigentlich jubilieren und jauchzen, sollten frohlocken und den Herrn preisen, und man hatte wohl auch erwartet, daß wir mit fliegenden Fahnen und klingendem Spiel stracks übergehen in das Lager der unentwegten Königstreue. Wir werden das nicht tun, wir haben es verlernt, einem Versprechen zu trauen. Solange wir zurückdenken können, ist so viel gelobt und so wenig, ja, nichts gehalten worden, daß es strafbare Naivität wäre, wollten wir jetzt Worten trauen, ehe wir Tatsachen sehen. Ihr alle kennt die Proklamation Wilhelms II., Ihr alle kennt seine Absicht, dem in der Tretmühle des Berufes müde und mürbe gewordenen alten Arbeiter durch eine gesetzliche Invaliditäts- und Altersversorgung einen sorgenlosen Lebensabend zu garantieren. Niemand hier im Saal darf an die Redlichkeit der Absichten Wilhelms II. zweifeln, niemand darf das. Auch ich tue es nicht, denn der Enkel Wilhelms I. ist jung, und was er im Enthusiasmus seiner Jugend sagt, ist ihm sicher heiliger Ernst. Was aber wird von seinen Absichten bleiben, was wird aus seinen Entwürfen werden, wenn sie den langen beschwerlichen Weg durch Parlament und Ministerium gegangen sind, wenn der und jener daran gezwickt und geändert haben wird, wenn der und jener hinzugetan und davon genommen haben wird? Ich fürchte wenig oder gar nichts.

Genossen, es erübrigt sich heute schon mit dem Rüstzeug eines wissenschaftlichen Materials zur Frage der Altersversorgung zu reden, wie es sonst Sache unserer Partei sein muß, die sich stolz auf den Boden der Tatsachen, der volkswirtschaftlichen Fakten und der Statistik stellt, die sich nicht mit Schlagworten und Phrasen hilft. Aber ich will versuchen darzulegen, wie sich die Gemeinschaft der Bürger, wie sich der Staat zu einer Versicherung gegen Arbeitslosigkeit, gegen Invalidität stellen muß. Genossen, dank unserer Einigkeit, die kein Ausnahmegesetz und keine Gewalttätigkeit sprengen konnten, regt sich endlich das Gewissen der Machthaber; immer hat man den Arbeiter wie den Sklaven behandelt, indem man immer nur das gab, was zu seinem notdürftigen Lebensunterhalt nötig ist, den man jedoch, wenn seine besten Kräfte in furchtbarem Tretwerk der Arbeit zermürbt waren, ohne Mitleid, ohne Hilfe verderben und sterben ließ.»

Der Versammlung hatte sich eine ziemlich lebhafte Erregung bemächtigt, die mit jedem Worte des Redners, der seine Sätze heftig und prägnant hervorstieß, sich noch zu steigern schien.

Der überwachende Polizeileutnant folgte mit minutiöser Aufmerksamkeit jeder Silbe des Vortragenden, und jede Erwähnung der Person des Monarchen schien bei dem Polizeioffizier eine deutlich sichtbare Nervosität auszulösen, doch er griff nicht nach seinem Helm, das übliche Zeichen, das eine politische Versammlung für aufgelöst erklärte. Alles jubelte Ewald zu.

«Bravo! Bravo!» tönte es von allen Seiten.

«Also endlich soll uns die helfende Hand gereicht werden, wenn wir krank sind. Man will die Maschine ein wenig schmieren, damit sie nur ja nicht den Dienst versagt, den Dienst, der den Arbeitgebern, den Sklavenhaltern, den Drohnen, Millionen, ein sorgenloses Dasein, Ansehen und Macht gibt, während der allein produzierende Stand in entwürdigender Abhängigkeit, in Armut und – und – – – –»

Dicht am Podium war ein Mann aufgetaucht, der breitbeinig mit verschränkten Armen dastand und mit drohenden Blicken auf den Redner starrte. Der wurde unter der Gewalt dieser Blicke, die sich in seine Seele zu bohren schienen, verwirrt. Er wehrte sich vergebens gegen die unheimliche Gewalt dieser Blicke, er versuchte sich von ihnen loszureißen, aber er konnte es nicht. Sie lähmten seine Gedankentätigkeit, seine Zunge, sie machten ihn zittern.

Ewald schwankte, er versuchte sich am Tisch zu stützen. Die Vorstandsmitglieder sprangen herbei.

«Was ist Ihnen, Ewald?»

«Ich - ich weiß nicht - mir schwimmt alles vor den Augen - -»

Der kräftige Mann sank ohnmächtig in die Arme seiner Helfer.

Man trug ihn hinaus. In einem der Nebensäle flößten sie ihm Wasser ein und wuschen seine Stirn mit Essig, aber erst als ein Arzt erschienen war und längere Zeit Wiederbelebungsversuche gemacht hatte, schlug Ewald die Augen auf.

«Wo ist er? - Ist er fort?» fragte er mit schwacher Stimme.

«Wer, wer denn?»

«Ach, nichts, nichts - hab ich was gesagt? Achten Sie nicht darauf - es war nur so in der Bewußtlosigkeit - - mir ist nicht gut - ich möchte nach Hause -»

Und der große Ewald, der eben noch so selbstbewußt die Gegner der Sozialdemokratie angegriffen hatte, wurde als hilfloser alter Mann in eine Droschke gehoben und fuhr langsam in Begleitung von zwei Genossen seiner Wohnung zu.

Im Bett wurde er ruhiger. Er mußte sich wohl der eigenartigen Situation bewußt werden, in die ihn der Schwächeanfall gebracht hatte, und er suchte mit Aufbietung aller seiner Kräfte wieder über Körper und Verstand Herr zu werden.

Als der schnell herbeigeholte Hausarzt bedenklich das Haupt schüttelte und die alte Haushälterin die Hände rang, zwang sich Ewald sogar zu einem Lächeln und meinte:

«Herrgott, macht doch nicht so viel Aufhebens von solcher

Kleinigkeit! – Ich habe vielleicht ein bißchen Fieber. – Morgen früh, wenn ich ausgeschlafen habe, ist alles wieder gut.»

Er schien recht zu behalten. Denn als am andern Morgen die Wirtschafterin kam, um nach ihrem Patienten zu sehen, saß Ewald schon an seinem Schreibtisch und erledigte seine Privatkorrespondenz.

«Ach, Gott! Herr Ewald, Sie schon auf? –»

«Na, Sie sehen doch! Solche Naturen wie ich, lassen sich so leicht nicht unterkriegen!» Er lachte laut. Es lag etwas Gezwungenes in seiner guten Laune, als wollte er damit dunkle Schatten verscheuchen, die gegen ihn anstürmten.

«Ich habe furchtbaren Hunger, liebe Maiberg! Kann ich nicht bald frühstücken?»

«Aber da ist unten ein junger Mensch, der will Sie durchaus sprechen – ich habe ihm mehrmals gesagt, daß Sie krank seien – und überhaupt jetzt nicht zu sprechen seien – er läßt sich nicht abweisen.»

«Hat er seinen Namen genannt?» Seine Stimme zitterte etwas.

«Ja! – Pickert heißt er.»

Rasch wandte sich Ewald um. Er fühlte, daß er erbleichte, und er mußte doch seine Fassung bewahren.

«Pickert – Pickert – kenne ich nicht. – Aber lassen Sie den Mann doch mal heraufkommen.»

Die Haushälterin ging. Kaum hatte sich die Tür hinter ihr geschlossen, da sprang Ewald auf. Alle Farbe war aus seinem Gesicht gewichen. In seinen Augen loderte ein Feuer wie im Fieber.

«Ich wußte, daß er kommen würde –» murmelte er – und einen Augenblick starrte er finster vor sich hin. Doch nur einen Moment überließ er sich dieser schlaffen Unentschlossenheit, dann kam Leben in seine matte Haltung. Er zog hastig eine Schublade des Tisches auf und nahm einen Revolver heraus, prüfte sorgsam die Waffe und barg sie dann unter einem Haufen von Schriftsachen.

«Jetzt kann er kommen!»

Pickert trat ein. Es lag nichts von dem trotzigen Herausfordern in seinem Auftreten, das er am vergangenen Abend gezeigt hatte, doch unter den halbgeschlossenen Augenlidern beobachtete er scharf sein Opfer.

Er hatte erwartet, daß Ewald, dessen Charakter er kannte, sich rasch von dem Schreck erholt und nun ein desto entschlosseneres Auftreten zeigen würde. Als er jetzt die Blässe gewahrte, die auf des Abgeordneten Antlitz lag, fühlte er sich veranlaßt, über seine ursprünglichen Absichten hinaus den Ton größerer Vertraulichkeiten anzunehmen.

«Guten Morgen, Herr Ewald,» begann er, «ich habe gestern zu meinem Bedauern bemerkt, daß Sie ohnmächtig wurden, gestatten Sie mir, die Hoffnung auszusprechen, daß Sie sich von diesem kleinen Anfall erholt haben.»

Ewald lehnte sich mit dem Rücken an den Tisch, und seine Rechte berührte den unter dem Papier versteckten Revolver.

«Was veranlaßt Sie zu dieser Anteilnahme, ich kenne Sie nicht,» sagte er sehr bestimmt, es sollte wenigstens sehr bestimmt klingen, und es lag wohl nicht in seiner Macht zu verhindern, daß ein etwas zitternder Unterton mit durchzuhören war.

«Ach so. Sie kennen mich nicht, na, dann gestatte ich mir, mein Name ist Anton Pickert, ich hatte kürzlich sogar im Café Kaiserhof das Vergnügen.»

«Ja, ich erinnere mich, und was wünschen Sie?»

«Das sollten Sie doch eigentlich wissen müssen, Herr Ewald,» erwiderte Pickert mit großer Gemütsruhe.

«Verzeihung, ich weiß gar nichts,» erklärte Ewald, «und da ich sehr wenig Zeit habe, muß ich Sie bitten, Ihre Wünsche klipp und klar zu äußern.»

«Ja, dann muß ich eben deutlicher werden, Sie kannten meine Schwester Ella?»

«Ach so, ich erinnere mich,» gab Ewald jetzt schwankend nach, «Ihre Schwester hat ja wohl für mich gearbeitet?»

«Gearbeitet?» erwiderte Pickert, «na Gott, ja, wenn Sie es so nennen wollen, und Sie haben sie in einer ganz besonderen Weise abgelohnt, das Mädel wäre in drei bis vier Monaten Mutter geworden, wenn sie nicht ermordet worden wäre.»

«Ermordet, das ist nicht wahr!» schrie Ewald auf.

«Aha, Sie geben es schon zu.» Pickert trat näher an Ewald heran und sah ihm ruhig in die Augen.

«Ich denke, Herr Ewald, Sie tun besser, sich mit mir in aller Friedlichkeit darüber zu unterhalten, denn sonst könnten doch die Unannehmlichkeiten für den Sozialistenkönig noch heute beginnen.»

«Unverschämter!» keuchte Ewald, und seine Finger krallten sich um den Griff der Schußwaffe, die sich Pickert entgegenstreckte.

Pickert erschrak nicht. Mit großer Gleichgültigkeit sah er seinem Gegner ins Gesicht.

«Ach lassen Sie doch diese Dummheiten, mit solchen Eventualitäten rechne ich doch im voraus. Sehen Sie mal, Herr Ewald, ich will Ihnen etwas sagen. An einer bestimmten Stelle liegt ein verschlossener Brief, der an den Polizeipräsidenten von Berlin adressiert ist. Dieser Brief enthält die Geschichte des Todes meiner Schwester, und er enthält auch die Angaben, daß ich mich zu dem sozialdemokratischen Abgeordneten Heinrich Ewald begeben habe, der meine Schwester verführt hat, um aus meiner Kenntnis dieser Dinge Kapital zu schlagen. Sehen Sie, wenn ich diese Stelle, an der sich dieser Brief befindet, heute nicht mehr erreiche, so geht der Brief ab, und wahrscheinlich würde morgen bei Ihnen eine Haussuchung abgehalten werden, also denke ich, Sie legen das Ding da besser weg.»

Die beiden Männer standen dicht einander gegenüber. Pickert maß den Sozialisten höhnisch von unten herauf, und ein triumphierendes Lächeln blitzte in seinen Augen auf, als er Ewald zusammenzucken und den drohend erhobenen Arm mit der Waffe schlaff heruntergleiten sah.

Es trat eine kurze Pause ein. Immer mehr schien Ewald in sich zusammen zu sinken. Die Worte dieses Burschen trafen ihn wie ein Keulenschlag, er fiel auf einen Stuhl, schlug die Hände vor das Gesicht, und tiefes Stöhnen entrang sich seiner Brust.

Pickert betrachtete höhnisch eine Weile sein Opfer, dann

trat er an den Verzweifelten heran, legte seine Hand vertraulich auf dessen Schulter und sprach leicht hin: «Haben Sie nur keine solche Angst, Herr Ewald, wenn Sie vernünftig sind, können wir ausgezeichnete Freunde werden.»

Pickert hielt es für erforderlich, diesen versöhnlicheren Ton anzuschlagen, denn bei der Verzweiflung dieses Mannes, der vor ihm da zusammengesunken und stöhnend saß, war es nicht ausgeschlossen, daß ein Selbstmord all seine Pläne und Aussichten zerstörte.

Pickert griff schnell nach dem Revolver, der auf dem Schreibtisch lag und versenkte ihn in seine Rocktasche; dann richtete er Ewalds Gesicht in die Höhe und tröstend, während das angsterfüllte Auge des Tribunen starr auf ihn gerichtet war, erklärte er:

«Sie haben von mir nichts zu fürchten, Herr Ewald, glauben Sie doch, und auch die Opfer, die ich vielleicht von Ihnen fordern werde, werden nie umfangreich sein, im Gegenteil, ich werde Ihnen so manches sagen können, was auch Ihren Zwecken sehr dienlich ist.»

«Was fordern Sie denn von mir?» Ein wenig gefaßter kam die Frage von den noch immer bebenden Lippen.

«Vorläufig noch gar nichts,» erwiderte Pickert. «Sie werden für meine Mutter sorgen müssen, und im übrigen kann ich Ihnen soviel Dienste leisten, daß wir noch die besten Freunde werden. Passen Sie auf.»

Der Erpresser sah eine kurze Weile spöttisch auf sein Opfer.

«So, jetzt laß ich Sie allein. Beruhigen Sie sich, damit, wenn ich wiederkomme, wir in Frieden und ohne Aufregung alles besprechen können.» Und mit einem kurzen: «Also auf Wiedersehen!» verließ Anton Pickert die Wohnung Ewalds.

Achtundzwanzigstes Kapitel.

In der ersten Etage eines der elegantesten Häuser in der Hindersinstraße waren sämtliche Fenster erleuchtet. Der festliche Lichtschein, der, durch die Stores ein wenig gedämpft, auf die Straße drang, die Schatten, die sich auf den Vorhängen hin und her bewegten, die Fuhrwerke, die in kurzen oder längeren Zwischenräumen vor dem Portal hielten, verrieten dem Vorübergehenden, daß sich da oben eine vornehme Gesellschaft versammelt hatte.

Die Etage wurde von der Gräfin Rospine bewohnt. Sie war vor einigen Monaten in Berlin aufgetaucht, ohne daß man etwas Genaueres von ihr wußte. Zweifellos russischer Abstammung, hatte sie, wie man sich erzählte, lange Zeit in Italien, namentlich in Sizilien zugebracht, woher ihre Bekanntschaft mit dem Geheimrat Bòrk stammte, und in kurzer Zeit war es ihr gelungen, in die exklusive Berliner Aristokratie einzudringen.

Eine Erscheinung wie die der Gräfin Rospine konnte nicht unbemerkt bleiben in einer Gesellschaft, die, wie die Berliner nun einmal gewisse Schwächen für das Exotische hat; da aber diese Frau im übrigen verstand, sich mit einer gewissen zurückhaltenden Liebenswürdigkeit zu geben, da sie über Geist und einen gewissen bestechenden Humor verfügte, so stand sie bald im Mittelpunkt nicht gerade der besten, aber doch der guten Gesellschaft.

Aber soviel Vornehmheit und Eleganz auch in ihren Räumen zusammen kam, sie selbst blieb doch der Mittelpunkt, das Leben spendende Prinzip bei diesen Gesellschaften, ihre Schlagfertigkeit, ihre geistreichen Aperçus, eine gewisse Bildung auf allen Gebieten der Kunst und ihre sprachlichen

Talente, predestinierten sie ebenso sehr zu einer Herrscherin auf dem Parkett, wie ihre äußere Erscheinung es tat.

Eben in diesem Augenblick stand sie mitten im Salon fast unter dem krystallenen Kronleuchter, von dem die elektrischen Flammen herunterstrahlten und den mächtigen im Rokokogeschmack gehaltenen Raum in eine Fülle blendenden Lichtes tauchten.

Mit liebenswürdigem Lächeln empfing sie den Handkuß des Grafen von der Mark, während sie zu gleicher Zeit den sarkastischen Worten des Grafen Heims ihre Aufmerksamkeit schenkte, der neben ihr stand und in brillanter Laune zu sein schien.

«Entschuldigen Sie mich einen Moment, meine Herren, die Pflichten der Wirtin rufen mich.»

Sie ging Herrn von Struwe-Schmidt entgegen, der soeben mit seiner Gemahlin eintrat.

«Ah, Herr von Struwe, ich bin entzückt, Sie bei mir zu sehen. Und das ist Ihre Gemahlin?»

Sie streckte der jungen Frau mit einer herzlichen, wie aus innerstem Impuls geborenen Bewegung die Hand entgegen.

«Seien Sie willkommen, meine Teure, ich habe viel von Ihnen gehört. Ihr grausamer Gebieter hat Sie uns schon viel zu lange entzogen. Nun hat Berlin Sie wieder. Hoffentlich nicht auf gar so kurze Zeit?»

Elise von Struwe verlor einen Augenblick lang dieser Frau gegenüber ihre gewohnte Sicherheit. Sie blickte sie etwas schüchtern an.

«Wir denken den Winter über in Berlin zu bleiben. Meiner Frau war es auf Retwitz ein wenig zu einsam,» sagte Herr von Struwe nicht ohne einen leisen Anflug von Ironie.

«Aber Herr von Struwe, wo nehmen Sie auch das Herz her, uns eine solche Frau unterschlagen zu wollen? Wo den Egoismus, einen so köstlichen Schatz unsern Augen zu entziehen und in der Einsamkeit zu vergraben? Nun kommen Sie aber, bitte, Sie werden eine ganze Reihe alter Bekannter begrüßen können.»

Sie führte die beiden zu einer Gruppe von Regimentskameraden Struwes hinüber, die sich in einer Ecke des Salons teils sitzend, teils stehend in eifrigem Gespräch befanden. Beim Anblick der jungen Frau von Struwe, die in den Monaten ihrer Ehe fast noch schöner geworden war, richteten sie sich auf, wie die Blumen unter dem Strahl der frischen Morgensonne.

Aber so angelegentlich die Gräfin sich mit ihren Gästen beschäftigte, manchmal schien es doch, als ob sie mit ängstlicher Erwartung zur Tür blickte, und je mehr die Zeit vorrückte, um so mehr schien sich diese leise Nervosität zu steigern.

Doch plötzlich zuckte es kaum merklich in ihren Augen auf. Geheimrat Bork trat in den Salon ein.

Ein triumphierendes Lächeln glitt über ihr Gesicht, als er jetzt auf sie zukam, um in ihr die Dame des Hauses zu begrüßen.

Sie ging ihm einige Schritte entgegen, vielleicht aus Höflichkeit, vielleicht aber auch, um einige Worte mit ihm sprechen zu können, die kein fremdes Ohr hören sollte.

Bork neigte sich über die dargebotene Hand und küßte sie flüchtig.

«Also doch, Herr Geheimrat! Ich wußte, daß Sie kommen würden. Sie sind viel zu treu, um Ihre alten Freunde im Stich zu lassen.»

Bork zuckte unter dem Hohn ihrer Worte zusammen. Als er sich aufrichtete, sah die Gräfin in ein aschgraues Gesicht von krankhaftem Ausdruck.

«Um Gottes willen, Herr Geheimrat, wie sehen Sie aus? Was fehlt Ihnen? Sind Sie krank?»

Ein bitteres Lächeln zuckte um seinen Mund:

«Meine alten Freunde sorgen ja dafür, daß ich keine ruhige Minute habe.»

Der diskrete Aufenthalt Klaras, der unehelichen Tochter Borks auf der sizilianischen Besitzung der Gräfin, die Niederkunft des verführten Mädchens und der Schutz, den die Rospine all diesen Dingen, die, wie viele andere noch, der Welt verborgen bleiben mußten, angedeihen ließ, hatten die Beziehungen zwischen der Abenteurerin und Bork noch fester geknüpft. Der Geheimrat belohnte sie dafür auf wahrhaft fürstliche Weise, aber er sollte bald erkennen, daß diese Generosität nicht auch zugleich eine Klugheit war. Die Frau begann in ihm ein prachtvolles Ausbeutungsobjekt zu erblicken und je mehr er versuchte, von ihr loszukommen, um so fester hing sie sich an ihn. Er war entschlossen, seit der Niederkunft seiner Tochter nicht mehr nach Sizilien zurückzugehen, aber das half ihm wenig.

Vor einigen Monaten tauchte die Gräfin in Berlin auf, besuchte ihn in seinem Hotel und wußte ihn für ihre ehrgeizigen Pläne auszunutzen.

Mit seiner Hilfe richtete sie sich luxuriös ein, mit seiner Hilfe gelangte sie in die gute Berliner Gesellschaft und begann nun hier ihre Rolle zu spielen.

Der Geheimrat blickte ihr sorgenvoll nach, wie sie durch den Raum schritt. Niemand außer ihm konnte wissen, was hinter diesem liebenswürdigen, strahlenden Lächeln verborgen war. Wehe dem Manne, der auf diese Frau hineinfiel!

Soeben begrüßte sie mit der ihr eigentümlichen Herzlichkeit den Grafen Günter von Plessow, den sie auf wer weiß welche rätselhafte Weise hierhergezaubert hatte.

«Ich danke Ihnen, daß Sie gekommen sind, Graf. Ohne Sie hätte die Festlichkeit nur ihren halben Glanz gehabt. Sie sind der Clou des Abends.»

«Sie sollten das am wenigsten sagen, Gnädigste, wenn Sie eine Festlichkeit geben, haben Sie den Clou doch immer im eigenen Hause. Was kann in einer Gesellschaft noch fehlen, wenn Sie anwesend sind?»

Er hatte das mit dem vollkommen verbindlichen und liebenswürdigem Gesichtsausdruck des Weltmannes gesagt, aber in der nächsten Sekunde schon blickte er starr auf irgend einen Punkt, und ein Schatten huschte über sein Gesicht.

So kurz, so kaum merklich auch diese Veränderung auf seinem Gesicht war, der Gräfin scharfe und aufmerksame Augen hatten sie bemerkt, und mit einem schnellen Blick erspähte sie auch die Ursache dieses leisen Mißbehagens:

Elise von Struwe-Schmidt. Und ihr kupplerischer Instinkt witterte sofort ein Geheimnis zwischen diesen beiden Menschen und zwar um so bestimmter, als sie auf Elisens vorher so blassem und ruhigem Gesicht eine leise Röte und Unruhe zu konstatieren glaubte.

In der Tat hatte Elise sofort den Eintritt des Grafen Plessow bemerkt, und ihr Herz schlug schneller, als sie ihn plötzlich so unverhofft in ihrer Nähe sah.

Erregt wartete sie auf den Moment, da ihr einstiger Geliebter sie begrüßen würde, aber es schien, als ob er sie nicht bemerken wollte. Und als er schließlich dieser Begrüßung, wenn er nicht beleidigend unhöflich sein wollte, nicht mehr aus dem Wege gehen konnte, geschah sie mit so kühler Zurückhaltung, daß Elisens Blut in stürmische Wallung geriet und sie nach einer verschwiegenen Aussprache mit ihm drängte.

Die Gäste verteilten sich allmählich in den verschiedenen Räumen.

Immer wieder folgte Elise vorsichtig und unbemerkt dem Grafen Günter und suchte die Gelegenheit, ihn allein zu sprechen. Aber er vermied ihre Nähe, als ob er ihre Absicht erriete.

Und doch konnte er vor sich selber nicht verleugnen, daß er sich immer noch nicht ganz aus dem sinnlichen Zauber, den dieses zarte, junge Geschöpf auf ihn ausübte, hatte befreien können. So abstoßend auch die kluge Berechnung, mit der sie sich ihrem Gatten verkauft hatte, für den sie unmöglich irgend eine Neigung fühlen konnte, auf seine vornehme Denkart wirkte, ihre Nähe löste doch immer noch die alte Unruhe in ihm aus, und er mußte sich vor ihr schützen, indem er einen möglichst großen Raum zwischen sie und sich legte.

Er trat in den Erker des Salons, um einige Momente allein zu sein und an dem halbgeöffneten Fenster frische Luft zu schöpfen. Nachdenklich blickte er hinunter auf die menschenleere Straße. Die kühle Nachtluft drang herein, umschmeichelte wohlig seine brennende Stirn und streichelte seine heißen Wangen. Er atmete tief auf. Die Ruhe und Kühle tat ihm gut.

Plötzlich glitt eine weibliche Gestalt neben ihn und legte ihre Hand auf seinen Arm. Er zuckte unwillkürlich zusammen.

«Endlich, Günter, endlich kann ich einen Augenblick mit Dir allein sein. Ach, Du weißt nicht, wie sehr ich mich den ganzen Abend nach einer Aussprache mit Dir gesehnt habe.»

Plessow richtete sich auf und trat zurück.

«Sie bedenken wohl nicht, Frau von Struwe-Schmidt,» er legte eine besondere Betonung auf diesen Namen, «daß Sie im Begriff sind, sich zu kompromittieren. Sie sind sich wohl nicht darüber klar geworden, daß man Sie in der nächsten Minute hier entdecken muß und welche unangenehme Folgen das für Sie haben kann?»

«O Günter,» sagte sie mit schmerzlichem Gesichtsausdruck, «habe ich nicht schon genug anderes für Dich gewagt, für unsere Liebe gewagt, als das hier? Habe ich nicht als junges Mädchen meinen Ruf hundertmal aufs Spiel gesetzt und hast Du Dich damals über meinen Mut gefreut?»

Sie sah ihm ängstlich ins Gesicht. Aber er zuckte nur die Achseln, ohne ein Wort zu erwidern.

«O, ich vergaß,» sagte sie, indem ihr die Röte ins Gesicht schoß, «damals war ich es ja allein, die sich in Gefahr brachte, aber hier ist es Graf Günter von Plessow, den ich zugleich mit mir der Eventualität einer unangenehmen Situation aussetze.»

Plessows Gesicht verfärbte sich.

Wie ein Blitz traf ihn die Erkenntnis, wie wenig diese Frau, an die er seine besten Gefühle verschwendet hatte, ihn kannte, wie wenig sie dieser Gefühle wert gewesen war. Er selber war es gewesen, der sie mit einem Schimmer poetischer Empfindung verklärt hatte. Durch ihre Heirat hatte das Bild, das er sich von ihr gemacht hatte, einen argen Stoß bekommen, in diesem Augenblick aber sank es vollends in Trümmer.

In diesen wenigen Minuten wurde er vollständig fertig mit der Neigung zu dieser Frau, die noch immer, wie mit Widerhaken befestigt, in seinem Herzen gesessen hatte, in dieser Stunde war alles ausgelöscht, was noch unter der Asche einer früheren Leidenschaft weitergeglommen hatte. Jetzt besaß er innerlich die gefestigte Ruhe ihr gegenüber, die er nach außen bereits vorher gezeigt hatte.

Elise begann sein eisiges Schweigen unheimlich zu werden; sie hatte das dunkle Gefühl einer unrichtigen Taktik, und sie suchte nach Worten, um die Ungeschicklichkeit, die sie vielleicht begangen hatte, zu verwischen.

«Günter, Du zürnst mir, daß ich ihn geheiratet habe? Nicht wahr, Du zürnst mir? Aber Du hast kein Recht mir zu zürnen. Was sollte ich tun?»

Sie trat näher, sie schmiegte sich wie ein Kätzchen an seine Seite, ihre Worte überstürzten sich, als wollte sie in diesen wenigen Minuten alles von dem Herzen herunterreden, was sich im Laufe der langen Zeit, die sie sich nicht gesehen hatten, angesammelt hatte.

Aber Graf Günter war jetzt gefeit gegen sie. Langsam, doch bestimmt, schob er sie von sich, er suchte das peinliche Unbehagen, das ihre Worte ihm verursachten, zu überwinden.

«Gnädige Frau, ich glaube, daß Sie im Begriff sind, die ganze Welt an Ihrem Geheimnis teilnehmen zu lassen. Seien Sie noch ein wenig lauter, und man wird bis in den äußersten Winkel dieser Wohnung Ihre Worte vernehmen können.»

«Ach, mir ist alles gleich!» sagte Elise und wirklich so laut, daß der Graf eine Bewegung machte, um sie zu verlassen. Aber sie hielt ihn fest mit ihren Händen und mit ihren Augen, aus denen ihm heiße Liebe, Demut und wilde Verzweiflung zugleich entgegenstrahlte. «Mir ist alles gleich, wenn ich nur weiß, ob Du mich noch liebst.»

Und da Plessow hartnäckig schwieg und kalt auf sie niederblickte, fuhr sie wild auf:

«Ob Du mich noch liebst, will ich wissen?!»

Graf Günter sah sich genötigt, ihr zu antworten, er tat es sehr ruhig und höflich, obgleich er innerlich sehr erregt war.

«Ich hätte Ihnen gerne eine Demütigung erspart, gnädige Frau, aber da Sie sie durchaus wollen, so bitte ich Sie, wenigstens zu bedenken, daß Sie selber mich dazu gezwungen haben, das auszusprechen, was ich Ihnen jetzt sage: Nein, ich liebe Sie nicht mehr! Ich war einmal so töricht, Sie zu lieben, ich habe Ihnen meine besten und heiligsten Gefühle dargebracht und Sie, Sie haben mir durch Ihre Handlungsweise gezeigt, daß ich sie einer Unwürdigen dargebracht habe.»

Die Erregung drohte ihn doch zu übermannen und, um sich nicht zu Äußerungen hinreißen zu lassen, die er vielleicht später würde bereut haben, machte er sich nun endgültig los von ihr und ging durch den Salon hinüber ins Spielzimmer.

Elise blieb allein im Erker zurück.

Aufschluchzend sank sie auf eine der Bänke, die sich zu beiden Seiten an der Wand befanden.

Sie war zu tief getroffen, zu tief gedemütigt, als daß sie sich so schnell von diesem Schlage hätte erholen und in die Gesellschaft zurückkehren können; aber sie riß ihres ganzen Widerstandes Kraft zusammen und kämpfte gegen die Tränen an, die sich ihr gewaltsam in die Augen drängen wollten.

Da drinnen durfte niemand etwas merken.

Aber einer hatte etwas gemerkt, und das war die Gräfin Rospine, ihre scharfen Augen hatten Elisens merkwürdiges Benehmen beobachtet, sie hatte sie schließlich in den Erker schleichen sehen und ihr erregtes Flüstern gehört.

Verstanden hatte sie freilich nichts, denn sie war zu klug, um in der Nähe zu bleiben und sich womöglich beim Lauschen überraschen zu lassen.

Dann hatte sie Graf Plessow erregt den Erker verlassen sehen, sie wartete einen Augenblick und da Elise nicht erschien, trat sie wie zufällig ein.

«Ach, meine Liebe, Sie sitzen hier so allein? Suchen Sie die Einsamkeit, oder ist Ihnen nicht wohl?»

Die Gräfin ließ sich neben sie nieder und nahm vertraulich ihre Hand.

Diese leise liebkosende Bewegung genügte, um die verhaltenen Tränen Elisens nunmehr zu entfesseln.

Die Gräfin tat sehr erschreckt.

«Mein Gott, was ist Ihnen? Sind Sie krank?»

Elise antwortete nicht, ihre Tränen flossen reichlicher, die Gräfin bettete ihr Gesicht an ihre Brust und ließ sie sich ausschluchzen.

«So, und nun kommen Sie hinüber in mein Toilettenzimmer. Die Menschen hier dürfen Sie nicht sehen, daß Sie geweint haben.»

Sie steuerte Elise geschickt zu ihrem Toilettenzimmer hinüber, und zehn Minuten später kannte sie Elisens Geheimnis.

Während sie ihr half ihre Toilette in Ordnung zu bringen und die Tränenspuren vom Gesicht zu entfernen, tröstete sie das junge Weib, nahm sie in ihre Arme und küßte sie auf den Mund. Erst ganz scheu und leise, dann stürmischer, und zuletzt bedeckte sie ihr Stirn und Augen und Mund mit glühenden, flammenden Küssen.

Das waren nicht mehr die Küsse harmlosen weiblichen Mitleids, das waren Brandmale einer tollen Leidenschaft, die das junge, sinnlich erregte Weib erst verwundert, dann mit einem leise aufsteigenden, wohligen Behagen und zuletzt mit der entzündeten Glut der Triebe, die, ihr selbst unbewußt, in ihr schlummerten, hinnahm.

Dann plötzlich riß sie sich los und blickte die Gräfin erstaunt und zitternd an.

Die Gräfin erhob sich und umarmte sie beruhigend.

«Kommen Sie, Kleine, wir müssen jetzt zurück in die Gesellschaft. Man wird uns schon vermissen. Aber ich bitte Sie, mich recht bald einmal nachmittags zum Tee zu besuchen.»

Sie gingen hinaus. Elise von Struwe-Schmidt hatte ein neues Geheimnis erfahren, das für ihr ferneres Leben von großer Bedeutung war.

Neunundzwanzigstes Kapitel.

Gerbers kaum begonnene journalistische Karriere nahm einen ganz unerwarteten plötzlichen Aufstieg. Die Zeitung, die seine erste Arbeit abgedruckt hatte, forderte ihn schon zwei Tage darauf zur ständigen Mitarbeiterschaft auf, und nun erschienen eine Reihe von Artikeln, die er mit dem Pseudonym «Renegat» zeichnete, und die in einem ganz sonderbaren Gegensatz zu den traditionellen Zeitungsartikeln der Berliner Presse standen.

Dieser Gegensatz äußerte sich sowohl stylistisch als auch im Inhalt seiner Auslassungen. Es schien, als habe dieser junge Mensch einen besonderen Blick für die Dummheiten und Ungerechtigkeiten der sogenannten Majoritäten. Der Vox populi der öffentlichen Meinung brachte er eine souveraine Verachtung entgegen, und wo große Hoffnungen laut wurden, die aus dem Gefühl der Masse entsprangen, trat er ihnen entgegen und vernichtete sie mit den Gründen seines scharfen Verstandes.

Das erste, was Gerber tat, als sein Einkommen feste Formen in ausreichender Dimension anzunehmen begann, war, seine Abhängigkeit Pickert gegenüber aufzugeben. In einem vornehmen, ruhigen Hause des Westens am Lützowufer mietete er zwei möblierte Zimmer, deren bescheidenes, aber vornehmes Arrangement er nach seinem persönlichen Geschmack ergänzte.

Er war nicht undankbar und dachte nicht daran den ersten Helfer, den er bei seinem Eintritt in Berlin gefunden hatte, von sich zu stoßen. Nur fühlte er die Notwendigkeit, sich von Anton Pickert zu emanzipieren, und er fühlte sie um so stärker, als erstens seine gelegentlichen Beziehungen zu Fräulein

Minna immer peinlicher wurden und er ferner absolut keine Erklärung für die ganze soziale Existenz seines Gönners zu finden vermochte.

Pickert hatte ihn mit einzelnen Leuten zusammengebracht, deren gesellschaftliche Stellung ihm die Situation seines Freundes noch unerklärlicher machte.

Den Grafen von der Mark hatte er ganz flüchtig gelegentlich eines Spazierganges kennen gelernt und bei einem Theaterbesuch, den er mit Pickert unternahm, machte er die Bekanntschaft der Gräfin Rospine, die seinen Freund mit einer gewissen Vertraulichkeit behandelte.

Die Gräfin war bei Nennung des Namens Gerber aufmerksam geworden, und als er ihre Frage, ob er der so schnell berühmt gewordene «Renegat» sei, mit geschicktem Stolze bejahte, verdoppelt sich ihre Liebenswürdigkeit dem jungen Manne gegenüber.

Sie blieben während der Zeit eines Zwischenaktes in anregendstem Gespräch beisammen. Vergeblich versuchte Pickert, der untätig danebenstand, in die Dialogführung einzudringen. Seine banalen Einwürfe wurden fortgeschwemmt von der intelligenten Konversation der beiden, und als das Klingelzeichen den Anfang des nächsten Aktes ankündigte, reichte die Gräfin Rospine ihrem neuen Bekannten graziös die Hand und bat ihn mit einer Herzlichkeit, aus der die Aufrichtigkeit des Wunsches deutlich hervorging, sie an einem der nächsten Tage zum Tee in ihrer Wohnung zu besuchen.

Gerber drückte seine Lippen auf die zum Abschied dargereichte Hand der Gräfin Rospine. Ein wenig fester vielleicht, als es sich für die Gelegenheit ziemte, jedoch die Dame schien das nicht übel zu nehmen. Mit einer leichten Handbewegung verabschiedete sie sich noch von Pickert und wandte sich ihrer Loge zu.

Die beiden Freunde gingen auf ihren Platz. Ein Versuch Pickerts, sich zu unterhalten, scheiterte an der Schweigsamkeit Gerbers. Der schwärmte innerlich und war begeistert von der Erscheinung der Gräfin Rospine.

Himmel, das war ein Weib!

Während der ganzen Vorstellung versuchte er sie aus dem Dunkel der Loge mit seinen Blicken zu erhaschen. Dann ging er daran, ohne das Schauspiel zu beachten, in seiner Phantasie sich mit der Erscheinung zu beschäftigen.

Er sah die Üppigkeit der Formen dieser Frau, eine Üppigkeit, die nirgends die strengen Maße der Proportion überschritt. Er sah die Zartheit ihres Handgelenkes, die Feinheit des Knöchels und des kleinen Fußes, die sie verraten hatte, als sie von ihnen wegging. Er sah die zauberische Fülle des dunklen Haares, das Blitzen dieser klugen Augen und den sinnlichen Mund. Er sah das alles und er konnte von diesen Bildern seiner Phantasie sich nicht losreißen, bis beim Fallen des Vorhanges der lärmende Applaus der Zuschauer ihn aus seinen Träumen weckte.

Sein Blick glitt schnell hinüber zur Loge, in der die Gräfin saß und er bemerkte noch, wie sie durch die schmale Tür verschwand.

Es war ihm klar, er mußte dieser Frau sich nähern, sie mußte ihm mehr werden als eine flüchtige Bekanntschaft.

Gerber und Pickert verließen das Theater. Pickerts Absicht, mit seinem Freunde zu soupieren, erfüllte sich nicht, Gerber war nicht disponiert, er schützte heftigen Kopfschmerz vor, und draußen verabschiedete er sich von Pickert, nahm einen Wagen und fuhr nach seiner Wohnung am Lützowufer, die er erst vor zwei Tagen bezogen hatte.

***

Es war nachmittags gegen vier Uhr, als Gerber vor dem Hause in der Hindersinstraße stand, in dem die Gräfin Rospine wohnte. Nahezu vierzehn Tage waren seit jener Vorstellung im Theater-Foyer verflossen, und Gerber, den es jeden Tag mächtig gedrängt hatte, der Einladung nachzukommen, hatte eine unbestimmte Scheu vor diesem ersten Wiedersehen immer wieder zurückgehalten, den Besuch abzustatten.

Ihm war's, als müßte ein zweites Zusammentreffen die

strahlende Illusion, die ihm im Licht des glänzenden Theater-Foyers von dieser Frau entstanden war, zerstören, und ihm war die Vorstellung dieses exotisch schönen Weibes, die einen glänzend glitzernden Geist barg, so teuer geworden, daß er sich fürchten mußte, sie zu verlieren.

Die Aufforderung, die Gräfin zu besuchen, hatte so ehrlich und so aufrichtig geklungen, daß es ungezogen gewesen wäre, ihr noch länger nicht nachzukommen und so stieg er jetzt die teppichbelegten Stufen zur ersten Etage empor.

Giacomo, der alte Diener der Gräfin, öffnete, nahm seine Karte entgegen und führte ihn in den Salon.

Gerber wartete nicht lange. Er hatte kaum Zeit gehabt, sich in dem großen Zimmer, dessen Ausstattung das beste Zeugnis von dem künstlerischen Geschmack seiner Bewohnerin ablegte, umzusehen, als auch schon die Gräfin erschien. Ihr dunkles Haar war nur lose aufgesteckt, und ein weites, bequemes Kleid floß schmeichelnd um ihre weichen Formen. Die kurzen weiten Ärmel ließen die vollendete Schönheit ihrer Arme erkennen, und Gerber stand wie geblendet von dieser Erscheinung proportionierter Üppigkeit.

Die Gräfin reichte Gerber die Hand entgegen.

«Also doch, Herr Gerber, haben Sie sich endlich entschlossen, einige Minuten Ihrer kostbaren Zeit an mich zu verschwenden?»

Gerber entschuldigte sich, er konnte angesichts dieser Liebenswürdigkeit seine gewohnte Sicherheit nicht sofort finden, er stammelte etwas von «übermäßig beschäftigt», «sehr in Anspruch genommen», und der Ärger über seine eigene Unsicherheit ließ ihn fast noch verwirrter werden.

Die taktvolle Klugheit der Gräfin bemerkte das, und um ihrem Besucher Zeit zu geben, damit er sich wiederfinden könnte, ließ sie sich langsam auf einen der schräggestellten Diwans nieder, und während sie mit einer entsprechenden Handbewegung Gerber einen Platz auf einem Tabouret ganz in ihrer Nähe anwies, entschuldigte sie sich wegen ihrer Toilette.

«Sie müssen mich schon so hinnehmen, wie ich bin, Herr

Gerber, ich war nicht darauf vorbereitet, heute Besuch zu erhalten.»

Gerber erhob sich, er wolle nicht stören, doch sie ließ ihn nicht zu Ende kommen.

«Nein, bleiben Sie nur, bitte, ich freue mich viel zu sehr, Sie endlich bei mir zu sehen, ich hätte mich ja umziehen können, doch wollte ich Sie nicht warten lassen. Es ist wirklich schade, daß Sie nicht schon vorige Woche sich meiner erinnerten, Sie wären dann gestern Gast bei mir gewesen, ich hatte Gesellschaft, und Sie hätten viele Leute bei mir gesehen, deren Bekanntschaft Sie doch wohl interessiert haben würde.»

Gerber wehrte ab. Er sei mit seiner Arbeit so gänzlich in Anspruch genommen, daß er neuen Bekanntschaften lieber aus dem Wege gehe und nun, da er begann von seiner Tätigkeit zu reden, schien alle Befangenheit von ihm zu weichen. Das Gespräch floß dahin wie ein heftiger Strom, der die Ufer des Alltäglichen bald überflutet und seine Wasser, nach rechts und links ausbreitend, rieseln läßt. Bald war der Thronwechsel der Gegenstand der Unterhaltung, und Gerber schickte sich eben an, seine Skepsis gegen alle Hoffnungen des Tages auszusprechen, als ein Klingelzeichen neuen Besuch ankündigte. Die Gräfin lauschte auf, während Gerber schweigend auf seinem Tabouret blieb.

Giacomo trat ein und meldete Frau von Struwe-Schmidt.

Die Gräfin stand auf und ging Elise, die soeben eintrat, entgegen.

Gerber hatte sich von seinem Tabouret erhoben und es folgte die Vorstellung.

Der Schriftsteller sah mit Freuden die blonde Schönheit Elisens neben der nicht minder schönen, aber doch so ganz anders gearteten Erscheinung der Herrin des Hauses.

Die Unterhaltung ging jetzt etwas schwerer von statten, und Gerber stand nach wenigen Minuten auf, um sich zu empfehlen.

Die Gräfin hielt ihn nicht zurück, sie wollte mit Elise allein sein, und sie geleitete selbst Gerber hinaus. Mit liebenswürdiger Eindringlichkeit bat sie ihn, seinen Besuch recht bald und recht häufig zu wiederholen, und als er sich verabschiedend ihre Hand zum Munde führte und sie lange an seine Lippen preßte, überließ sie sie ihm lächelnd, und er fühlte deutlich, wie der letzte Druck seiner Finger von der schönen Frau leise erwidert wurde.

Wie berauscht stieg Gerber die Treppe hinab, wie im Taumel wandelte er durch die Straßen.

Gräfin Rospine kehrte zurück zu Elise von Struwe-Schmidt.

«So, jetzt haben wir den Störenfried entfernt, jetzt sind wir ganz allein und ich darf Ihnen sagen, wie sehr ich mich freue, daß Sie so schnell wieder zu mir kommen.»

Elise lächelte.

«Sie sind mir wirklich nicht böse, Gräfin, daß ich so schnell wieder bei Ihnen eindringe?»

«Böse?»

Die Gräfin näherte sich Elise.

«Ich freue mich so, Sie blondes Kind wieder bei mir zu sehen, daß ich Sie küssen möchte,» und ohne eine Antwort abzuwarten, beugte sich die Gräfin Rospine über Elise und zog deren Mund an den ihrigen.

Der Kuß dauerte lange, ein Gefühl seligen Taumels zitterte durch den Körper Elises.

Sie wußte nicht wieso, doch plötzlich mußte sie an die brutale Sinnlichkeit, an die grobe Art ihres Mannes denken. Wie kurz war doch der Rausch gewesen. Schon wenige Wochen nach der Hochzeit war ihr die Selbstverständlichkeit, mit der er ihre Gunst einforderte, zum Ekel geworden. Sie zitterte vor seiner rücksichtslosen Weise, und mit banger Wehmut dachte sie zurück an Günter von Plessow, in dessen Armen sie das wahre Glück genossen hatte.

Die Gräfin hatte Elise einige Momente sich selbst überlassen, jetzt näherte sie sich wieder:

«Kommen Sie, Kind, legen Sie ab, und dann gehen wir in mein Boudoir und plaudern ein wenig. Hier der Salon ist für uns beide viel zu groß.»

Sie selbst zog ihr die Nadeln aus dem Hut, nahm ihn ab

und richtete mit ihren schmeichelnden Händen die blonde Frisur zurecht.

Elise gab sich ganz der Sorgfalt ihrer Wirtin hin, sie stand auf, und beide gingen durch eine schmale Tür ins Boudoir.

Hier schien alles voll Weichheit und Stille. In Teppichen versank der Fuß, und unwillkürlich glitt die Stimme zu einem leisen Flüstern herab.

Gräfin Rospine setzte sich auf eine Chaiselongue und zog Elise neben sich nieder.

«Sie armes Kind, ich habe gestern erkannt, wie sehr Sie leiden, und ich habe Sie so gern gewonnen, wollen Sie mir eine große Freude bereiten?»

Elise sah sie mit ihren großen Augen fragend an.

Die Gräfin wartete eine Weile, dann fuhr sie fort:

«Dann nennen Sie mich Du und bei meinem Vornamen Marfa.»

Eine Pause lautloser Stille trat ein.

«Willst Du, Elise?» flüsterte die Gräfin.

«Ja, Marfa!» hauchte die andere zurück, und leise preßte die Gräfin Rospine die neue Freundin an sich. Ihre Hände hielten den blonden Kopf Elisens fest, und ihr Mund fuhr küssend über Stirn, Augen und Wangen.

Das Blut raste fiebernd durch den zitternden Körper der jungen Frau, sie sank zurück und ihrer Sinne kaum noch mächtig flüsterte sie, während die Augen sich schlossen:

«Marfa, was tust Du, Marfa!»

«Ich habe Dich so lieb, ich habe Dich unendlich lieb, Du Süße, Du Einzige!» Und während die Rechte den bäumenden Körper fest umspannte, glitt ihr Mund in tollen Küssen über das gerötete Antlitz der neuen Freundin.

Dreissigstes Kapitel.

Von der Bahnstation in der Uckermark, die man in ungefähr zweieinhalb Stunden von Berlin aus erreichen konnte, bedurfte es noch einer knapp einstündigen Wagenfahrt, um Retwitz, das Gut des Herrn von Struwe-Schmidt, zu erreichen.

Durch eine breite Buchenallee fuhr der elegante Jagdwagen, den Herr von Struwe selbst lenkte, vor die Rampe des Herrenhauses. Hier warf der Besitzer dem neben ihm auf den Bock thronenden Diener die Zügel zu, sprang ab und half den vier Herren, die er von der Bahn geholt hatte, beim Aussteigen. Es waren der Graf von der Mark, der ein passionierter Jäger, gern die Einladung zur Jagd angenommen hatte, Graf Roon, für den diese Einladung mehr eine Gelegenheit war, der immer noch geliebten Elise nahe zu sein, ferner Pickert und Gerber.

Den vier angekommenen Herren wurde durch den Hausmeister, der eine besondere Vertrauensstellung einnahm (man sagte, daß er gleichfalls ein Sohn des alten Struwe und irgend einer Magd sei, und die verblüffende Ähnlichkeit mit Herrn von Struwe-Schmidt ließ daran keinen Zweifel aufkommen) ihre Zimmer angewiesen, und eine halbe Stunde später versammelten sie sich mit den übrigen Gästen des Hauses im Speisezimmer, um die Hausfrau zu begrüßen und das Frühstück einzunehmen.

Unter diesen ziemlich zahlreichen Gästen befanden sich einige ehemalige Regimentskameraden des Herrn von Struwe, sowie auch mehrere Damen, darunter vor allen Dingen die Gräfin Rospine, die bereits zu den Intimen des Hauses zählte.

Zu den Intimen des Hauses ist vielleicht nicht der richtige Ausdruck, denn ein freundschaftliches Verhältnis bestand allein zwischen ihr und Elise, während sie mit dem Herrn des Hauses auf keineswegs gutem Fuße stand.

Jedenfalls war ihm die ständige Anwesenheit der Gräfin und ihre Unzertrennlichkeit von seiner Frau unbehaglich; er fühlte sich, wenn er mit diesen beiden Frauen allein war, in einer ganz merkwürdigen Weise überflüssig, ja, er hatte die dunkle und unbestimmte Empfindung, daß er eine Art von lächerlicher Figur sei, und vergebens rief er zur Bekämpfung der Unsicherheit, die er ihnen gegenüber hatte, die ganze Würde seines Männerstolzes herbei.

Er war daher sehr froh, daß er jetzt auf einige Tage Gesellschaft im Hause hatte, und er bot alles auf, um es seinen Gästen so angenehm wie möglich zu machen.

Von denen, die die Situation erkannten, war jedenfalls der junge Gerber derjenige, dem alles durch die natürliche psychologische Schärfe seines Blickes und durch ein besonderes feines, angeborenes Gefühl, am bewußtesten auffiel. Ihm entging nicht die kleinste Nuance in dem Benehmen seines Wirtes und der übrigen Gäste, und sein Blick war nur den beiden Frauen, Elise und der Gräfin Rospine, gegenüber ein wenig getrübt. Und zwar kam das daher, weil er vom zweiten Tage seines Hierseins in beide verliebt war.

Die Gräfin hatte sich des jungen Schriftstellers vom ersten Augenblick angenommen; sie hatte ihn sozusagen für sich mit Beschlag belegt, und da er nicht mit auf die Jagd ging, so war er fast den ganzen Tag in ihrer und Elisens Gesellschaft.

Dabei waren die Blicke aus den schwarzen Augen wie Feuerfunken auf sein Herz gefallen, und die Nähe ihrer sieghaften Schönheit berauschte ihn. Daneben aber wirkte die blonde, eigenartige Schönheit Elisens ganz anders, wenn auch nicht schwächer auf ihn ein. Die eine spannte alle seine Sinne bis zum äußersten, wildesten Begehren, die andere entzündete eine tiefe Sehnsucht, eine harmonische Stimmung in seinem empfänglichen Herzen und wenn er sich zuweilen die Frage vorlegte, welche von den beiden Frauen ihn mehr fesselte, so konnte er keine Antwort darauf finden. Seine Neigung schwankte zwischen beiden, neigte sich bald auf die eine, bald auf die andere Seite und schaffte ihm unruhige Tage und schlaflose, fieberschwüle Nächte.

***

Die Tage vergingen den Gästen auf Retwitz in sorgenloser Lustigkeit.

Die Jagdliebhaber zogen täglich mit dem frühesten hinaus und genossen in dem großen Revier der Retwitzer Heide die Freuden der Jagd. Gegen Mittag versammelten sie sich dann an dem zum Rendezvous bestimmten Platz, wo sie sich zum Frühstück niederließen. Zuweilen fanden sich auch da die Damen und Gerber ein, um an den Freuden einer Mahlzeit im Freien teilzunehmen.

Gerber war der beständige Begleiter der Damen geworden. Er unternahm mit ihnen an den Vormittagen Spaziergänge durch die Felder und den nahen Park. Er las ihnen aus irgend einem Buche vor, das er in der eben nicht umfangreichen Bibliothek des Herrenhauses für sie gewählt hatte, er unterhielt sie durch wirkliche oder erfundene Abenteuer aus seinem jungen aber wechselvollen Leben oder er musizierte mit ihnen.

Das waren für Gerber die köstlichsten und gemütlichsten Stunden des Tages.

Dann, gegen sechs Uhr, nachdem sich die Jäger durch einen Schlaf von den Strapazen des Vormittags erholt hatten, versammelte sich die ganze Gesellschaft zum Diner im großen Speisesaal, und von da ab blieb man bis zur Mitternacht vereinigt.

Dann wurde getrunken, geraucht, musiziert, gelärmt und gelacht.

Wenn die Gesellschaft vereinigt war, trat Gerber ein wenig in den Hintergrund; denn die Gräfin sah sich bei ihrer unruhigen und lebhaften Natur gern von einem ganzen Kreis von Herren umgeben, die ihr alle gemeinsam den Hof machen mußten, und mit denen sie auf eine wahrhaft überlegene Weise zu scherzen verstand, ohne nur einem von ihnen irgend welche Avancen zu machen.

Elise dagegen wurde von dem Grafen Roon mit Beschlag belegt, der ihr auf ziemlich auffällige Weise seine Dienste anbot.

Gerber selbst hatte inzwischen allmählich den Charakter des freundschaftlichen Verhältnisses zwischen den beiden Frauen vollkommen erkannt, aber weit entfernt davon, daß das abschreckend auf ihn gewirkt hätte, erhöhte es vielmehr den Reiz, den die beiden Damen auf ihn ausübten.

Der Sonntag unterbrach die Serie der Jagdtage. Die Gesellschaft, die sich noch um einige Gutsnachbarn verstärkt hatte, vertrieb den Nachmittag mit Gesellschaftsspielen, und jetzt am Abend, nach dem opulenten Mahle, hatten sich einige Herren, unter ihnen Struwe selbst, beim Jeu etabliert, während die übrigen den großen Speisesaal zum Tanzplatz umwandeln ließen. Fräulein Müller, eine ältere Hausdame, saß am Flügel, und bald drangen die Walzerweisen bis in das Spielzimmer. War hier das Baccarat die starke Stimulanz, die aufpeitschend die Nerven zittern und die Erregung steigen ließ, so sollte dort, wo getanzt wurde, die Atmosphäre auch bald eine gefährliche Hitze erreichen.

Die ersten Rundtänze waren vorbei, als plötzlich Fräulein Müller unter den Noten einen russischen Tanz hervorzog, den die Gräfin Rospine auf das Schloß gebracht hatte. Fräulein Müller begann zu spielen, und selbst ihre ungelenke, mechanische Art konnte die heiße Lust dieser slavischen Weise nicht ganz töten. Niemand im Saale tanzte jetzt, denn keiner fühlte sich diesen sonderbaren Rhythmen gewachsen. Da warf die Gräfin Rospine einen Blick, halb Bitte, halb Herausforderung, hinüber zu Frau von Struwe-Schmidt, und der Blick wurde verstanden.

Die Herrin des Hauses breitete die Arme aus. Die Gräfin Rospine kam auf sie zu.

«Komm, Marfa!» rief Elise, den Kopf in den Nacken werfend. Die beiden sanken sich an die Brust, und nun begannen sie im Saale herumzuwirbeln. Immer toller und toller wurde der Tanz.

Die übrigen traten bei Seite und bildeten einen Kreis um die beiden Frauen, die wie zwei Bajaderen dahin stürmten. Man rief ihnen ermunternd zu, feuerte sie mit Jauchzern an, die Stimmung wurde immer ausgelassener.

Elise sah mit verzückten Augen in den Kreis der Umstehenden, sie winkte ihnen mit der Hand, dann plötzlich faßte sie in ihre Haare und löste mit einem Griff die Frisur.

Wie eine goldene Flut fielen sie nieder und hüllten sie und die Gräfin ein. Die Herren riefen laut «Bravo», die Damen waren ein wenig verblüfft. Aber nichtsdestoweniger blickten sie fasziniert auf das in wilder, rasender Lustigkeit dahinwirbelnde Paar, sahen erschauernd diese junge, blonde Bajadere mit zurückgeworfenem Kopf, mit schäumendem Munde und leuchtenden Augen, ihren Körper fest und fester an die schwellenden Formen der Gräfin drängen, spürten den mystischen, schweren Duft, der diese beiden Frauen gleich einer gewitterschweren Atmosphäre umgab, und erzitterten bis in das innerste Herz.

Da plötzlich hörte man einen Aufschrei, der Tanz riß mit einem Mißakkord mitten entzwei.

Die beiden Rasenden erwachten taumelnd und blieben mit schweratmenden Brüsten gegeneinander gelehnt, erschöpft stehen; der Kreis teilte sich, und man sah nach dem Klavier hinüber.

Herr von Struwe, den der Applaus aus dem Spielzimmer herübergelockt hatte, war wütend an das Instrument herangetreten, hatte Fräulein Müller mit einem gewaltigen Ruck von ihrem Sitz gerissen, daß sie aufschreiend beiseite getaumelt war, und hatte dann das Klavier wütend zugeschlagen.

Ein Moment der peinlichsten Stille entstand im Saal. Man fühlte, daß man hier Zeuge einer ehelichen Szene war, aber einige der Herren suchten geschickt den peinlichen Eindruck zu verwischen.

Struwe stand mit bleichem Gesicht und Augen, aus denen

die Flammen einer wilden Empörung zu schlagen schienen, am Klavier.

Der Graf von der Mark ging zu ihm hinüber und stellte sich so vor ihn hin, daß die übrigen Anwesenden ihn nicht sehen konnten. Dann sprach er ihm einige beruhigende Worte zu.

Graf Roon sammelte die jungen Leute um sich und schlug nach den Anstrengungen des Tanzes noch einen Spaziergang durch den Park vor, und einer der älteren Herren erinnerte an die Bowle, die man so verräterisch verlassen habe.

So ging man denn wieder hinaus und nahm an den Tischen Platz. Aber die gemütliche Stimmung war verflogen.

Der Graf von der Mark kam mit Struwe, der sich etwas beruhigt hatte, hinaus.

«Entschuldigen Sie die Heftigkeit, meine Herrschaften, mit der ich den Tanz unterbrochen habe,» sagte er, «aber meine Frau ist den Anstrengungen des Tanzes nicht gewachsen. Sie vergißt leider immer, daß sie eine etwas zarte Gesundheit hat, und da ich sah, wie sehr sie sich wieder beim Tanz echauffierte, verfiel ich im Moment auf kein anderes Mittel. Es war ja ein wenig heftig, aber es wirkte, wie Sie sahen.» Diese letzte Bemerkung sollte humoristisch sein, aber sie war es, wie man wohl sehen konnte, durchaus nicht.

Bald darauf fuhren die Wagen der Gutsnachbarn vor. Man verabschiedete sich.

Im letzten Augenblick erschien auch die Gräfin und Elise, die ihr zerzaustes Haar wieder geordnet hatte und nun mit der liebenswürdigsten und unbefangensten Miene ihren Gästen zum Gutenachtgruß die Hand drückte.

Der Aufbruch war ein allgemeiner. Auch die Gäste des Hauses zogen sich zurück, um morgen rechtzeitig zur Jagd aufstehen zu können.

Als die Letzten gegangen waren, drehte sich Elise, ohne ihren Gatten Gutenacht zu sagen, um, nahm den Arm der Gräfin und verschwand.

Struwe blieb allein.

Er war durchaus keine sentimentale Natur. Er hatte keinen Überfluß an Gefühlen, und sein kalter Egoismus hatte ihn bisher in allen Lebenslagen Sieger über diejenigen sein lassen, die noch ein Herz als unnütz beschwerenden Ballast mit an Bord ihres Lebensschiffleins führten.

Die heutigen Ereignisse zeigten ihm mit einem Schlage, wie weit es schon mit ihm gekommen war, er sah mit Schrecken, daß er nicht die geringste Gewalt über seine Frau hatte und vor allem – was ihn mit einem noch viel größeren Schrecken erfüllte – daß er sie liebte.

Er lachte laut und gewaltsam auf.

Er? Struwe-Schmidt am Gängelband einer Frau! Er, seufzend und flennend wie ein unreifer Gymnasiast! Jetzt fehlte ihm nur noch, daß er Liebesgedichte machte, und der Trottel war fertig!

Nein, alles, nur das nicht! Nur nicht in den Banden einer Frau, nur nicht winselnd zu ihren Füßen. Brutal mußte man sein, damit kam man bei den Weibern am weitesten.

Und er hatte seinen Entschluß gefaßt! Er ging hinein in das Haus und suchte sein Schlafzimmer auf. Nachdem er seinen Anzug mit der Hauskleidung vertauscht hatte, schickte er den Diener fort und klopfte zum ersten Male seit einer Woche wieder an das Schlafzimmer seiner Frau, das neben dem seinigen lag.

Er erhielt keine Antwort.

Und er klopfte noch einmal, und noch einmal, aber er hatte nicht mehr Erfolg.

«Bitte Elise, laß die Spielerei und mach gefälligst auf!»

Alles blieb ruhig im Zimmer nebenan.

Eine unsägliche Wut stieg in ihm auf; er holte eben aus, um mit gewaltigem Schlag gegen die Tür zu donnern, aber er besann sich noch rechtzeitig, daß es besser sei, keinen Lärm zu machen, überdies würde die feste Tür ja doch seinen Anstrengungen gespottet haben.

Auch war es gar nicht nötig Gewalt anzuwenden, denn es gab zu allen Türen im Hause doppelte Schlüssel.

Er ging also hinunter ins Schrankzimmer, wo in einem Wandschränkchen die Duplikate der Schlüssel aufbewahrt werden und suchte die Schlüssel zu den beiden Türen ihres Schlafzimmers heraus.

Er öffnete die Schlafzimmertür seiner Frau und – fand das Zimmer leer.

Einen Augenblick stand er wie verblüfft. Was hatte das zu bedeuten?

Erregt ging er in sein Zimmer zurück. In seinem Hirn wirbelten die Gedanken durcheinander. War seine Frau geflohen? Hatte sie sich in einem anderen Zimmer einquartiert?

Er machte sich daran, alle in Frage kommenden Räume zu durchsuchen, ohne Erfolg!

Sollte er jetzt die Dienerschaft wecken? Das Haus alarmieren? Es ging nicht. Ein Skandal mußte vermieden werden.

Es blieb ihm nichts übrig, als zu Bett zu gehen.

Aber er verbrachte die Nacht schlaflos. In seinem Hirn brüteten die furchtbarsten Rachepläne, dabei grübelte er immer wieder, wo sie sein mochte? Fortgegangen war sie sicher nicht. Er hätte sie ja sehen müssen. Also war sie im Zimmer eines der Gäste.

Er dachte an den Grafen Roon. Aber das schien ihm unmöglich. Es wäre zu furchtbar gewesen.

Dann kam ihm die Idee, daß sie wohl bei ihrer Freundin schliefe. Und so verhaßt ihm der Gedanke auch war, so fühlte er ihn doch wie eine Erlösung. Jedenfalls mußte er Gewißheit haben! Und dann, wenn er sie hatte, so oder so, würde er sie morgen mit Schimpf und Schande aus dem Hause jagen, diese Dirne!!

So wälzte er sich bis zum frühen Morgen auf seinem Lager. Endlich schlief er ein.

Aber er mochte kaum eine Stunde geschlafen haben, als ihn der Diener weckte. Es war Zeit aufzustehen, und sich zur Jagd anzukleiden.

Er verwünschte diese Jagd, aber er konnte sie jetzt nicht rückgängig machen.

Während des Ankleidens überlegte er, was zu tun sei.

«Ist Hoffmann schon auf?» fragte er den Diener.

«Ich habe ihn noch nicht gesehen, Herr Baron!»

«Wecken Sie ihn, er soll sofort hierherkommen.»

«Jawohl, Herr Baron.»

Der Diener ging.

Struwe überlegte. Es war das beste, wenn er seinen Halbbruder, der in vielen Dingen sein Vertrauter war, noch hier ins Vertrauen zog. Er selber konnte sich ja unmöglich die Blöße geben, seine Frau zu beobachten und ihr nachzuspüren.

Hoffmann trat ein.

In diesem Augenblick, da die beiden Halbbrüder in einem einfachen joppenartigen Rock einander gegenüber standen, sah man deutlicher als jemals sonst die Ähnlichkeit, die zwischen ihnen herrschte.

«Ich habe Dich in einer wichtigen und sehr delikaten Angelegenheit herholen lassen, Ernst,» sagte Struwe.

Hoffmann, der auch dann, wenn er mit Struwe allein war, aus Gründen der Klugheit niemals seine devote Haltung verlor, verhielt sich abwartend.

«Ich weiß nicht, ob Du bemerkt hast, daß seit einiger Zeit zwischen mir und meiner Frau nicht alles so ist, wie es wohl sein sollte.»

Die Pupillen in den grauen scharfen Augen des Hausmeisters zogen sich ein wenig zusammen, aber er blieb äußerlich sehr ruhig.

«Nun ist,» fuhr Struwe fort, «gestern zwischen ihr und mir eine Kleinigkeit vorgefallen - irgend etwas - na, es ist ja gleichgültig, was es war - jedenfalls nichts, das sie berechtigte, mir aus dem Wege zu gehen - das heißt - ihre Verpflichtung als Frau - na, kurzum, die Sache ist die, daß sie diese Nacht nicht in ihrem Zimmer zugebracht hat.»

Struwe blickte den vor ihm Stehenden an, als erwarte er den Ausdruck der Überraschung und Empörung auf seinem Gesicht zu finden. Aber Hoffmann schien durchaus nicht überrascht.

«Die vorige Nacht auch nicht, Herr Baron!» sagte er so gleichmütig, als ob es sich um eine selbstverständliche Sache handelte.

Struwe sprang auf ihn zu und packte seinen Arm.

«Was soll das heißen, Ernst?»

«Soll heißen, Herr Baron, daß die Frau Baronin in der vorigen Nacht nicht in ihrem Zimmer geschlafen – und in der vorvorigen auch nicht!»

Struwe drückte den Arm des Hausmeisters in furchtbarer Erregung. Er sah ihn funkelnden Blickes an. Aber Hoffmann bewahrte seine unerschütterliche Ruhe. Da ließ Struwe die Hand sinken und es dauerte eine ganze Weile, bis er so viel Kraft gesammelt hatte, um die nächste Frage an ihn zu richten.

«Und wo – wo hat sie diese beiden Nächte zugebracht?» Er blickte auf den Mann, wie der Delinquent auf seinen Richter in dem Augenblick, da dieser das Urteil über ihn spricht.

«Die Frau Baronin schlafen seit drei Nächten im Zimmer der Gräfin Rospine.»

Struwe sah sein Gegenüber an, lange und starr, als suche er dessen geheimste Gedanken auf dem Grunde seiner Seele zu lesen.

«So,» sagte er dann, «ich hatte geglaubt, daß sie sich durch mein gestriges Auftreten beleidigt fühlte und deshalb ihr Schlafzimmer mied –» er dachte eine Weile nach, ehe er weitersprach. Auf seinem Gesicht war deutlich zu lesen, welcher Kampf in seinem Innern tobte. «Seit drei Nächten, das ist ja – das ändert die Sachlage ja ganz gewaltig.»

Er schwieg wieder nachdenklich, dann trat er dicht an seinen Hausmeister heran.

«Du weißt noch mehr, Ernst, ich sehe es Dir an, und ich beschwöre Dich, mir alles zu sagen, was Du weißt!»

«Herr Baron, die Jagdgesellschaft sammelt sich bereits auf dem Hofe,» sagte Hoffmann ausweichend.

In der Tat vernahm man das Getrappel der Pferde, das Gekläff der Hunde, und lebhafte Stimmen drangen von unten herauf.

«Gut,» sagte Struwe, «ich muß jetzt fort, aber ich will Klarheit haben. Ernst, Du bist der Einzige, dem ich vertrauen kann. Heute Abend will ich Dich sprechen, Du kommst auf mein Zimmer, nachdem die Gäste schlafen gegangen sind. Und dann verlange ich Aufklärung von Dir. Adieu!»

Er gab ihm die Hand und ging hinaus.

Hoffmann stand einen Augenblick mit einem Lächeln auf den Lippen.

Er wollte seine Pflicht tun. Dieses hochmütige Frauenzimmer, das ihn behandelte, als ob er Luft sei, war ihm ohnedies im Wege.

***

Es war gegen zehn Uhr Vormittag, als Gerber an die Tür klopfte, die zu dem Gemach der Gräfin Rospine führte. Auf ihr kurzes «Herein» trat er in das Zimmer, und, die Tür hinter sich ins Schloß drückend, begann er leise und ohne Umschweife:

«Frau Gräfin, ich komme, Sie zu warnen. Sie geben sich zu frei und unverhüllt in Ihrer Neigung zu Frau von Struwe-Schmidt.»

Erstaunt erhob sich die Russin aus dem weichen Kissen ihres Lehnstuhls:

«Sind Sie gekommen, Herr Gerber, um mir ein Geheimnis zu entreißen?»

«Nein, ich bin gekommen, um Sie als guter Freund zu warnen und Sie zu bitten, Ihre Geheimnisse sorgfältiger zu bewahren.»

«Was soll das heißen, was wollen Sie damit sagen?» stieß sie hervor.

«Lassen Sie uns ganz offen sein. Sie sind in den letzten Tagen ein wenig unvorsichtig gewesen in Ihren – Ihren Beziehungen zu Frau von Struwe. Man spürt Ihnen nach!»

Die Gräfin sprang betroffen auf.

«Mein Gott, Gerber, so reden Sie doch offen, was ist denn los?»

Sie suchte sich zu beherrschen.

«Nun ja, ich will ganz offen mit Ihnen reden. Es geschieht, das können Sie mir glauben, nur aus warmem Interesse an Ihrer Person. Sie wissen ja auch ohnedies, daß ich Sie liebe –»

Die Gräfin erhob abwehrend die Hand.

«Bitte –» fuhr Gerber fort, «das ist nichts als eine einfache, objektive Feststellung und soll nur zur Erklärung des Folgenden und als ein Beweis dienen, daß ich weit davon entfernt bin, mich anders als aus Interesse an Ihrer Person in diese Dinge zu mischen. Ich habe längst geahnt, welcher Art die Freundschaft ist, die Sie mit Frau von Struwe verbindet. Sie wissen, welche Gefahr Ihnen und Frau von Struwe droht, wenn man den Geheimnissen Ihres Verkehrs auf den Grund kommt. Sie hätten daher alle Ursache gehabt, vorsichtig zu sein, aber Sie sind es nicht gewesen. Der Tanz gestern Abend war sehr verräterisch und überdies – Frau von Struwe hat in der letzten Nacht bei Ihnen geschlafen.»

«Ah, Sie spionieren, mein Freund, das finde ich wenig gentlemanlike!»

«Spionieren ist wohl nicht das rechte Wort. Aber ich will gestehen, daß mich die Sehnsucht gestern Abend vor Ihre Tür trieb. Ihr Tanz mit Frau von Struwe hatte mich vielleicht ein wenig erregt, und ich kam und hoffte, daß irgend ein Zufall mir günstig sein sollte. Aber kaum stand ich dort, als sich Frau von Struwes Schlafzimmertür vorsichtig öffnete, und sie selbst leise herauskam. Sie schlich auf den Zehen bis zu Ihrer Tür und verschwand in Ihrem Zimmer.»

«Nun ja, Frau von Struwe hat bei mir geschlafen. Sie tat es, um den Umarmungen ihres Mannes zu entgehen. Finden Sie, daß da etwas Schlimmes dabei ist? Oder – oder haben Sie ganz zufällig auch gelauscht, was im Zimmer passierte?»

«Ich sollte nun wohl eigentlich recht beleidigt sein, aber ich bin es nicht. Ich kenne die Schwächen des menschlichen Herzens und wer weiß, ob ich nicht auch gelauscht hätte, wenn es möglich gewesen wäre.»

Die Gräfin atmete sichtlich erleichtert auf.

«Verzeihen Sie, wenn ich Sie gekränkt habe. Ich glaube Ihnen, daß Sie nicht gelauscht haben.»

«Nein, ich konnte es nämlich nicht, denn – ein anderer war da, der es tat.»

Die Gräfin erblaßte. «Ein anderer? Mein Gott, wer denn? So reden Sie doch!»

«Ich weiß es nicht genau. Kaum war Frau von Struwe in Ihrem Zimmer verschwunden, als jemand vorsichtig den Flur entlang schlich, vor Ihrem Zimmer anhielt und das Ohr an Ihre Türe legte. So verharrte er wohl eine viertel Stunde lang und horchte, was drinnen gesprochen wurde. Ich wagte nicht, mich in der Türnische, in die ich getreten war, zu bewegen. Aber dann, als er wieder fortschlich, wie er gekommen war, sah ich ihm vorsichtig nach und entdeckte, daß es Herr von Struwe selbst war.»

Die Gräfin schrie auf.

«Mein Gott! Wissen Sie das bestimmt? Haben Sie es genau gesehen? Können Sie sich nicht getäuscht haben?»

«Der Gestalt nach muß er es gewesen sein. Allerdings ging er nicht in sein Zimmer.»

«Und was taten Sie dann?»

«Ich schlich mich fort, so leise es mir möglich war.»

«Aber es ist ja unmöglich!» flüsterte die Gräfin, «das kann ja, das darf ja nicht sein. Das wäre ja furchtbar! Nicht so sehr für mich, als für die arme Elise.»

Gerber zuckte die Achseln.

«Ich hielt es für meine Pflicht, Ihnen das zu sagen.»

«Gehen Sie, Gerber, lassen Sie mich allein, ich muß überlegen, was da zu tun ist.»

Gerber ging.

An diesem Vormittag wartete er vergebens darauf, daß die Damen erscheinen würden. Schließlich beschloß er seinen Spaziergang allein zu machen.

Als er auf den Hof hinaustrat, traf er auf Pickert.

«Na nu, Gerber, sieht man Sie mal allein, da stürzt ja der Himmel auf die Erde. Sie haben sich ja mächtig Schoßkind bei den Damen gemacht.»

«Na, Sie sieht man ja auch nicht allzu oft. Was machen Sie denn eigentlich den ganzen Tag?»

«Ich gehe spazieren. Zweimal war ich mit auf die Jagd. Aber das ist Zeitvergeudung. Ich kann meine Zeit hier besser anwenden.»

Pickert spielte hier in dieser Gesellschaft eine höchst eigentümliche Rolle, die allen unklar blieb. Er traf relativ wenig mit dem Grafen von der Mark zusammen, es war, als hätten sich beide verabredet, hier ihr Geheimnis doppelt ängstlich zu behüten, und dieses Bestreben war ja schließlich auch begreiflich.

Pickert selbst sah ziemlich klar in die Dinge, er ahnte etwas von den gespannten Beziehungen des Struwe'schen Ehepaares, und die Tanzszene des vorhergehenden Tages, die er noch spät abends, im Park spazieren gehend, mit dem Grafen von der Mark besprochen hatte, hatte seine Vermutungen bestätigt.

Dazu kam, daß ihm die Vorgeschichte der Gräfin Rospine, so weit Sizilien in Frage kam, einigermaßen geläufig war, und was er sich hier über die Beziehungen der Gräfin Rospine zu der Frau des Hauses konstruierte, paßte im großen und ganzen in das Bild, das er aus seinen Vermutungen und seiner Wissenschaft über die exotische Gräfin selbst sich machte.

Er selbst fiel in dieser Gesellschaft nicht auf.

Er war gedeckt durch die Freundschaft des Grafen von der Mark und durch den Umstand, daß ihn die Gräfin Rospine wie einen guten Bekannten behandelte. Sein angeblicher Schriftstellerberuf deckte alles, und er benahm sich korrekt.

Nur eines ärgerte ihn, daß Gerber, von dem er überzeugt war, daß er sich ihm verpflichtet fühlen mußte, so ganz in der anderen Gesellschaft untertauchte und seiner eigenen Person nur gelegentlich eine schwache Aufmerksamkeit widmete.

Doch da er Gerbers Aufstieg erkannte und ahnend voraussah, daß dieser Mann einstmals eine Macht bedeuten könne, war er in seiner schurkischen Berechnung klug genug, sich seinen Ärger nicht merken zu lassen, und ganz allmählich ging Pickert von dem gönnerhaften Ton, den er damals Gerber gegenüber angeschlagen hatte, zu einer gewissen Unterwürfigkeit über.

Bei alledem langweilte sich Pickert auf Retwitz, und er war froh jetzt Gerber sagen zu können, daß von der Mark, Graf Roon und auch er selbst am nächsten Tage nach Berlin zurückzukehren beabsichtigten.

«Wann reisen Sie denn selbst?» wandte er sich fragend an Gerber.

«Ich weiß nicht. Es ist ja nichts darüber gesprochen worden, aber ich nehme an, daß ich mit Euch reise, denn die Jagd ist ja wohl nun zu Ende.»

«Ja, Gott sei Dank. Es ist ja sehr hübsch hier, aber es wird doch, weiß Gott, Zeit, daß man mal wieder Berliner Pflaster unter die Füße kriegt. Na, denn auf Wiedersehen: Gerber, ich werde mal einer dienstbaren Holden im Souterrain einen Besuch abstatten.»

Gerber ging in den Park und streifte dort herum, bis ihn die weithinschallenden Töne des Gong zum Diner riefen.

***

Das Diner war vorüber.

Eine harmlose und vergnügte Stimmung, die sonst am Tisch herrschte, hatte nicht recht aufkommen wollen.

Der Hausherr saß in trüben Gedanken versunken, die Hausfrau sah blaß und übernächtigt aus und war nicht sehr gesprächig.

Allein die Gräfin war liebenswürdig wie immer und verstand es wenigstens zu verhindern, daß das Gespräch nicht ganz versiegte.

Der Hausherr hob die Tafel auf. Die Herren gingen zum größten Teil ins Rauchzimmer, um sich bei einer Tasse Kaffee und einer Zigarre über die Ereignisse der letzten Jagdtage auszusprechen.

Die Damen und mit ihnen Graf Roon und Gerber blieben in dem an das Rauchzimmer anstoßenden, nur durch eine Flügeltür von ihm getrennten Salon.

Aber das zwischen ihnen geführte Gespräch verstummte bald.

Frau von Struwe blickte nachdenklich vor sich hin, und die Gräfin konnte eine gewisse Nervosität nicht länger verbergen.

Struwe hatte vor dem Diner nur wenige Worte an seine Frau gerichtet.

«Du warst heute Nacht nicht in Deinem Zimmer, meine Liebe. Du gestattest wohl, daß ich in Zukunft dafür Sorge trage, daß Du die richtige Tür zu Deinem Schlafgemach findest.»

In diesen Worten schien offenbar die Absicht zu liegen, Elise von ihrer Freundin fortan fernzuhalten.

Als die Gräfin das erfuhr, schäumte sie vor Wut und Eifersucht. Temperamentvoll und heißblütig wie sie war, vergaß sie ganz, daß sie noch vor einer Stunde gezittert hatte bei dem Gedanken, daß Struwe nun volle Kenntnis von ihrem Verhältnis habe, und sie empfand diese Worte als ein persönlich ihr angetanes Unrecht, ja geradezu als eine Schmach. Wie konnte dieser Mann es wagen seine Frau zu bevormunden, als ob sie ein unmündiges Kind wäre.

Jetzt trat Herr von Struwe in den Salon, die übrigen Herren folgten ihm.

«Elise, die Herren hier teilen mir eben mit, daß sie uns morgen schon verlassen wollen, und die übrigen Herrschaften wollen sich ihnen, wie ich eben höre, leider anschließen.»

Graf Roon erhob sich.

«Ja, Herr von Struwe, wir haben Ihre liebenswürdige Gastfreundschaft nun, weiß Gott, lange genug in Anspruch genommen.»

Elise sprach einige bedauernde Worte.

«Und Sie wollen uns auch verlassen, Herr Gerber? Wenigstens sagt mir Herr Pickert soeben, daß Sie die Absicht geäußert haben.»

Struwe sah bei alledem die Gräfin mit einer drohenden Herausforderung an. Aber sie nahm keine Notiz von ihm. Sie war entschlossen zu bleiben und um den Besitz Elisens zu kämpfen.

«Nun,» sagte Herr von Struwe, «das wären also (er zählte)

eins, zwei, drei, fünf, sechs, sieben, elf Personen im ganzen. Es werden also drei Wagen gebraucht. Ich werde Hoffmann die entsprechende Ordre geben, er soll auch für die Beförderung des Gepäcks Sorge tragen.»

In die elf Personen war die Gräfin zweifellos eingeschlossen.

Sie biß die Zähne aufeinander. Der Gedanke, so gewaltsam von Elisen getrennt zu werden, diesem brutalen Menschen das liebe blonde Geschöpf überlassen zu müssen, ihm das Feld räumen zu sollen, entflammte die ganze sinnlose Wut dieses leidenschaftlichen Weibes. Sie ging zum Fenster und preßte die Stirn gegen die Scheiben, während ihre Hände sich in das Holz der Fensterrahmen krallten, daß ihre so sorgsam gepflegten Nägel abbrachen.

Herr von Struwe war inzwischen sehr viel besserer Laune.

Er plauderte vergnügt und saß mit seinen Gästen länger zusammen, als es eigentlich seine Absicht war. Es war schon zehn Uhr längst vorüber, als man sich erhob, um zur Ruhe zu gehen.

Die Gäste verschwanden nach und nach müde auf ihre Zimmer.

Struwe blieb im Schlafzimmer sitzen und wartete wie verabredet auf Hoffmann, der, sobald die Gäste zur Ruhe gegangen waren, erscheinen sollte.

Struwe wartete eine viertel Stunde und länger, aber Hoffmann kam nicht.

Plötzlich hörte man auf dem Korridor einen Aufschrei, dem ein dumpfer Fall folgte.

Dann war alles still.

Struwe stand einen Augenblick wie gelähmt. Seine Glieder zitterten. Er war kein Feigling, aber er mußte seinen ganzen Mut zusammennehmen, um die Tür zu öffnen.

Er ergriff ein Licht und trat hinaus.

Fast wäre er, dicht vor seiner Tür, über einen dunklen Körper gestolpert. Es war Hoffmann, der auf dem Gesicht lag. Aus seinem Rücken blickte das Heft eines Dolches hervor.

Ein Diener und Roon kamen halb angekleidet herbeigelaufen, ihnen folgte bald darauf der Graf von der Mark, mehrere andere Jagdgäste, die alle in derselben Etage schliefen, Pickert, und zuletzt kam auch Gerber.

Man zog dem Verwundeten den Dolch aus der Wunde.

Die Herren hoben Hoffmann auf und trugen ihn in eines der leeren Gastzimmer, wo man ihn auf das Bett legte.

Ein Diener, der hinzugekommen war, mußte sofort den alten Hausarzt holen, der in nächster Nähe wohnte, Hoffmann bewegte die Lippen und murmelte etwas. Aber man konnte ihn nicht verstehen.

Als der Arzt kam, konnte er nur noch den Tod des Mannes konstatieren.

«Weiß man etwas von dem Täter,» fragte der Arzt.

Die Herren sahen sich bestürzt an. Man hatte in der Aufregung ganz vergessen, nach dem Täter zu forschen.

Als Gerber hinausgelaufen war, um das Wasser zu holen, stand in der halbgeöffneten Tür ihres Zimmers die Gräfin im Nachtkleid.

«Mein Gott, was ist denn passiert?» rief sie.

Gerber nahm sich nicht die Zeit, ihr zu antworten, und als er zurückkam, rief er ihr zu: «Ich komme gleich wieder.»

Dann, nachdem Hoffmann den letzten Seufzer getan hatte, ging er hinaus und berichtete der Gräfin, was geschehen war.

In diesem Augenblick kam der Arzt, und als die Tür zu dem Zimmer, in dem der Tote lag, geöffnet wurde, fiel der Lichtschein gerade auf den Pfosten von der Schlafzimmertür der Gräfin.

Gerber glaubte ewige feuchte Flecken an dem Pfosten zu bemerken, doch konnte er das nicht genau konstatieren, da die Tür im selben Moment wieder geschlossen wurde.

Gleich darauf öffnete sich die Tür wieder und sämtliche Herren kamen heraus.

Jetzt schien das Licht längere Zeit auf den Türpfosten, und Gerber bemerkte genau den blutigen Abdruck von vier Fingern. Er schrak zusammen. Im gleichen Augenblick schloß die Gräfin die Türe. «Kommen Sie mit hinüber, Herr Gerber, in den Salon. Wir wollen beraten, was da zu tun ist,» sagte Struwe.

Gerber folgte den übrigen Herren.

Im Salon angekommen, bat Struwe die Herren Platz zu nehmen.

«Meine Herren,» sagte er, «es scheint mir zweifellos, daß der Stich, der den armen Hoffmann traf, mir gegolten hat.»

Einige Herren sprangen auf.

«Unmöglich!» «Aber Herr von Struwe!» «Wer sollte denn ein Interesse daran haben?» tönte es durcheinander.

«Bedenken Sie, bitte, daß Hoffmann vor meiner Schlafzimmertür erdolcht wurde, bedenken Sie ferner, daß derjenige, der den Dolchstich geführt hat, ja keine Ahnung davon haben konnte, daß Hoffmann es war, der in mein Zimmer eintreten wollte, und daß der Mörder, wenn sein Anschlag Hoffmann gegolten hätte, sich wahrscheinlich einen anderen Ort für die Tat ausgesucht hätte, als gerade diese Stelle. Man hat den Unglücklichen in der Dunkelheit für mich gehalten und geglaubt mich zu treffen, als man ihn traf.»

«Ja, das leuchtet mir ein,» sagte Graf Roon.

«Das wird für die Eruierung des Täters übrigens von großer Wichtigkeit sein,» fügte er hinzu. «Haben Sie einen Verdacht, Herr von Struwe?»

«Nein, nicht im geringsten. Im übrigen aber, meine Herren, möchte ich Sie herzlich bitten, über den Vorfall strengstes Stillschweigen zu beobachten. Sie können sich vorstellen, wie peinlich es für mich wäre, wenn die Öffentlichkeit von einem Mord erfahren würde, der hier in meinem Hause geschah. An der Sache selbst machen wir ja nichts ungeschehen. Ich bitte Sie, Herr Doktor, als alter Freund meines Hauses, einen Unfall zu konstatieren. Die Herren werden mir ihr Ehrenwort geben, daß sie nichts von dem verraten werden, was hier geschah, und für den Diener, dem einzigen, der außer uns davon weiß, sage ich gut.»

«Ja, aber Herr von Struwe,» warf der Arzt ein, «mir scheint, daß Sie selber das größte Interesse an einer Aufklärung des

Falles haben, denn wenn der Stoß wirklich Ihnen selber galt, so droht Ihnen doch immer noch Gefahr. Der Mörder wird versuchen, auch Sie zu erreichen.»

«Haben Sie keine Angst, Doktor; die Warnung genügt mir. Ich werde mich zu schützen wissen.»

Gerber hatte während der ganzen Zeit voller Unruhe und Nervosität zwischen den Herren gesessen und nur an die verräterischen Flecke gedacht.

Jetzt, in seinem Zimmer angelangt, wartete er voll Ungeduld, daß alles ruhig werden sollte. Er hatte die Tür angelehnt. Nun schlich er, mit einem nassen Schwamm und einem Handtuch bewaffnet, hinaus und ging zur Tür der Gräfin.

Er suchte die Flecken auf dem Pfosten, aber er konnte sie in der Dunkelheit nicht finden. Endlich wagte er ein Streichholz anzuzünden; er wollte auf alle Fälle die verräterischen Zeichen entfernen.

Aber er bemerkte zu seiner Verwunderung, daß die Flecke bereits beseitigt waren. Zugleich aber sah er, daß die Türe der Gräfin nur angelehnt war.

Plötzlich öffnete sie sich leise, der Kopf der Gräfin lugte hervor, ein nackter Arm streckte sich heraus, faßte ihn am Handgelenk und zog ihn in das Zimmer hinein.

Einunddreissigstes Kapitel.

[...] Die letzte Nacht auf Retwitz brachte Gerber die langersehnte Erfüllung. Die weißen Arme hatten sich um ihn geschlossen, die heiße Lust, die ausströmte von dieser Frau, nach deren Besitz er sich so lange verzehrte, ergriff ihn, und wenn sein Mund hätte fragen wollen, die brennenden Küsse der anderen schlossen seine Lippen.

Er war im Taumel, und er merkte nicht, wie alles Tun und

alle Wildheit der Gräfin seinen Ursprung hatte in der wahnsinnigen Angst, die diese Frau erfüllte darüber, daß irgend jemand ihre Schuld entdeckt habe. Aber dieser jemand war Gerber, der sie liebte, und nun galt es ihn zum Mitschuldigen zu machen, nun hieß es ihn so an sich zu fesseln, daß er sich niemals mehr zu trennen vermochte.

Und alles versank um ihn, nur seine Leidenschaft blieb, und ein schier endloser Taumel leitete diese letzte Nacht auf Retwitz ein.

Das erste Grau der Morgendämmerung schlich durch die Spalten, die die schweren Vorhänge an den Fenstern frei ließen, und malte einen dunklen Silberstreifen an die Wand.

Die schöne Gräfin entwand sich den Armen Gerbers, er mußte sie verlassen, hier durfte man ihn nicht finden, und Gerber ging. Wie im Taumel schlich er auf sein Zimmer und die Erregung in ihm war so wach und wirkte so mächtig nach, daß es ihm unmöglich schien, die Zeit, die bis zur Abfahrt blieb, im Schlafe zu verbringen.

Er machte Toilette, steckte seinen fiebernden Kopf in kaltes Wasser und glitt hinab in den Park.

Er fühlte es, er war der Mörderin mit Leib und Seele verfallen.

Die Gräfin Rospine durfte ruhig schlafen, der einzige Wisser ihrer Tat blieb sicher stumm, ihm hatten ihre brennenden Küsse den Mund versiegelt.

***

Man war wieder in Berlin. Der tragische Schluß der festlichen Tage auf Retwitz schien von allen vergessen, nichts war da, was irgendwie die Erinnerung hätte wach rufen können, niemand sprach darüber und nichts davon drang in die Öffentlichkeit.

Max Gerbers Taumel dauerte fort, und da Elise von Struwe unter dem eisernen Zwang ihres Gatten auf Retwitz zurückgehalten wurde, war die Gräfin uneingeschränkt die Geliebte des jungen Schriftstellers. Nie wurde zwischen beiden über die Ereignisse, die sie endgültig zusammengeführt hatten, gesprochen. Sie hütete sich davon anzufangen, und um auch ihn zu verhindern, auf jene Dinge zurückzukommen, tat sie alles, was ihrem Raffinement zu Gebote stand, um ihn nie aus dem Nebeldunst dieser schier unersättlichen Leidenschaft erwachen zu lassen.

Doch Anton Pickert machte häufiger Besuche, er hatte zwar keine positiven Unterlagen für seinen Verdacht, doch stand es bei ihm fest, daß es die Gräfin war, die jenen Dolchstoß, der Herrn von Struwe treffen sollte, in den falschen Rücken geführt hatte. Das Motiv für ihn war Eifersucht, denn er erinnerte sich wohl der Szene zwischen der Gräfin und ihrer französischen Zofe, die er im Hause ihrer Villa auf Sizilien beobachtet hatte. Er hatte auf Retwitz bemerkt, daß Elise der Gegenstand dieser Neigungen der Gräfin war, und so war ihm hinreichend das Motiv erklärt.

Sein Leben schwankte jetzt zwischen dem Grafen von der Mark und Heinrich Ewald.

Den letzteren hatte er nach dem Begräbnisse seiner Schwester aufgesucht, und mit ihm vereinbart, daß Ewald jeden Monat, angeblich im Auftrage des Sohnes, zweihundert Mark an Frau Pickert zu senden habe, und der Abgeordnete, erstaunt über die Mäßigkeit dieser Forderung, war mit Freuden darauf eingegangen.

Die Fürsorge um das Wohl der alten Frau entsprang bei Pickert nicht etwa einer edleren kindlichen Gefühlsregung, nur wußte er, daß er für jene Frau zu sorgen habe, sonst müsse er fürchten, daß ihre Armut eines Tages kompromittierend in seine Karriere eintreten könnte.

Anton Pickert war weit davon entfernt, Ewald sich selbst und der Erfüllung der übernommenen Verpflichtungen zu überlassen. Von Zeit zu Zeit kehrte er zu ihm zurück, und der Sozialistenführer, der anfangs vor jedem Erscheinen des Erpressers gezittert hatte, und der glauben mußte neue Forderungen führen ihn zu ihm, hatte sich mit der Zeit daran gewöhnt, ruhiger mit Pickert zu verkehren. Der Ton zwischen beiden war ziemlich familiär. Ewald vermochte sich nicht dagegen zu wehren und mußte nolens volens darauf eingehen.

Den gleichen etwas familiären Ton hatte Pickert auch angeschlagen der Gräfin Rospine gegenüber, seitdem er sie, von Retwitz zurückgekehrt, häufiger besuchte. Schon aus der Widerstandslosigkeit, mit der sie sich der gesteigerten Vertraulichkeit ergab, hatte er neue Nahrung für seinen Verdacht gefunden.

Heut stieg er wieder zu ihrer Wohnung in der Hindersinstraße empor, ohne jeglichen Zweck, nur unschlüssig darüber, wie er seine Zeit verbringen sollte.

Er stand in ihrem Salon, während Giacomo ihn meldete. Seine Blicke schweiften durch das Zimmer, und auf dem kleinen Damen-Schreibtisch, der schräg an einem Fenster stand, bemerkte er geöffnete Briefschaften. Getrieben von seiner berufsmäßigen Neigung, sich in fremde Dinge zu mischen, von der Indiskretion, die ihm von jeher die wertvollste Waffe geliefert hatte, näherte er sich dem Schreibtisch.

Ein Brief lag oben auf geöffnet, aus Petersburg datiert, in französischer Sprache mit der Aufschrift: *«Ma chère Comtesse»!*

Pickert konnte Französisch, er hatte es inzwischen gelernt, und nun machte er sich daran, die ersten Zeilen dieses Briefes zu durchblicken, als seine Augen auf ein weißes Couvert fielen, das umgekehrt, mit der Adressenseite nach unten, neben dem Brief lag. Was ihn an diesem Couvert so plötzlich interessierte, war ein eingeprägtes Wappen oberhalb der Verschlußstelle. Aus diesem Wappen hob sich in einem schmalen Relief ein großes lateinisches «B», das sich um einen Hammer schlang.

Anton Pickert schien erstarrt. Das war dasselbe Zeichen, das auf jenes kleine Maroquin-Täschchen geprägt war, welches er beim Grafen von der Mark als Hinterlassenschaft des ermordeten Erich Selten gefunden hatte. Das Monogramm war von so besonderer Zeichnung, daß es nicht anders als auf Bestellung für einen Bestimmten hergestellt sein konnte, und im Nu war es ihm klar, daß der Absender dieses Couverts identisch sein mußte mit dem rechtmäßigen Besitzer des von Erich Selten zurückgelassenen Täschchens. Schnell wandte er das Couvert um, um die Schrift mit der des Briefes zu vergleichen, doch es waren andere Züge.

Das Couvert war gleichfalls an die Gräfin Rospine adressiert, jedoch von einer anderen Hand geschrieben als jener Brief. Zudem war es mit einer Zehnpfennigmarke frankiert und, wie der Poststempel ergab, aus Hamburg abgesandt. Es konnte also jenen französischen Brief nicht enthalten haben.

Pickert hörte Schritte, schnell ließ er das verdächtige Couvert in seine Tasche gleiten und trat einige Schritte vom Schreibtisch weg an eine Causeuse heran, um sorglos und uninteressiert die eintretende Gräfin zu erwarten.

Die Gräfin Rospine kam. Ihr waren diese häufigen Besuche Pickerts unverständlich, oder vielmehr, sie ahnte, was dahinter steckte; nur fürchtete sie, es endgültig zu glauben.

Doch Pickert schien heute nicht lange bleiben zu wollen. Er entschuldigte sich, gestört zu haben, was sie verneinte; er habe nur im Vorübergehen die Gelegenheit benutzen wollen, sich nach ihrem Befinden zu erkundigen, und er schien eine sonderbare Eile zu haben, wieder fortzukommen.

Tatsächlich hatte er den Wunsch mit jenem Couvert, das er in der Tasche trug, allein zu sein. Nach kaum zehn Minuten schon ging er. Er ging und überlegte. Wer konnte es sein, der aus Hamburg der Gräfin schrieb? Er wiederholte, soweit er sich erinnern konnte, die Namen aller, von denen er wußte, daß sie im Hause der Gräfin verkehrten. Aber keiner fiel ihm ein, der für seine Vermutungen hätte in Betracht kommen können. Es gab nur eine Möglichkeit, die Gräfin selbst befragen, wer der Absender dieses Couverts sei. Doch nein, das ging nicht, daran war nicht zu denken, das einzige, was noch zu tun übrig blieb, war, zu versuchen, die Briefe, die die Gräfin schrieb und wechselte, vorher lesen zu können.

Doch wie war es möglich an diese Briefe zu gelangen?

Pickert begab sich nach Haus, um seine Vorbereitungen zu

treffen und die Unternehmung einzuleiten, die ein Resultat zeitigen sollte, auf das er in seinen kühnsten Träumen nicht gewagt hätte zu hoffen.

***

Es mochte gegen acht Uhr Abend sein, als Giacomo aus dem großen schmiedeeisernen Portal trat, das den Eingang zum Hause der Gräfin Rospine versperrte. In seiner Rechten trug der Alte einen Brief und sich nach rechts wendend, schritt er dem Reichtagsufer zu, wo, geradeüber des Spreekanals, die frische blaue Farbe eines Briefkastens leuchtete.

Aus dem Schatten eines Hausflures, der der Rospine'schen Wohnung gegenüberlag, trat ein Mann vorsichtig auf die Straße; seine Augen, die unter der breiten Krempe eines ungewöhnlich großen Schlapphutes hervorspähten, folgten dem davon eilenden Giacomo. Der Mann, ein Greis, nach dem beträchtlich langen, schon stark ergrauten Vollbart zu urteilen, ging langsamen Schrittes die Häuserreihe entlang, mit keinem Blick die Gestalt Giacomos verlierend.

Plötzlich hielt er inne.

Giacomo hatte den Briefkasten erreicht und den Brief in die Spalte geschoben. Als er sich umwandte, setzte der Greis, der nur einen Augenblick gestockt hatte, seinen Weg mühsam fort, und während der Diener der Gräfin zurückeilte, erreichte der Alte mit dem grauen Bart langsam die Straßenecke. Hier wandte er sich um, aber sein spähendes Auge sah Giacomo nicht mehr, der bereits im Hause verschwunden war.

Der Alte schritt jetzt ein wenig schneller und weniger mühsam als bisher über den Straßendamm auf den Briefkasten zu. Seine rechte Hand zog einen großen, ungewöhnlich umfangreichen Brief unter dem Mantel hervor. Er schien sich lange vergeblich zu bemühen, das scheinbar für die Öffnungen zu breite Couvert in den Schlitz zu zwängen.

Diese Anstrengungen dauerten eine geraume Zeit, und der sonderbare Mann warf dazwischen immer wieder einen

Blick nach beiden Richtungen der Straße, als ob er sich vergewissern wollte, daß niemand nahte, der Zeuge seiner Tätigkeit werden konnte.

Plötzlich gab er seinen vergeblichen Versuch, das Couvert in den Kasten zu schieben, auf, er zog es zurück. Wer jetzt genau hingesehen hätte, hätte bemerken können, daß sich unterhalb des Riesenbriefes eine ziemlich lange Drahtpinzette befand, die, während der große Brief die Verschlußnadeln des Schlitzes hochgehalten, drei andere Briefe aus dem Inhalt des Kastens gezogen hatte.

Der Mann steckte seinen Raub in den Mantel und ging, jetzt mit auffallender Schnelligkeit, weiter, bis er das schützende Laubwerk der Anlagen des Königsplatzes erreicht hatte.

Hier hielt er inne. Ein schneller Blick überzeugte ihn, daß er allein sei, weit und breit war kein Mensch zu sehen. Die rechte Hand fuhr tastend um den Schädel. Plötzlich sank der falsche Bart und verschwand in der Manteltasche. Der Mann richtete sich straffer empor und schob den Schlapphut aus der Stirn. Es war Anton Pickert.

Eilenden Schrittes verließ er den menschenleeren Königsplatz. Am Brandenburger Tor sprang er in eine Droschke und fuhr nach Hause.

Pickert hatte richtig kalkuliert. Seine Pinzette hatte unter dem Schutz des eigenen großen Couverts den Brief erwischt, den Giacomo in den Kasten geworfen. Die beiden anderen Briefe, die sein Apparat unwillkürlich mit hervorgezogen hatte, kamen nicht in Frage. Es waren Geschäftsbriefe, die grauen Couverts mit den aufgedruckten Firmen der Absender ließen es deutlich erkennen.

Pickert legte sie bei Seite und machte sich daran, den Brief zu öffnen. [...] Mit Hilfe eines über der Lampe erhitzten Messers schnitt er behutsam flach das kleine grüne Siegel durch, dann löste er mit bedächtiger Sorgfalt den Klebstoff. [...]

Er nahm den Inhalt heraus, es waren zwei Briefe, der eine von der Hand der Gräfin Rospine, und in diesem eingefaltet lag der andere, bei dessen Anblick Pickert einen leisen Schrei der Überraschung nicht unterdrücken konnte.

Am Kopf des Briefpapiers stand als Monogramm graviert jenes lateinische «B» mit dem Hammer.

Schnell faltete Pickert das Schreiben auseinander, um nach der Unterschrift zu sehen, es war «Bork» unterzeichnet.

Pickerts Erstaunen wuchs ins Grenzenlose. Geheimrat Bork, der Übermächtige, Überreiche, der sollte? Das war ja kaum zu glauben, und dennoch, wie kam jenes rote Saffiantäschchen, das das gleiche charakteristische Monogramm trug, sonst in den Besitz des ermordeten Erich Selten.

Pickert mußte sich anstrengen, um seiner Erregung Herr zu werden und ruhig an die Prüfung des Inhalts gehen zu können. Er nahm den Brief mit dem Monogramm zuerst und las:

Meine liebe Gräfin!
Ich bin bis jetzt all Ihren Forderungen, wenn ich auch manchmal da, wo sie mir zu hoch und zu häufig wiederkehrend erschienen, ein wenig Widerstand zu leisten suchte, nachgekommen. Es ist nicht meine Art nachzurechnen, doch wenn ich flüchtig nur in der Erinnerung zusammenstelle, reicht der Betrag einer Million Mark nicht aus, um die Summe der Gelder zu bezeichnen, die ich Ihnen auslieferte. Eine unglückselige Veranlagung, die ich verfluche und die mir jede Stunde meines Lebens verbittert, hat mich auf Ihren Weg getrieben. Sie haben die Hilfe, die Sie mir geleistet, weidlich ausgenutzt. Ich sage das ohne Vorwürfe, nur als Bestätigung einer Tatsache, und so bin ich bereit, weiterhin materiell zu opfern, was Sie fordern; nur den Gedanken, den Sie mir jetzt nahe legen, unsere beiden Existenzen vollständig aneinander zu ketten, den vermag ich nicht zu Ende zu denken. Er scheint mir so absurd, daß ich selbst darauf verzichte, Ihnen mit den Einwendungen, die sich aus unserer sozialen Stellung und aus tausend anderen Gründen ergeben, zu begegnen. Doch eines steht bei mir fest, ich werde weder Sie, noch irgend eine andere heiraten. Ich weiß, daß es vielleicht nicht vorsichtig ist, Ihnen diesen

Brief zu schreiben, aber selbst auf die Gefahr hin, mir neue, große Opfer aufzuerlegen, möchte ich ein für allemal die Grenzen klar bestimmen. Ich weiß. Sie werden, obgleich Sie mir bisher versicherten, es jedesmal getan zu haben, dieses Schreiben nicht vernichten, sie werden sich eines solchen kostbaren Dokumentes nicht entledigen. Aber was hätte ich von Ihnen noch mehr zu fürchten. Der Waffen gegen mich haben Sie so viele in Händen, daß es auf eine mehr oder weniger nicht ankommt. Also fordern Sie weiter, diktieren Sie Ihre Bedingungen, ich erwarte Ihren Bescheid an meine Hamburger Chiffre-Adresse, nur spielen Sie nicht weiter mit jenem lächerlichen Wunsch, dessen Erfüllung ich auch um den Preis meines Lebens vermeiden würde
Es grüßt Sie Ihr ergebener
Bork.

Pickert hatte zu Ende gelesen, schnell griff er nach dem anderen Schreiben, das wohl die Antwort der Rospine auf diese demütige Epistel eines Ausgebeuteten war. Er las:

Mein lieber Geheimrat!
Sie wollen mir nicht glauben, daß alle Ihre Briefe, die an mich gelangten, vernichtet sind. Ich bin nicht einfältig genug, dieses Mißtrauen als Beleidigung zu empfinden, wie aber soll ich Ihnen beweisen, daß Sie irren? Vielleicht werden Sie jetzt, nachdem Sie in diesem Brief den Ihrigen vorfinden, mir glauben, daß ich mich keiner Waffe gegen Sie bedienen will, wie ich es auch wohl bisher nicht getan habe. Ich gebe zu, ich habe dann und wann, wenn mich die Umstände nötigten, Ihre Hilfe stärker als es billig erschien, in Anspruch zu nehmen, einen leisen Zwang auf Sie ausgeübt, doch überlegen Sie, wann hätte ich Ihnen je gedroht? Sind Sie so wenig Menschenkenner, daß Sie nie bemerkt haben, daß meine Sympathien nicht nur Ihrem Scheckbuch, sondern auch Ihrer Person galten? Ich bin eine reife Frau, die das Leben kennt, und wenn ich den

Wunsch geäußert habe, als Ihre Gattin mein und auch Ihr Leben ruhiger und beständiger zu gestalten, als es bisher sich entwickelte, so lag der Absicht einer solchen Verbindung nicht das zu Grunde, was man Liebe nennt. Erotische Empfindungen wären unserer Verbindung fremd geblieben. Das ist schon garantiert durch unsere beiderseitige Veranlagung, die wir doch genau kennen. Aber sagen Sie mir selbst, lieber Geheimrat, wäre nicht Ihr Leben auch ruhiger gewesen an der Seite einer vorurteilslosen Frau, die Sie kennt und die klug genug ist, nach außen hin den Schein geschickt zu wahren? Und etwas anderes noch. Erinnern Sie sich nicht des Schicksals Ihrer Tochter? Ich habe Klara nur flüchtig kennen gelernt, als sie, das Opfer eines gewissenlosen Verführers, von Ihnen damals in mein Haus geleitet wurde. Ich habe sie kaum gesehen, denn in begreiflichem Zartgefühl hielten Sie das Mädchen von mir fern. Doch jetzt lebt sie irgendwo mit ihrem Kinde, das ihr, da sie allein geblieben ist, wie ein ewiger Vorwurf erscheinen muß. Wäre alles das nicht besser, wenn wir drei Menschen, unsere zweifelhaften Existenzen, einander stützend, zusammen tun, wäre nach all den Leiden, die jedem von uns beschert waren, ein solcher Abschluß nicht fast ein friedliches Idyll? Mich kränkt Ihre Ablehnung nicht, ich stelle auch keine Forderungen. Wenn ich etwas von Ihnen haben will, so bitte ich Sie darum. Doch überlegen Sie noch einmal die Situation, und denken Sie dabei an Ihre Tochter und Ihren Enkel, vielleicht ist dann das Resultat Ihrer Überlegung meinem Vorschlage günstiger.
Es grüßt Sie in aufrichtiger Ergebenheit
Ihre Gräfin Rospine.

Aus jedem Wort der Briefe sprach die Bestätigung dessen, was Pickert beim Anblick des Monogramms vermutet hatte. Nur eines kam hinzu als Neuigkeit, Bork hatte eine Tochter, die erwachsen war, und die eine Schmach zu verbergen hatte.

Er überlegte, ob er diesen Brief kopieren und das Original, ähnlich dem Petersburger Berichte, zurücksenden sollte.

Doch sein Entschluß war bald gefaßt.

Diese beiden Briefe mußten in seinem Besitz bleiben, und wenn der Zufall in den nächsten Tagen schon entdecken sollte, daß die Antwort der Gräfin Rospine nicht an ihre Adresse gelangt ist, niemand würde erfahren, daß sie in seinen Händen kleben geblieben war.

Noch war es unbestimmt, in welcher Weise er von dieser neuen Kenntnis Gebrauch zu machen hatte, doch das sollte ihm schon die Zukunft der nächsten Tage verraten. [...]

Zweiunddreissigstes Kapitel.

An den Sonnabenden schlummerte die Bork'sche Werft in Cuxhaven schon um fünf Uhr nachmittags. Die Arbeit, die an den anderen Wochentagen bis in den späten Abend dauert, wird vor den Sonn- und Feiertagen so zeitig abgeschlossen, um den Werkleuten den freieren und ungestörten Genuß der Ruhe zu sichern.

Das weite Arbeitsfeld liegt still wie ein schlummernder Riese. Kein Hammerschlag ertönt, keine Rauchwolken gleiten aus den Schornsteinen zum Himmel, und in den weiten Docks nur plätschert leise das gefangene Meerwasser an die Rümpfe der im Bau befindlichen Schiffskolosse.

Hinter den Docks, am Meer gelegen, befindet sich das Wohnhaus des Besitzers. Ein niedriges und trotz seiner Einfachheit sehr geräumiges Gebäude, an dessen Vorderfront eine Rampe die Anfahrt der Wagen der Besuchenden regelt. Hinter dem Hause dehnt ein Park sich hin, der bis zum Meere hinuntergeht.

Vier Menschen wohnen hier: Bork, seine Tochter Klara und

deren Söhnchen Fritz, zu denen sich der Arzt des Hauses, Doktor Petersen, gesellte.

Petersen, der in grenzenloser Ergebenheit an Bork hing, war der Sohn eines Werkmeisters der Werft, und als der Vater eines Tages bei einem Betriebsunfall sein Leben büßte, blieb das Kind allein zurück, denn seine Mutter hatte es längst verloren. Da nahm der Chef des Hauses sich des Knaben an. Er ließ ihn Mediziner werden, und als er sein Studium vollendet und die Examina bestanden hatte, kam Petersen, nachdem er noch zwei Jahre lernend bei den Kapazitäten seines Berufes verbracht hatte, nach Cuxhaven und wurde Werftarzt des Hauses. Er wurde eigentlich noch mehr, denn der Werftärzte gab es eine ganze Reihe, doch Erich Petersen lag die Sorge des körperlichen Wohlergehens der Bewohner des Herrenhauses ob.

Ein Pavillon des Hauses wurde ihm als seine ständige Wohnung eingerichtet, und hier lebte er, für Bork mit der aufrichtigen Liebe eines Sohnes, für Klara mit der treuen Neigung eines Bruders.

Es war gegen sieben Uhr abends, man hatte im Park gegessen, und während die drei Erwachsenen im Gespräch noch an der Gartentafel blieben, sprang Fritz, der Knabe, über die Stufen in das Haus. Doch schon nach wenigen Augenblicken kehrte er zurück, und mit den Worten: «Großpapa, ein Herr will Dich sprechen,» rannte er auf Bork zu.

In diesem Augenblick erschien auch schon ein Diener, um den Besucher anzumelden, und Bork erhob sich etwas unwillig, zu so später Stunde noch gestört zu werden.

Der Diener überreichte ihm eine Karte, und der Name, der darauf stand, war ihm unbekannt. Er begab sich in sein Arbeitszimmer und ließ den Fremden eintreten.

Bei seinem Eintritt verneigte Bork sich höflich.

«Mein Name ist Bork, was führt Sie zu mir, Herr» – und indem er mit einem Blick auf die Visitenkarte sich informierte – wiederholte er: «Herr Pickert.»

Es war Pickert, der vor ihm stand. Die Jahre hatten ihn verändert; sein Gesicht war rundlich geworden, denn das Wohlleben und das Nichtstun hatten um die hagere Knochengestalt abrundende Fettpolster gelegt. Auch seine Eleganz hatte etwas selbstbewußtere und solidere Formen angenommen, und wenn man jetzt in dieses satte Gesicht blickte, auf diese gepflegten Hände sah und die Behäbigkeit der Formen beobachtete, so mußte man fast glauben, mit einem Ehrenmanne zu tun zu haben.

Pickert nahm auf eine einladende Handbewegung Borks Platz und begann ziemlich unumwunden, während er mit keinem Blicke sein Gegenüber aus den Augen verlor:

«Herr Geheimrat, ich komme in einer persönlichen Angelegenheit zu Ihnen, die sehr viel Rücksichtslosigkeit erfordert, aber erschrecken Sie noch nicht, denn ebenso wie ich in der Lage bin, Ihnen sehr unangenehm werden zu können, könnte ich Ihnen vielleicht auch noch große Dienste leisten.»

Bork sah auf. Was war das für eine Sprache? Er erhob sich und mit den Worten: «Wollen Sie mir nicht erklären?» schien er der ganzen Unterredung ein vorzeitiges Ende bereiten zu wollen.

Doch Pickert ließ ihn nicht weiter kommen.

«Behalten Sie nur Platz, Sie werden mich sofort verstehen,» hielt er ihm entgegen, und wie gebannt unter dem Blicke des anderen, sank Bork auf seinen Sessel zurück.

«Also, bitte, achten Sie jetzt genau auf das, was ich sage. Ich kenne, Herr Geheimrat, diejenigen Ereignisse Ihres Lebens, die Sie selbst das größte Interesse haben zu verbergen.»

Bork fühlte, wie in seinen Adern das Blut zu Eis erstarrte.

Unbeirrt fuhr Pickert fort:

«Ich bin im Besitze eines Briefes, den Sie an die Gräfin Rospine sandten [...] und besitze auch die Antwort der Gräfin auf diesen Brief. Aus dem Inhalt beider Schreiben geht deutlich alles hervor, was Sie betrifft und ferner, was Ihr Fräulein Tochter und deren Kind angeht.»

Bork war entsetzt aufgesprungen, vor Grauen quollen ihm die Augen fast aus den Höhlen. Wer war dort dieser neue Feind, der plötzlich kam, ihn anzugreifen. Er erinnerte sich jetzt dunkel, diesen Menschen einmal gesehen zu haben, wo, wußte er nicht, und eine grenzenlose Wut überfiel ihn. Drohend schritt er auf den Erpresser zu. Doch der blieb ruhig, und als sich Bork ihm einige Schritte genähert hatte, erklärte er:

«Machen Sie keine Dummheiten, ich habe mich für alle Eventualitäten gerüstet, denn, Herr Geheimrat Bork, ich bin nicht Erich Selten und lasse mich nicht widerstandslos erwürgen.»

Wie von einem Keulenschlage getroffen, hielt Bork inne.

«Was sagen Sie da?» kam es aus seinem Munde.

«Was ich weiß,» erwiderte kaltblütig Pickert, «und nur, was ich zu beweisen in der Lage bin; aber beruhigen Sie sich, Herr Bork, es liegt an Ihnen, darüber zu entscheiden, ob über diese Dinge weiter gesprochen werden soll oder nicht.»

«Nun und wieviel wollen Sie?» stammelte Bork.

«Setzen Sie sich ruhig auf Ihren Platz, denn darüber müssen wir ohne Aufregung verhandeln,» gab gleichmütig Pickert zurück, und Bork gehorchte seinem Wink und setzte sich an seinen Schreibtisch.

«Also, bitte, fordern Sie.»

«Vorerst muß ich meinen Standpunkt etwas präzisieren,» begann Pickert, «ich habe jene beiden Briefe in sicherem Gewahrsam. Hier bitte,» und er überreichte Bork ein Blatt, «stehen Ihnen Abschriften zur Verfügung. Ferner befindet sich in gleichem sicheren Gewahrsam ein Ihnen gehöriger Gegenstand mit Ihrem Monogramm, der von mir im Besitz des ermordeten Erich Selten entdeckt wurde. Welche Kombinationen einem Kriminalisten aus diesen Dingen sich ergeben würde, das brauche ich ja Ihnen nicht erst zu sagen, das werden Sie sich allein viel besser ausmalen können. Dazu kommt noch, daß ich auch erfahren habe, was sich während Ihres Aufenthaltes auf Sizilien in Villa Santa Anna abgespielt hat, aber wie gesagt, ich bin bereit das alles für mich zu behalten, wenn Sie auf meine Wünsche eingehen. Zunächst beruhigen Sie sich, ich fordere kein Geld, ich habe selbst Vermögen, doch was mir fehlt, ist eine gewisse bürgerliche

Behaglichkeit. Meine Abstammung und das Leben, das ich in meiner Jugend führte, sind mir da hinderlich. Ich komme nur zu Ihnen, Herr Geheimrat, um Sie zu ersuchen, mich in Ihr Haus einzuführen. Ich weiß, Sie haben eine Tochter, die schön und anmutig ist, die aber das Recht verloren hat, einen Gatten nach eigenem Gutdünken zu wählen. Nun, ich habe selbst so viel unter Vorurteilen zu leiden gehabt, daß ich für mich persönlich alle Vorurteile gegen andere abgelegt habe. Mich stört nicht die Vergangenheit Ihrer Tochter, mich stört nicht das Vorhandensein des Kindes, ich will in Ihr Haus, Ihre uneheliche Tochter zu heiraten.»

Bork sah mit sprachlosem Entsetzen, unfähig auch nur ein Wort zu erwidern, zu dem Erpresser hinüber.

Pickert schien sich nicht daran zu kehren, er fuhr ruhig fort:

«Im Grunde genommen, muß Ihnen diese Lösung gar nicht unerwünscht sein, denn hat Ihre Tochter einen Gatten, so ist ihre ganze Vergangenheit der Welt gegenüber gedeckt, und schließlich sind Sie ja in der Lage eventuell dafür zu sorgen, daß gewisse Erinnerungen und Reminiszenzen vom Klang des Goldes übertönt werden.»

Bork schien jetzt endlich die Sprache wieder zu gewinnen. Er sprang auf:

«Niemals opfere ich mein Kind einem Schurken,» schrie er dem anderen entgegen.

Pickert blieb ruhig.

«Ach, lieber Herr Geheimrat, machen Sie doch jetzt keine Worte, geben Sie jetzt überhaupt keinen Bescheid, Sie sind ja viel zu sehr aufgeregt. Ich kehre heute Abend nach Berlin zurück, dort auf meiner Karte finden Sie meine Adresse, und da möchte ich Ihnen allerdings nahelegen, diese Adresse zu benutzen, um mir bis übermorgen früh eine bejahende Antwort zu geben. Sollte ich die nicht haben, oder versuchen Sie irgend welche Ausflüchte zu machen, mir anderes zu bieten, als das, was ich forderte, so werde ich in einer sehr gelesenen Zeitung damit beginnen, dasjenige anzudeuten, was ich von Ihnen weiß. Also Sie haben die Entscheidung in Ihrer Hand, ich empfehle mich Ihnen, Herr Geheimrat,» und ohne weiter eine Antwort abzuwarten, verließ Pickert das Zimmer.

Ein zerschlagener Mann blieb Geheimrat Bork in seinem Arbeitszimmer zurück. [...]

Dann fiel ihm ein, daß draußen im Park seine Kinder warteten. Durfte er in seinem Zustande von ihnen Abschied nehmen? Niemand sollte etwas von seiner Erregung merken. Er schritt hinaus, setzte sich in den Wagen und ließ seiner Tochter und Doktor Petersen durch seinen Diener sagen, daß er plötzlich nach Hamburg gefahren sei.

***

Pickert war nach Berlin zurückgekehrt, noch in derselben Nacht. Es war ihm nicht zweifelhaft, daß Bork nachgeben mußte, die Schlinge war fest gezogen, sein Opfer konnte ihm nicht entgehen.

Das Leben dieser letzten Jahre gefiel ihm nicht mehr, seine Beziehung zum Grafen von der Mark beschränkte sich nur noch auf die regelmäßigen Geldüberweisungen, die er es verstanden hatte auf eine respektable Höhe zu schrauben. Die Freundschaft des Grafen mit dem Fürsten Steiningen hatte ihm den Vorwand für eine laute Eifersuchts-Szene geliefert, die den Bruch herbeiführte und dieser Bruch war ihm erwünscht, denn nun hatte er rücksichtsloser Forderungen aufstellen können, und eingeschüchtert gab Graf von der Mark nach und zahlte.

Jetzt war der letzte Coup geführt, der mußte gelingen, und diese Aussicht stimmte ihn milde und folgte ihm in seine Träume, als er erst gegen Morgen einschlief.

Die Sonne stand schon hoch am Himmel, die Mittagszeit war überschritten, als Pickert erwachte. Seine Wirtschafterin stand in der Tür seines Schlafzimmers und übergab ihm einen Brief, den der Postbote eben abgegeben hatte. Das Schreiben kam aus Hamburg. Der Geheimrat ließ also nicht einmal die ihm gegebene ganze Frist verstreichen, er hatte sich wohl schon früher entschlossen.

Doch nein, was war das, der Mann weigerte sich, Pickert las:

> «Ich werde auf Ihren Vorschlag unter keinen Umständen eingehen, mein Kind ist mir heilig, sein Leben darf für mich nicht büßen. Fordern Sie sonst, was Sie wollen, jede Ihrer Forderungen wird erfüllt, nur diese nicht. Dieser Beschluß ist unabänderlich, ich weiß die Folgen wohl zu tragen.»

Der Brief war unterschrieben «Das Opfer».

Die ablehnende Haltung schien Pickert in seiner Siegesgewißheit nicht besonders zu alterieren. Der Mann versuchte eben noch Widerstand zu leisten, und um diesen Widerstand zu brechen, mußte die Schraube etwas fester angezogen werden.

Er erhob sich, kleidete sich an und nachdem er mit vollständiger Gemütsruhe sein ausreichendes Frühstück konsumiert hatte, fuhr er zu Ewald.

Der Volkstribun war erstaunt, Pickert, der sehr lange fern geblieben war, eintreten zu sehen.

«Na, sind Sie wieder mal in Berlin?» begrüßte er ihn.

«Ja,» lächelte ihn Pickert an, «und diesmal bringe ich Ihnen nach längerer Pause wieder etwas, was Sie im höchsten Grade interessieren dürfte.»

«Na, Sie machen mich neugierig, schießen Sie los,» und während sich Ewald selbst auf seinen Schreibtischstuhl fallen ließ, lud er mit einer entsprechenden Handbewegung den Besucher zum Sitzen ein.

Pickert räusperte sich ziemlich umständlich und begann schließlich auf Umwegen seinem Ziele zuzugehen.

«Sagen Sie, lieber Ewald, so viel ich weiß hat doch Ihre Partei einen ganz besonderen Haß auf den Geheimrat Bork.»

«Na, sehr beliebt ist er bei uns nicht,» bestätigte Ewald, «und er hat diese Antipathie um uns redlich verdient.»

«Ich könnte Ihnen wunderbares Material gegen den Mann liefern,» erklärte mit lauernder Stimme Pickert.

«So? Das würde mich überraschen, denn soviel mir bekannt ist, ist Bork persönlich ein absoluter Ehrenmann.»

«Na, wie man es nimmt,» bemerkte leichthin Pickert, «die Art und Weise, in der er seine geschlechtlichen Regungen betätigt, würde vor dem Strafgesetze jedenfalls nicht bestehen.»

Ewald sprang auf: «Aber das ist ja Unsinn!»

«Durchaus nicht,» entgegnete gleichgültig Pickert, «Bork ist homosexuell, er betätigt diese Neigung, ich habe Beweise dafür, und morgen könnten wir einen hübschen kleinen Artikel in der ‹Volksstimme› loslassen.»

Ewald blickte wie starr zu dem Sprecher hinüber: «Was, darüber einen Artikel? Das ist doch nicht Ihr Ernst, mit solchen Schmutzgeschichten geben wir uns nicht ab.»

Pickert schien die Empörung des anderen gar nicht zu bemerken, mit gleichgültiger Miene holte er eine Zigarette aus seinem Etui, und all seine Aufmerksamkeit schien durch das brennende Streichholz, das er an seine Zigarette führte, in Anspruch genommen zu sein, als er so nebenbei hersagte:

«In diesem Falle werden Sie sich eben damit beschäftigen müssen, ich habe persönlich ein großes Interesse daran.»

In Ewald stieg eine Ahnung auf, von dem, was hinter dieser Gleichgültigkeit schlummerte. Empört brauste er auf. «Das tue ich nicht, zu solchen Erpressungsmanövern geben wir uns nicht her.»

Doch nichts schien den anderen zu irritieren. «Lassen Sie doch diese großen Worte, lieber Ewald, und vor allen Dingen, unternehmen Sie doch nicht erst so törichte Versuche, mir Widerstand zu leisten. Sie können sich doch bei einiger Überlegung sagen, daß das nutzlos ist, ich habe es doch an der Hand, Sie zu zwingen; warum bringen Sie mich erst so weit, daß ich Sie daran erinnern muß.»

Pickert hielt seinen Blick auf den Abgeordneten geheftet, der bleich und wehrlos an seinem Schreibtisch lehnte. Der Ärmste fühlte nach langen Jahren wieder einmal, wie vollkommen er diesem Burschen ausgeliefert war. Das entsetzliche Geheimnis, dessen Mitwisser der da drüben war, zwang ihn zur Unterwerfung und zum Gehorsam.

Pickert erhob sich, und während er Hut und Stock ergriff, erklärte er: «Also ich bringe Ihnen um sechs Uhr so ungefähr diesen Artikel, es werden zirka fünfzig bis sechzig Zeilen sein, und zu Ihrer Beruhigung erkläre ich Ihnen übrigens, daß er so diskret wie möglich abgefaßt wird. Morgen früh erscheint er dann. Es tut mir leid, daß Sie die Sache nicht ohne diese peinlichen Erinnerungen erledigt haben, adieu!»

Und Ewald in seiner Verzweiflung zurücklassend, ging er hinaus.

Am nächsten Morgen stand es in der «Volksstimme». Der Name Bork war zwar nicht genannt, aber jedem, der einigermaßen mit den Verhältnissen vertraut war, wurde es klar, wer mit dem Schiffsbauherrn und patriarchalischen Arbeiterfreund, von dem der Artikel sprach, gemeint war. Höhnend erzählte die Notiz von der väterlichen Liebe des großen Herrn zu seinen Arbeitern, die einer anderen Liebe Platz machte, so wie es sich um Knaben handle, und während seine Arbeiterliebe streng national sei, sei seine Knabenliebe grenzenlos, im Gegenteil, sie steigere sich im Verhältnis zu der Entfernung vom Wirkungskreise des deutschen Strafgesetzbuchparagraphen 175, und unter dem sonnigen Himmel Italiens, wo keinerlei strafrechtliche Bestimmung im Sinne jenes Paragraphen ihre Entfaltung hemme, entwickle sich Knabenliebe zu den entschiedensten Formen.

Schon im Laufe des Vormittags trug der Draht die entsetzliche Anschuldigung gegen den bekannten Großindustriellen in alle Richtungen der Welt, und in demselben Maße, in dem das Bekanntwerden des Zeitungsartikels wuchs, wuchs auch die Empörung über seinen Inhalt. Die Sensation dieses Skandales, so groß sie auch war, sie konnte in der Gesinnung aller Anständigen den Widerwillen gegen die Perfidie dieses hinterlistigen Streiches nicht stillen. Bork war bei allen, die ihn persönlich kannten, beliebt, und auch die große Masse, die ihn nur nach seinem Werke beurteilte, nannte den Namen dieses Mannes nur mit Achtung.

Selbst unter den Parteigenossen, deren Organ sich zu diesem Schlage hergegeben hatte, war man entsetzt über diese neue Art des Kampfes. [...]

Dreiunddreissigstes Kapitel.

Der Zug, der zwölf Uhr dreißig Minuten mittags aus Berlin in Hamburg einläuft, bringt die Berliner Morgenzeitungen mit, die eine halbe Stunde später an den Kiosken der Hansastadt zu finden sind.

Bork sah der Ankunft der «Volksstimme» mit steigender Ungeduld entgegen, und als das Blatt endlich in seinen Händen lag, als seine wie vom Nebel umschleierten Augen immer wieder über die Infamie des gegen ihn gerichteten Artikels glitten, da wurde der Gedanke, der ihn, seitdem das Telegramm die Katastrophe heute morgen angezeigt hatte, ununterbrochen beschäftigte, zum festen Entschluß.

In diesen Zeilen war noch nicht alles. Was hier geschrieben stand, heftete nur das Mitleid an den Namen Bork. Der Makel des Verbrechens war noch nicht bloßgelegt, und das galt's zu vermeiden. Die Ehre des Namens Bork mußte gerettet werden, was lag da an seiner Person, er hatte zu verschwinden.

In sein Hotel zurückzukehren, wagte er nicht, denn dort war er bekannt, und dort war sicher auch schon die Berliner Enthüllung hingedrungen. Er mußte sehen, Cuxhaven zu erreichen, bevor man dort informiert war. Im Laboratorium Petersens fand er Mittel, die es ihm ermöglichten, geräuschlos und still ins Jenseits zu gleiten.

Um drei Uhr nachmittags ging der nächste Zug nach Cuxhaven, bis dahin irrte Bork durch die Straßen Hamburgs, er blieb in dem Außenviertel der Stadt, in Straßenzügen und

Gegenden, wo er hoffen durfte, keinen bekannten Gesichtern zu begegnen.

Er schlich sich in den Zug und preßte sich in die Ecke des Coupés, schaudernd, es könnte jemand zu ihm steigen, dessen Ohr schon voll war von seiner Schmach.

Der Zug fuhr ab, und Bork atmete auf, er war allein geblieben.

Es war fünf Uhr, als er in Cuxhaven anlangte. Beim Aussteigen bemerkte er Doktor Petersen, der bleich und aufgeregt ihm entgegenkam.

«Herr Geheimrat, ich wartete hier bei jedem Zug auf Ihre Ankunft.»

Bork sah ihm verstört ins Gesicht.

«Wieso, Sie wissen?» stammelte er angsterfüllt hervor.

«Ja,» erwiderte leise sein Schützling, «wir wissen es alle.»

«Was, Klara auch?» entrang es sich Borks Munde, «wie ist das möglich!»

Petersen stiegen die Tränen in die Augen, so tief ergriff ihn das Weh des alten Mannes.

«Um zwei Uhr schon mit dem Berliner Zuge,» so berichtete er leise, «kam die Zeitung an in mehreren Exemplaren. Der betreffende Artikel war blau angestrichen, an Ihre Tochter adressiert, an mich und an einzelne Leute auf dem Werk. Die Aufregung war ungeheuer, und sie stieg, da wir nicht wußten, wo Sie waren. Sie müssen jetzt sofort zu Klara gehen, denn sie glaubt, Sie haben sich ein Leid getan.»

«Ich kann jetzt meiner Tochter nicht ins Gesicht sehen!» schrie Bork auf.

«Ich habe ihr erklärt, daß alles das Lüge sei,» versuchte Petersen den anderen zu beruhigen.

Bork hielt inne auf seinem Wege nach der Villa.

«Sie selbst aber glauben an den Inhalt, nicht wahr?»

Petersen sah ihn mit Tränen in den Augen an, sein Mund zitterte und seine Stimme bebte, als er ihm fast lautlos erwiderte:

«Ich werde glauben, was Sie mir sagen, Herr Geheimrat.»

«Gut, kommen Sie in mein Arbeitszimmer.»

Die beiden hatten die Parkmauer der Villa erreicht, durch eine kleine Seitentür, zu der Bork stets den Schlüssel bei sich führte, traten sie in den Park, und über einen schmalen Seitenpfad erreichten sie unbemerkt das Haus, um sich sofort im Arbeitszimmer einzuschließen.

Eine minutenlange Pause verging.

Bork schien seine Fassung wiedergewonnen zu haben, mit ruhiger Würde setzte er sich an seinen Schreibtisch, und leise, aber bestimmt, erklärte er seinem Begleiter:

«Also hören Sie, Petersen. Ich kenne Ihre Ergebenheit für mich und weiß, wie Sie mich und alles, was mein Haus bedeutet, lieben. Sie sind der erste Mensch, dem sich mein Herz öffnet, und Sie sollen auch der letzte sein, denn Ihrer Obhut will ich anvertrauen alles, was mir noch teuer ist. Also hören Sie: Jedes Wort von dem, was in dem Artikel steht, ist wahr und es ist noch viel mehr wahr, was in diesem Angriff noch nicht enthalten ist, doch wenn ich weiter leben sollte, so würde alles das zum Vorschein kommen. Mein Name und der Name derjenigen, die bei mir sind, würde mit unauslöschlichem Makel behaftet an den Pranger gestellt werden. Das darf nicht sein, und da es nur ein Mittel gibt, der drohenden Gefahr zu entweichen, so muß ich dieses Mittel ergreifen, ich muß verschwinden.

«Das dürfen Sie nicht,» schrie Petersen auf, «denken Sie an Ihre Kinder.»

«Eben, weil ich an sie denke, muß ich es. Versuchen Sie nicht, mich umzustimmen, Petersen, es gelingt Ihnen nicht, Sie sind ein Mann und ich rede offen mit Ihnen. Ich töte mich, und da es Ihnen nicht gelingen würde, mich an der Ausführung dieses Entschlusses zu hindern, so bitte ich Sie nur um Eines: helfen Sie mir dabei, denn ich will leise sterben, leise und ohne Aufsehen, wenn es geht. Mit meinem Tode wird der Skandal erlöschen, und wenn der Tod so aussieht, als sei er von selbst an mich herangetreten, wird man ihn auch nicht mit dem Skandal in Verbindung bringen.»

Erschüttert und wie gebeugt unter der furchtbaren Beichte, hatte Petersen zugehört, er wagte kein Wort zu erwidern.

Bork erhob sich, und seine Hand auf das Haupt des letzten Freundes legend, fuhr er fort:

«Hören Sie, Petersen, Ihnen laß ich mein Liebstes, und ich danke Gott, daß ich längst für Euer aller Zukunft gesorgt habe. Nun gehen Sie, Petersen, Sie sind ein Arzt und wissen im Organismus des Menschen Bescheid, bringen Sie mir das Mittel, das mich sanft einschlafen läßt und das Ihnen die Möglichkeit gibt, eine unauffällige Todesursache glaubhaft zu konstatieren.»

Bork hatte sich abgewendet, die Rührung übermannte ihn, die Tränen stürzten aus seinen Augen, er setzte sich an den Schreibtisch und barg das Gesicht in seine Hände.

Doktor Petersen sah ihm zu, seine Trauer schien plötzlich geschwunden, und ein Strahl, hell wie eine aufleuchtende Hoffnung, glitt über sein Gesicht.

Mit inniger Liebe ruhte sein Auge auf dem niedergesunkenen Haupt des alten Mannes.

Er näherte sich ihm: «Und von Ihren Kindern wollen Sie keinen Abschied nehmen?»

Bork wendete das tränenüberfüllte Antlitz empor.

«Nein, Petersen, Sie werden ihnen meine letzten Grüße überbringen.»

Petersen ging.

Nach wenigen Minuten kehrte er wieder und klopfte leise an die Tür.

Bork öffnete, und der junge Arzt überreichte ihm ein kleines Fläschchen, in dem eine weiße, durchsichtige Flüssigkeit glänzte.

«Genügt das?» fragte Bork.

Bejahend schüttelte Petersen den Kopf.

«Wie lange wird es dauern?» fragte der andere.

«Zehn Minuten,» erwiderte der Arzt.

Dann drückte ihm Bork fest die Hand.

«Ich danke Ihnen, Petersen, vergessen Sie mir Klara und Fritz nicht, leben Sie wohl.»

Dann schob er ihn hinaus und schloß von innen sein Arbeitszimmer ab.

Wie von einer entsetzlichen Last befreit, atmete Doktor Petersen draußen auf dem Korridor auf.

Er lauschte einen Augenblick, dann ging er schnellen Schrittes von dannen, hin zu dem Zimmer, in dem er Klara wußte.

Die steigernde Erregung hatte die Tränenflut der Unglücklichen getrocknet. Als sie Petersen's ansichtig wurde, sprang sie ihm entgegen.

«Nun, ist mein Vater angekommen?»

«Ja,» nickte Petersen.

«Dann muß ich gleich zu ihm.»

«Nein, jetzt noch nicht,» hielt sie der Arzt zurück.

«Weshalb?» Sie sah ihm wie entgeistert ins Gesicht.

«Klara, ich bitte Sie,» flehte der junge Mann, «haben Sie jetzt Vertrauen zu mir, denn ich habe ein entsetzliches Wagnis unternommen. Wollen Sie mir helfen, es zu Ende zu führen?»

«Was ist es denn, um Gottes willen, Sie spannen mich ja auf die Folter,» klagte verzweifelnd das junge Mädchen.

«Also seien Sie fest, Klara. Ihr Vater will sich das Leben nehmen.»

Sie schrie auf, doch er hielt sie zurück.

«Nicht doch, ich habe es verhindert, also hören Sie: Sein Entschluß, in den Tod zu gehen, ist so unabänderlich, daß nichts gelingen würde, ihn gewaltsam davon abzubringen. Mich bat er um ein Mittel, das ihm helfen könnte, unauffällig ins Jenseits zu gelangen, und da kam mir der Gedanke, den ich ausführte und der, wenn Sie mir helfen, glücklich zu Ende gebracht wird. Ich gab ihm ein Mittel. Jetzt ist er im Begriff, es zu sich zu nehmen, und in spätestens einer viertel Stunde ist er einem totenähnlichen Starrkrampf verfallen, der mindestens vier Tage andauert, so habe ich das Mittel dosiert. Noch heute Abend geht die Nachricht von seinem Tode in die Welt, und dem entsetzlichen Skandal, der loszubrechen droht, wird dadurch Einhalt geboten. Mag er für die Welt sterben, wenn er nur uns lebt, wir werden verstehen, und ich bleibe zu diesem Zwecke bei ihm, sein Leben fern von allem, was ihn an die Vergangenheit erinnern könnte, ruhig und friedlich zu gestalten. Wollen Sie mir helfen, Klara?»

Die Ärmste war in seine Arme gesunken. Schwer hob und senkte sich die Brust, und wie aus der innersten Tiefe ihrer Seele brach unerschöpflich der so lang zurückgehaltene Tränenstrom hervor.

«So ist es denn wahr, was die Zeitung schreibt?»

«Nicht, Klara,» begütigte sie Doktor Petersen, «über seine Schuld wollen wir nicht rechten. Wenn ihn die Macht des Verhängnisses zu Verfehlungen trieb, so glauben Sie mir, dem Arzte, seine Seele und sein edles Gemüt sind fleckenlos und rein geblieben.»

Dankbaren Blickes hob sich das tränenfeuchte Auge des Mädchens zu dem Freunde empor. Sie schien an Festigkeit zu gewinnen unter dem Eindruck dieser Freundschaft. Von draußen her tönte das Geräusch eines Wagens, der vor dem Hause hielt. Man hörte aussteigen, Klara trat hinaus auf den Flur und sah, wie der Diener eine Dame hereinführte.

Bei ihrem Anblick trat die Dame, ohne weiter den Diener zu berücksichtigen, auf Klara zu.

«Ich bin die Gräfin Rospine, mein Fräulein, ich beschwöre Sie, wo ist Ihr Vater?»

Doch schon hatte sich Doktor Petersen genähert.

Auf einen Wink entfernte sich der Diener.

«Was wünschen Sie von Herrn Geheimrat Bork,» fragte Doktor Petersen.

«Ich flehe Sie an, ich weiß alles,» kam es schnell aus dem Munde der Gräfin. «Ich bringe Rettung, der Erpresser, der den Skandal veröffentlicht hat, will schweigen, ich komme eben aus Berlin, und da ich den Geheimrat nicht mehr in Hamburg vorfand, fuhr ich im Automobil hierher, denn wo sollte er sonst wohl sein.»

Klara hatte sich leise Petersen genähert.

«Um Gottes willen, vielleicht ist alles noch zu retten.»

«Schweigen Sie,» flüsterte Petersen ihr zu. «Mein Mittel ist das radikalste und das beste.» Dann wandte er sich an die

Gräfin: «Herr Geheimrat ist vor einer halben Stunde angekommen und wird wohl in seinem Arbeitszimmer sein,» und schnell vorausgehend näherte er sich, von beiden Frauen gefolgt, dem Privatgemach Borks.

Er klopfte an die Tür.

Erst leise, dann immer stärker, doch niemand antwortete.

Mit dem Ausdruck höchster Spannung in den Zügen standen die beiden hinter ihm.

Er drückte die Türklinke hinunter, die Tür war verschlossen.

«Um Gottes willen, schnell einen Schlosser, die Tür muß gewaltsam geöffnet werden,» schrie Doktor Petersen.

Die Klingel schellte durch das Haus, die alarmierte Dienerschaft rannte herbei, Doktor Petersen ergriff ein Beil, und mit mächtigem Schlage zertrümmerte er die Türfüllung. Dann griff er durch die Öffnung und schob von innen den Riegel zurück.

Er betrat als erster das Zimmer, gefolgt von den beiden Frauen und der Dienerschaft.

Doch alles hielt starr inne vor dem Anblick, der sich ihnen bot. Auf seinem Schreibtisch-Sessel lag entseelt, den Oberkörper weit zurückgebogen, mit bleichen Zügen, Geheimrat Bork. Die Arme hingen an dem Körper schlaff herab. Schnell hatte sich Petersen ihm genähert, und, ohne daß die anderen es merkten, wand er aus der krampfhaft geballten Rechten des scheinbar Toten das Fläschchen, das er schnell in seine Tasche steckte. Dann ging er sofort daran mit Hilfe Klaras und der Dienerschaft den Körper auf die Chaiselongue zu legen.

Das Zimmer wurde geleert, und während die Gräfin Rospine, selbst in namenlosem Schmerz aufgelöst, die leise weinende Klara stützte, schritt Doktor Petersen an die scheinbare Untersuchung des Toten. Er wußte, daß das Leben in ganz leisen, selbst dem nicht eingeweihten Arzt unmerkbaren Regungen in diesem starren kalten Körper noch wirkte. Für alle anderen aber war das Bild des Todes unverkennbar, und so konnte er sich nach fünf Minuten an die beiden

Frauen wenden mit der Erklärung, daß ein Herzschlag das Leben des Gepeinigten geendet habe. [...]

***

Der Körper Borks lag in seinem Arbeitszimmer aufgebahrt in einem großen Eichensarg. Das Zimmer war verdunkelt, und nur das gelbe Licht der Kerzen spielte schimmernd um das wachsbleiche Gesicht des Aufgebahrten. Kränze und Blumen häuften sich am Fußende des Sarges. Zwei Tage lang waren die Deputationen der einzelnen Werfte, die Vorarbeiter der verschiedenen Werke, durch dieses Zimmer defiliert.

Aus dem Reiche waren Abordnungen gekommen, und jeder hatte eine Spende an dieser Stätte niedergelegt.

Mit ängstlicher Sorgfalt wachten Klara und Petersen an der geliebten Stätte. Die Angst, daß irgend ein unvorhergesehener Zwischenfall die Geheimnisse entdecken könnte, machte sie stumm, und wenn das Zimmer einen Augenblick von Unberufenen verwaist blieb, beugte sich Petersens Ohr zu dem Körper Borks hinab, die Leinenhülle schob er schnell bei Seite, und den Atem innehaltend, lauschte er, ob das Herz noch kaum vernehmbar mit ganz unmerklichen Schlägen seine Arbeit verrichtete.

Die beiden wachten auch des Nachts am Sarge und in den Stunden des Alleinseins stieg häufig plötzlich in Klara die verheerende Angst auf, das alles könnte wahr sein, der Vater wäre tot, und Petersen habe sich geirrt. Dann warf sie sich mit wildem Schluchzen über den geliebten Körper, und der Arzt hatte Mühe, sie hinweg zu ziehen, damit sie in ihrer Erregung nicht alles verderbe.

Am Abend des dritten Tages sollte der Sarg geschlossen werden, denn für den nächsten Vormittag um zehn Uhr war die Beisetzung festgelegt. Petersen hatte es verstanden diese vorzeitige Schließung des Sarges plausibel zu machen, und nun schritten die beiden ältesten Diener des Hauses an den Katafalk, der Deckel wurde hochgehoben, und während Klara, die wieder jene Furcht übermannte, in heftiges

Schluchzen ausbrach, bohrten sich die Verschlußschrauben des Deckels in den Sarg.

Petersen beruhigte sie. Die kommende Nacht sollte zur letzten Erfüllung der furchtbaren Aufgabe dienen. Er hatte die umfangreichsten Vorbereitungen getroffen, aber nur ein Teil dieser Dinge war Klara bekannt, das andere verbarg er ihr, um ihr Zartgefühl nicht zu verletzen.

Es war um Mitternacht. Über dem ganzen Hause lag der tiefste Frieden, nichts störte die Grabesruhe, die auf Park und Wohnhaus lastete.

Im Sterbezimmer saß Klara allein, das tränenleere Auge starr auf den geschlossenen Sarg gerichtet.

Leise öffnete sich die Tür, Doktor Petersen trat ein. Auf den Schreibtisch, der unberührt noch in der Ecke stand, stellte er ein kleines Fläschchen alten Weines, zwei rohe Eier legte er daneben.

Erstaunt blickte Klara auf diese Dinge.

«Der Körper wird sehr geschwächt sein,» erklärte Petersen, «und irgendwelche Nahrung müssen wir ihm gleich einflößen.»

Dann machte er sich an die Arbeit.

Mit brennenden Augen, und keinen Blick von seinem Werke lassend, verfolgte Klara jede seiner Hantierungen.

Behutsam öffnete er die Schrauben des Deckels und hob diesen ab.

Noch immer lag Bork starr da, und nur sein Antlitz schien sich jetzt ein wenig mehr gerötet zu haben. Mit Befriedigung bemerkte es Petersen, seine Rechnung ging ohne Fehler auf.

«Meine Dosierung war richtig, jetzt können wir ihn wecken,» erklärte er tröstend Klara, dann beugte er sich über den Sarg und hob Borks Arme heraus.

Langsam erst, dann immer kräftiger, begann er das Herz des vor ihm Liegenden zu massieren, und mit jedem Druck kehrte sichtbar das Leben stärker in den Körper zurück.

Die Brust begann sich leise zu heben und zu senken, und plötzlich schlug Bork die Augen auf.

Mit wachsendem Staunen und bebend vor Erregung hatte

Klara zugeschaut. Jetzt, als sich des Vaters Augenlider hoben, konnte sie einen leisen Aufschrei, aus dem die ganze Freude ihres gequälten Herzens drang, nicht unterdrücken.

«Vater!» und ehe noch Petersen es hindern konnte, hatte sie sich über den Wiedererwachten geworfen und bedeckte sein Gesicht mit Küssen.

Sanft zog sie der Arzt zurück.

Bork blickte erstaunt in das Zimmer, das Leben war zurückgekehrt, doch er war noch ohne Besinnung.

Petersen nahm das Weinfläschchen, führte es an die jetzt geöffneten, leicht geröteten Lippen und ließ einen winzigen Teil seines Inhaltes in den schwachen Körper fließen.

Das wirkte belebend. Besinnung und Erinnerung schienen zurückzukehren.

«Was ist geschehen?» kam es kaum hörbar von den Lippen des Wiederauferstandenen.

Jetzt beugte sich der Retter behutsam über Bork, und während er seinen Kopf ein wenig emporzog, flüsterte er ihm leise zu:

«Es ist alles gut und alles ist überstanden.»

Er winkte Klara, die aus einer Ecke des Zimmers der Wiederkehr des Bewußtseins mit mühsam verhaltener Aufregung gefolgt war, herbei.

Sie zogen beide den Körper hoch in eine sitzende Stellung, und dem so Aufgerichteten, der noch nicht fähig war, irgendwelchen Widerstand zu leisten, flößte der Arzt den Rest des stärkenden Weines ein.

Ein tiefer Seufzer löste sich von den Lippen Borks.

Sein Geist war völlig zurückgekehrt, die Erinnerung an alles, was geschehen war, stieg in ihm auf.

Er schloß die Augen, aus denen jetzt langsam Tränen des Schmerzes und der Rührung hervordrangen.

Erschüttert standen die beiden an seiner Seite.

«Warum habt Ihr mir das getan?» klagte der Ärmste. «Warum entreißt Ihr mich dem Grabe?»

Mit einem Wink entfernte Petersen Klara, und leise sprach er dann auf Bork ein.

«Sie müssen bei uns bleiben, wir durften Sie so nicht von uns lassen; konnten Sie denn ernsthaft glauben, daß ich meine Hand bieten würde, um Sie aus diesem Leben zu jagen? Ich habe für alles gesorgt, und nichts ist mehr, was Ihren Frieden stören könnte. Der Geheimrat Bork ist tot und mit ihm alles, was sein Leid erwecken könnte. Sie sind ein anderer, mit Klara und Fritz werden Sie, fern von hier, ein neues Leben der Ruhe und des Friedens beginnen, alles ist vorbereitet, und ich komme mit Ihnen, denn welchen Zweck hätte mein Dasein, wenn es nicht dienen könnte, das Ihrige zu sichern.»

Die Tränen stürzten aus Borks Augen. Seine schwachen Arme schlangen sich um den Hals des Treuen und zogen seinen Kopf an seine Lippen.

Klara trat herein.

«Du willigst ein, Papa, Du bist uns nicht böse?»

Bork vermochte nur mit seinem Kopf zu nicken, erschöpft sank er wieder zurück.

Jetzt hoben ihn beide aus dem Sarg und legten ihn auf die Chaiselongue.

Klara hatte schon vorher Kleider herbeigeschafft, die ihm angelegt wurden, und, gestützt auf seine beiden Helfer, wankte er nun lautlos hinaus über den Korridor.

Klara und Petersen lauschten, doch nichts ließ sich vernehmen.

Behutsam glitten sie mit Bork durch den Park in den Pavillon Doktor Petersens.

Eine Viertelstunde mochte verflossen sein, als der Arzt zurückkehrte. Seine Arme umschlangen ein langes, umfangreiches Paket, und unhörbar begab er sich in das Sterbezimmer.

Es galt die Spuren zu verwischen, und für alles hatte er gesorgt. Dem Paket entnahm er ein ausgebleichtes Skelett, das er in den Sarg legte.

Zwischen die einzelnen Teile packte er rohe Fleischstücke, die er herbeigeschafft hatte. Es war an alles gedacht, das Ganze entsprach dem Gewicht des entfernten Körpers, und da er das Geheimnis ewig wahren wollte, hatte Petersen es unternommen, auf diese Weise den Sarg zu füllen.

Das Fleisch würde verwesen, an dem zurückbleibenden Skelett war der Betrug nicht zu konstatieren.

Vorsichtig hüllte er das Ganze in die Totenwäsche Borks, dann hob er den Deckel empor und schraubte ihn von neuem fest.

***

Am nächsten Vormittag fand die Beerdigung statt, in aller Stille, und ohne Pomp wurde der Sarg beigesetzt.

Auffällig gefaßt schritten Klara und Petersen in dem Trauerzuge, und zwischen beiden ging weinend der kleine Fritz.

Im Pavillon, im Schlafzimmer des Arztes, lag Bork und erholte sich langsam von den Folgen seines Starrkrampfes.

Er wußte jetzt alles und war in alles eingeweiht. Mit allem war er einverstanden, denn was seiner wartete, war die Erfüllung seiner Sehnsucht, der Frieden und das Glück.

Vierunddreissigstes Kapitel.

Im Hafen von Cuxhaven schaukelte die «Nymphe», die elegante Dampfjacht, die der Tochter Borks gehörte. Zur Ausreise bereit, erwartete das durchwegs mit neuer Mannschaft ausgerüstete Schiff den Moment, wo der Anker in die Höhe gehen sollte.

Doktor Petersen, der von Klara mit der Erledigung aller Angelegenheiten betraut war, hatte unter aller möglicher Schonung die bisherige Bemannung entlassen und war selbst nach Hamburg gefahren, wo neue Leute angeheuert wurden.

Niemand war darunter, der die Verhältnisse im Hause Bork kannte, und von der Dienerschaft war alles streng ausgeschlossen.

In der Kabine, die neben derjenigen lag, die für Klara bestimmt war, befand sich ein alter Mann. Er schien krank zu sein, denn vor zwei Tagen war er nachts, von Doktor Petersen begleitet, an Bord gekommen, und seitdem hatte er sein Lager in der Kabine fast nicht verlassen. Speise und Trank wurden ihm zugebracht durch den englischen Steward.

Der Arzt hatte dem jungen Führer der Jacht, einem Hamburger, der eben erst die Navigationsschule verlassen hatte, erklärt, der Kranke sei sein alter Vater, und gerade hauptsächlichst zu dessen Erholung sei die lange Seereise geplant. Als Kurs war vorläufig Monte Video angegeben, doch hatte sich Petersen ausdrücklich vorbehalten, die Richtung ändern zu können.

Es war am Vorabend der Ausreise, Klara und Fritz waren schon auf dem Schiff, wo sie übernachten sollten, am nächsten Tage um zwei Uhr nachmittags sollte der Lotse an Bord kommen, der sie bis Helgoland zu führen hatte, und Doktor Petersen war schnell noch nach Hamburg geeilt, um das Küchenpersonal der Jacht, in dem sich noch Lücken ergeben hatten, zu ergänzen.

Klara saß in der Kabine ihres Vaters an seinem Lager.

Bork hatte sich vollständig erholt, doch gehorsam den Anordnungen von Petersen, verließ er seine Kajüte noch nicht, das sollte erst geschehen, wenn das Schiff die offene See erreicht hatte. Auch dann sollte erst Fritz dem Großvater zugeführt werden.

In Klaras Inneren machte die Trauer und die Gedrücktheit, die sie, seitdem sie das Opfer Struwes geworden war, nie verlassen hatte, einem Gefühl der Befreiung Platz. Ihr war es, als sei eine große, schroffe Mauer, die zwischen ihr und ihrem Vater in jener Zeit sich aufgebaut, zusammengefallen. Das Gefühl der Schuld hatte diese beiden Menschen von einander getrennt, das gegenseitige Eingeständnis führte sie wieder und diesmal noch enger zusammen. So saß Klara bei ihrem Vater, und beider Gemüt war erfüllt von der Freude an dem stillen Frieden, der ihre Zukunft erwartete.

***

Pickerts Verzweiflung war gewichen, ihn konnten die Ereignisse, die alle seine Pläne zusammenrissen, wohl zu Boden werfen, doch vernichtet hatten sie ihn nicht. [...] Die tiefe Angst seiner Erregung hatte ihm einen teuflischen Plan eingegeben, und in der Ruhe, die dann über ihn kam, nachdem die ersten Tage gefahrlos dahin gegangen waren, reifte jener Plan aus. Gelang die Ausführung, so hatte er genügend Kapital in Händen, um irgendwo im Auslande sich sein Leben so einzurichten, wie es ihm behagte. Der Vater war ihm entgangen, es blieb die Tochter, und bei einem Weibe würden seine Drohungen und Repressalien größeren Eindruck machen und gleichzeitig nicht jene Energie finden, die erforderlich war, um einen Entschluß zu fassen, wie es der Geheimrat Bork getan hatte.

Er wußte wohl, daß die Verwandte Borks, von der die Zeitungen sprachen, seine uneheliche Tochter war.

Er wußte ferner, daß diese Tochter einen Knaben hatte, und das war der Punkt, an dem er einsetzen wollte.

Er hatte Berlin verlassen, und während schon die Beerdigungsfeierlichkeit stattfand, hatte sich der Schurke in Cuxhaven in einer Seemanns-Herberge einquartiert.

Von hier aus unternahm er spürend und spionierend seine Streifzüge. Er mußte, um seinen Plan ausführen zu können, an Bord der «Nymphe» gelangen, doch die Mannschaft war komplett, wie er erfahren hatte.

Ein Schiffskoch, der mit ihm in der Herberge wohnte, verriet ihm, daß noch Küchenpersonal gesucht würde, ihn hatte der Schiffsherr refüsiert.

Pickert zog den Koch, einen kräftigen fünfunddreißigjährigen Menschen, dessen rotglühende Nase deutlich die Vorliebe für alkoholische Genüsse verriet, in eine Ecke der Schifferkneipe, die sich im Erdgeschoß der Herberge befand, und unter dem Einfluß des gespendeten Kognaks begann der Koch von seinen Reisen zu erzählen.

Aufmerksam lauschte Pickert, das Glas des anderen immer wieder von neuem füllend, und als die erste Flasche leer war, stand bald eine andere an ihrer Stelle. Mit Freuden bemerkte der Schurke, wie des Erzählers Zunge immer schwerer wurde, sein Kopf beugte sich nickend nach vorn, und lallend nur drangen noch die Worte undeutlich und verschwommen aus dem schnapsfeuchten Munde des Betrunkenen. Dann sank der Oberkörper vorn über auf die Tischplatte, die dicken, unsauberen Hände schoben sich schwerfällig unter das Gesicht, und bald verkündeten die lauten Schnarchtöne, daß die Freigiebigkeit Pickerts den beabsichtigten Erfolg herbeigeführt hatte.

Die Kneipe war leer. Der Wirt am Schanktisch, der es gewöhnt war, daß seine Gäste den Rausch, den sie sich bei ihm erwarben, auch bei ihm ausschliefen, wandte den beiden in der Ecke nicht die geringste Aufmerksamkeit zu. Der Schnaps war bezahlt, der Rest interessierte ihn nicht.

Pickert wartete, bis der Schlaf des anderen fester geworden war, dann ließ er behutsam seine Hände in die Brusttasche des offenstehenden Jacketts gleiten und zog ein Bündel schmutziger, zusammengefalteter Schriften hervor. Es waren die Legitimationspapiere des Betrunkenen. Vorsichtig, damit der Wirt es nicht bemerke, ließ er die Papiere in seinem Rock verschwinden. Dann stand er auf, und taumelnd, als ob er auch betrunken wäre, wankte er auf die Straße hinaus.

***

Es war gegen neun Uhr abends, als Doktor Petersen an Bord der «Nymphe» zurückkam. Er war nicht in Hamburg gewesen. Ein junger Kochgehilfe hatte sich bei ihm vorgestellt, vom Heuerbas aus Hamburg empfohlen, und der Arzt hatte die Gelegenheit wahrgenommen, sich die Reise zu sparen, und den Mann eingestellt.

Er übergab den neuen Gehilfen dem Koch, der ihn sofort für die Zubereitung des Abendbrotes in seine Dienste nahm.

Am nächsten Tage kam der Lotse an Bord. Um zweieinhalb Uhr lichtete die «Nymphe» ihre Anker, und aus dem Fenster der Kabine, in dem der müde Flüchtling saß, glitt ein letzter Blick Abschied nehmend auf das Werk seiner Väter.

Das Schiff hielt seinen Kurs auf Helgoland, das um sechs Uhr erreicht wurde. Der Lotse ging von Bord, und nun zog es hinaus ins offene Meer, der Kurs südwestlich, denn es sollte der neueren Bestimmung zufolge schon in Amsterdam zum ersten Male angelegt werden.

Am Bord herrschte wenig Leben. Am Hinterdeck spielte der Knabe, zu dem sich einige Male Doktor Petersen gesellte, doch immer nur auf kurze Zeit, denn bald kehrte er zurück in jene Kabine, in der Bork mit Klara zusammensaß.

Die Nacht war hereingebrochen, das Schiff hielt seine Richtung auf den Eingang der Zuider-See zu, man hoffte Amsterdam im Laufe des nächsten Vormittags zu erreichen. Nur wenig Lichter brannten, und am Heck war eine Wache aufgestellt.

Die Mannschaft hatte sich, soweit sie nicht zum Nachtdienst herangezogen war, zur Ruhe begeben.

Der Koch und sein Gehilfe räumten noch auf, dann kroch der Küchenchef auch in seine Kabine, dem Gehilfen es überlassend, noch ein wenig an Deck sich in der lauen Nachtluft zu erholen.

Pickert – der Leser hat ihn längst erkannt – stieg durch die schmalen Luken hinauf. Es galt jetzt hier sich zu orientieren, denn Amsterdam schien ihm der geeignetste Platz zur Ausführung seiner Tat. Er hatte schon am Nachmittage versucht, sich dem Knaben zu nähern und vertrauensselig hatte Fritzchen ihm, der sich freundlich an ihn wandte, die Hand gereicht. Sein Plan war, den Knaben im Hafen von Amsterdam von Bord zu entführen. Er war auf den Widerstand des Kleinen gefaßt, doch dieser war leicht mit Fesseln und Knebeln zu bewältigen.

Vielleicht aber war es ihm möglich, jetzt in der Nacht, die

Schlafstätte des Knaben zu erreichen. Gelang es ihm, das Kind zu betäuben, so war es nicht schwer, das Boot am Achterdeck unbemerkt herabzulassen und bei der ruhigen See eine der nahen Friesischen Inseln, deren Lichter man vom Süden herüberleuchten sah, zu erreichen. Von dort aus konnte er dann seine Bedingungen diktieren, und Borks Tochter würde sicher jedes Opfer bringen, um in den Besitz ihres Kindes zurück zu gelangen.

Er prüfte unauffällig die aushängenden Seitenboote, die Winden waren nur locker, und es konnte nicht schwer sein, ein Boot ins Wasser zu bringen. Es drängte ihn zur Ausführung seines Planes.

Die Entführung in dem lebhaften Hafen von Amsterdam zu bewerkstelligen, war sicher schwieriger als jetzt im Schutze der Nacht. Das Einzige, was zu befürchten war, war das Geschrei des Knaben, doch das zu verhindern, hatte er ein sicheres Mittel.

Entschlossen nahm er seine Arbeit auf. Langsam schlich der Halunke die Kajütentreppe hinab und lauschend hielt er inne vor der Kabine, in der er Fritz wußte. Ein leiser Druck auf den Türhebel, die schmale Pforte öffnete sich, und lautlos glitt Pickert in die enge Kabine, die Tür hinter sich leise schließend und den Riegel vorschiebend.

***

Inzwischen wälzte sich Bork auf dem Lager seiner Kabine, er konnte keine Ruhe finden, der Schlaf, der ihm die Zeit der letzten Tage so gut vertrieben hatte, wollte bei ihm jetzt nicht einkehren. Er lauschte, ob in der Nebenkabine, die Petersen bewohnte, sich etwas regte. Er hörte deutlich Geräusch, der Arzt war also munter, und durch leises Klopfen verständigte er ihn.

Petersen trat ein.

«Ich kann keinen Schlaf finden, Erich, ich möchte jetzt viel lieber ein bißchen an Bord gehen, kommst Du mit mir?»

«Natürlich, Papa,» erwiderte Petersen.

Diese vertrauliche Intimität zwischen beiden hatte sich unbeabsichtigt und unbemerkt von allein eingestellt, der Arzt war ein Glied der Familie geworden.

Petersen half Bork bei seiner Toilette und stützte ihn, der zum ersten Male jetzt seine Kabine verließ, als sie über die Kajütentreppe emporstiegen auf das Deck.

Die wenigen Schritte schon schienen den Greis, dem die Bewegung ungewohnt geworden war, zu ermüden, und beide setzten sich am Vorderteil des Schiffes auf zwei Feldstühle.

«Kannst Du die Wache nicht fortschicken, ich möchte mit Dir plaudern,» bat Bork Petersen und dieser erhob sich sofort, um seinem Wunsche zu gehorchen.

Der Posten folgte, ihm war es angenehm, wenn er die zwei Stunden des Nachtdienstes in seiner Hängematte verschlafen konnte, und da der Schiffsherr es übernommen, an seiner Stelle zu wachen, war seine Verantwortung gedeckt.

Petersen nahm wieder Platz an Borks Seite. Doch sie plauderten nicht. Stumm glitten des Alten Blicke hinüber zu Deutschlands Küste, deren Lichter fern und matt an ihnen vorübergingen.

Mit Tränen füllten sich seine Augen, dort hinter ihm lag Ruhm und Ehre, die er beide geschändet hatte. Doch nein, er schüttelte die Erinnerung von sich ab, an diese Dinge durfte er nicht denken, denn das war alles tot, und jener, der es verschuldet hatte, lebte auch nicht mehr, den hatten sie ja in Cuxhaven zu Grabe getragen. Hier saß ein alter Mann, der an der Schwelle seines Grabes ein neues Leben zu beginnen hatte, und nur dieses Leben sollte ihm gehören, die gestorbene Vergangenheit durfte nicht heraufbeschworen werden.

Er dachte an Klara und Fritz, er dachte an Petersen, und ihm fiel ein, daß dieses neue, kurze Leben, das seiner noch wartete, noch tausendfachen Inhalt haben könnte.

Bork hatte sich erhoben und Petersen mit ihm. Sie schritten über das Schiff zurück.

Da plötzlich tauchte an der Kajütentreppe eine Gestalt auf,

die, scheinbar einen Körper auf den Armen, langsam über das Deck hinweg gleiten wollte. Erstaunt hielten beide inne.

Bork, der als erster die Erscheinung wahrgenommen hatte, näherte sich ihr.

«Was ist das?» rief er aus.

Mit einem Ruck hatte sich Pickert umgewandt. Doch das Entsetzen sträubte seine Haare zu Berge. Der Körper des betäubten Knaben entglitt seinen kraftlosen Armen, die Augen quollen in abergläubischer Todesangst aus ihren Höhlen, ein zitternder Schrei grausigster Furcht drang aus seinem starr geöffneten Munde.

Das war der tote Bork!

Der kalte Angstschweiß trat ihm auf die Stirn, unfähig, sich zu rühren, starrte er der Erscheinung entgegen.

Bork hatte den Erpresser erkannt.

«Was, Schurke, bis über mein Grab hinaus verfolgst Du mich?»

Er wollte sich auf ihn stürzen, doch schon trat Petersen dazwischen.

«Was gibt es denn hier, das ist ja Fritz!» Mit einem Schrei stürzte er auf den auf den Planken liegenden Körper des Knaben.

Die furchtbare Erregung schien alle Kräfte in Bork wieder neu belebt zu haben.

Mit stummer Gewalt fuhr er Pickert an die Kehle, doch dieser, der nun merkte, daß sein Angreifer von Fleisch und Blut war, verteidigte sich unter Verwünschungen. Ein stummes, heißes Ringen, das kaum eine Minute währte. Bork hatte den Erpresser bis dicht an den Rand des Schiffes gedrängt, wie mit eisernen Klammern umfaßten Pickerts Hände den Körper des Wiedererstandenen, doch dem gab die Verzweiflung übermenschliche Kraft. Er löste die Umarmung, er drückte den Schurken an den Rand, umsonst versuchte jener zu widerstehen. Da, ein Fehltritt, Pickerts Fuß glitt aus, das Schwergewicht rutschte über die schmale Deckleiste, vergebens griffen die fuchtelnden Hände nach einem Halt, aufklatschend flog der Körper in die See und über dem Erpresser, über dem Schurken und seinen Plänen schlossen sich die Wogen des Meeres.

Die Welt war befreit von diesem Ungeheuer. Ruhig zog die «Nymphe» dem Frieden der neuen Welt und des neuen Lebens entgegen.

NACHWORT

Wer heute durch die Straßen von Berlin zieht, wer die trotz ihrer nicht immer geschmackvollen Architektur durch ihre Sauberkeit wirkenden Häuserfronten entlang wandert, dem fällt (...) bei diesen nach frischem Mörtel duftenden Konstruktionen, in denen strenge Polizeivorschriften die Erfüllung aller Forderungen der Hygiene und der Bequemlichkeit, nur nicht diejenigen des künstlerischen Geschmackes, zu erzwingen wußten, der absolute Mangel an jenen Winkeln und Ecken auf ...

Wenn Berlin wächst, wächst es zu schnell, das galt schon vor hundert Jahren, als diese merkwürdig aktuellen Sätze geschrieben wurden. Das Bild Berlins mit seinen Promenaden, Palästen und Wohnquartieren spiegelt die Menschen, die darin leben: Auch bei ihnen sollte man besser nicht am Putz kratzen, weil darunter weniger schöne Dinge zum Vorschein kommen. Dass Karl Friedrich von Linden seinen Roman *Die Süßen* nennt, nimmt auf diesen Sachverhalt Bezug. Hinter der martialischen Fassade sehnen sich fast alle Figuren nach dem süßen Leben, auch wenn das nur im Verborgenen möglich ist.

Deutschland zur Zeit der Hohenzollern-Kaiser wird gern als «Operettenmonarchie» bespöttelt, wobei sich dieser Spott in erster Linie gegen Wilhelm II. und seine Inszenierung staatlicher Größe richtet. Heinrich Manns Roman «Der Untertan» zeigt die Diskrepanz von Großmannssucht bei tatsächlicher Lächerlichkeit in einem Zerrspiegel, dessen Bild beim heutigen Leser vor allem Unglauben angesichts derart grotesker

Zustände auslöst. Sosehr sich diese Zeit für satirisch überspitzte Darstellungen eignen mag: Das Zerrbild kann die realistische Darstellung nicht ersetzen. Karl Friedrich von Linden beschreibt in *Die Süßen* die Doppelmoral der Oberschicht im boomenden Berlin und erreicht damit eine Anschaulichkeit, die den heutigen Leser in vielem überrascht.

Der Historiker John C. G. Röhl schreibt über diese Zeit:

> *Neben der Stellen- und Ordensinflation und der Sinnlosigkeit des Zeremoniells – Helmuth von Moltke sprach von dem «Unfug» und «all diesem Firlefanz», während es doch darum gehe, «sich ernsthaft und mit bitterlicher Energie auf den Krieg vorzubereiten» – war es der Luxus, der bei den meisten Zeitgenossen, und nicht zuletzt bei den Mitgliedern der Hofgesellschaft, ein Gefühl des Unbehagens erzeugte. Ein Theaterkritiker mokierte sich darüber, daß an der Königlichen Oper die Zigarettenarbeiterinnen in ‹Carmen› in echter Seide, die Zigeuner im ‹Troubadour› mit echter Samtgarderobe einherstolzierten. Symbolisch für diese Tendenz kann vielleicht die Badewanne gelten. Hatte Wilhelm I. einmal in der Woche eine Zinkbadewanne aus dem Hotel de Russie ins Schloß tragen lassen, so wurde für den Enkel im letzten Kriegsjahr mit in Brüssel beschlagnahmtem Kupfer ein Badewagen für den kaiserlichen Sonderzug hergestellt.*
> («Kaiser, Hof und Staat», München 2007, S. 112)

Wo dieses preußische *dolce vita* mit den propagierten Moralvorstellungen in Konflikt geriet, blieb nur die Flucht in ein Doppelleben, was wiederum Erpresser wie Anton Pickert auf den Plan rief. Röhl schreibt dazu:

> *Noch vor der Thronbesteigung hatte Wilhelm seinen «Kampf gegen das Laster, die Schwelgerei, das Spiel, Wetten etc.», gegen «die Unlautbarkeit», gegen «das Thun und Treiben unserer sog. ‹guten Gesellschaft›» angesagt. Bekanntlich war aber dieser Kampf nicht gerade erfolgreich. Bald zirkulierten am kaiserlichen Hof jahrelang Hunderte von anonymen*

obszönen Briefen, deren Verfasser nie entlarvt worden ist, obwohl (oder gerade weil?) es sich dabei nur um jemanden handeln konnte, der zu dem engsten Kreise um Wilhelm und die Kaiserin gehörte. Eine Dekade später erlebte der wilhelminische Hof seinen größten Skandal, als Philipp Eulenburg und seine «Liebenberger Tafelrunde» öffentlich wegen ihrer Homosexualität angegriffen wurden und schließlich vom Hofe verbannt werden mussten. (ebd., S. 108)

In diese Zeit also entführt uns der Roman *Die Süßen* im Stil eines sozialkritischen Realismus, der an die Franzosen Victor Hugo («Die Elenden») und natürlich Emile Zola («Nana») erinnert. Auch wenn der Eulenburg-Skandal in letzter Zeit durch verschiedene Veröffentlichungen wieder ins Gedächtnis gerufen wurde (u.a. Peter Jungblut: «Famose Kerle»), fällt es noch schwer, bei «Preußen» an parfümierte Boudoirs und heimliche Liebesnester zu denken. Die Zeitgenossen wurden durch die Boulevardpresse über diese Ausschweifungen jedoch genüsslich unterrichtet, und so kann von Linden in seiner fiktiven Romanhandlung auf reale Vorbilder zurückgreifen, die nur sehr leicht verschlüsselt auftreten.

Da ist zunächst der Geheimrat Bork, der Waffenschmied des Kaisers, dessen Werft in Cuxhaven angesiedelt ist, der jedoch oft und gern in seine Villa auf Sizilien reist, um sich dort mit jungen Männern zu vergnügen. Wenn man Cuxhaven durch Kiel und Sizilien durch Capri ersetzt, wird klar, auf wen der Autor Bezug nimmt: Es ist Friedrich Alfred Krupp (1854-1902), der seit 1890 Panzerplatten für das Flottenbauprogramm lieferte. 1898 teilt der Besitzer des Berliner Hotels Bristol der Polizei mit, dass Krupp «ein ganz merkwürdiges Interesse an jungen Kellnern nähme und ihm diese sogar aus Italien zuschicke, um sie im Hotel zu platzieren». Im Oktober 1902 «outet» die sozialdemokratische Zeitung «Vorwärts» (im Roman: «Volksstimme») den Wirtschaftsmagnaten, der wenige Tage später unter ungeklärten Umständen stirbt; es wird Selbstmord vermutet. Der Roman vergönnt

Bork ein «Leben nach dem Tod» in Amerika, wohin er nach einem nur vorgetäuschten Herzschlag heimlich auswandert. Obwohl er zwei Stricher/Erpresser eigenhändig ermordet, ist Bork als vermeintlich sozial gesinnter Unternehmer die Lichtgestalt der *Süßen,* mehr Opfer der Umstände als gewissenloser Täter. (Während der reale «Vorwärts» seine Enthüllung damit rechtfertigte, das «grauenhafte Bild kapitalistischer Beeinflussung» zu zeichnen, traut von Linden dem politischen Umfeld seiner «Volksstimme» mehr Anstand zu: «Selbst unter den Parteigenossen, deren Organ sich zu diesem Schlage hergegeben hatte, war man entsetzt über diese neue Art des Kampfes.»)

Fürst Steinigen in Ohlshausen erkennt man leicht als Fürst Eulenburg (1847-1921), den besten Freund Wilhelms II. und zeitweiligen Botschafter in Wien. Eulenburg gehörte der älteren, auf Ausgleich bedachten Generation an, die den forschen Kriegstreibern dieser Zeit *per se* ein Dorn im Auge war. Als sich der Verdacht erhärtet, er könne seinen großen Einfluss auf den Kaiser dafür nutzen, eine Verständigung mit dem Erzfeind Frankreich herbeizuführen, lanciert der Journalist Maximilian Harden eine Pressekampagne, die Eulenburgs homosexuelle Vergangenheit ans Licht zerrt. Harden (eigentlich Felix Witkowski) tritt in *Die Süßen* als Max Gerber auf, ein verkrachter Schauspieler, der mittellos aus Galizien in Berlin eintrifft und von dem Zuhälter/Stricher Pickert in literarisch-intellektuelle Zirkel eingeführt wird. Das ist zwar nicht sehr schmeichelhaft, aber von Linden, dessen Roman im gleichen Verlag erschien wie Bücher von Harden (Verlag von Carl Freund), drückte gegenüber gesellschaftlichen Aufsteigern offenbar gern ein Auge zu, wenn sie nur die richtige Gesinnung hatten. Und Harden/Gerber kämpfte mit der Feder für ein neues Preußen, das seine Prunksucht überwinden und zu den alten soldatischen Tugenden zurückkehren sollte.

Die Figur des Gardeleutnants Graf von der Mark mag sich an

dem unglücklichen Graf Kuno von Moltke (1847-1923) orientiert haben, der schon auf der Kriegsschule die Spitznamen «Tütü» oder «der Süße» verliehen bekam. Wie von der Mark wurde Moltke bald nach der Thronbesteigung Wilhelms II. zu dessen Flügeladjutanten berufen. Der Graf ist der große Liebende des Romans, der Spitzname Moltkes mag von Linden zum Titel des Buchs inspiriert haben. Im wirklichen Leben musste sich Moltke vor Gericht dafür rechtfertigen, im Ehebett eine Unterhose zu tragen – *sic transit gloria mundi!*

Leider ist es uns nicht möglich gewesen, irgendwelche Informationen zur Person Karl Friedrich von Lindens ausfindig zu machen. *Die Süßen* wurde zwei Jahre nach Erscheinen im «Jahrbuch für sexuelle Zwischenstufen» des Sexualwissenschaftlers Magnus Hirschfeld kurz besprochen, wobei bemängelt wurde, dass es sich keinesfalls um einen emanzipatorischen Roman handle. In dieser Blütezeit homosexuellen Lebens in Berlin erwartete man offenbar vor allem positive Darstellungen schwuler Liebe; aus heutiger Sicht überzeugt jedoch gerade die Tatsache, dass von Linden die unterschiedlichsten sexuellen Eskapaden seiner Figuren schildert und schwule Liebe somit nicht als Ausnahmeerscheinung auffasst – eine erstaunlich moderne Herangehensweise.

Im letzten Drittel des Romans wurden für diese Neuausgabe leichte Kürzungen vorgenommen, die im Text mit [...] gekennzeichnet sind; dadurch hat sich auch die Zählung der Kapitel ab Nummer 31 verändert. Damit wurde ein Handlungsstrang entfernt, der wenig plausibel erscheint und der zudem dramaturgisch als «Bremse» wirkt: Der Erpresser Anton Pickert findet heraus, dass die Gräfin Rospine als Spionin für den russischen Geheimdienst arbeitet. Er fängt ihre Post ab und erpresst sowohl Gerber/Harden wie auch den Herausgeber der «Volksstimme»/«Vorwärts», seine so beschafften Informationen zu veröffentlichen. Dass ein Zuhälter und Erpresser sich plötzlich für Staatsgeheimnisse interessiert, deren Bedeutung er nicht versteht und deren Veröffentlichung ihm keinen Nutzen bringt, vermag kaum einzuleuchten. Da die Gräfin ihre Informationen hauptsächlich durch Indiskretionen während der Jagdgesellschaften der Freunde des Kaisers erhält, kann man vermuten, dass von Linden zumindest in der Fiktion eine tatsächliche Gefährlichkeit Eulenburgs und seiner «Liebenberger Tafelrunde» unterstellen wollte, für die reale Belege niemals gefunden wurden. Der Eulenburg-Skandal war zur Zeit der Veröffentlichung des Romans auf seinem Höhepunkt angelangt.

Leutnant von Struwe-Schmidt schwängert die Tochter Borks und lässt sie sitzen; die Baroneß von Seidwitz lässt durch unterlassene Hilfeleistung ihren Mann sterben; Arbeiterführer Heinrich Ewald schwängert ein 14-jähriges Mädchen und vertuscht ihren Selbstmord; die Gräfin Rospine ermordet den Haushofmeister des Leutnants von Struwe, um ihre lesbische Liebe zu dessen Ehefrau zu schützen, und spioniert nebenbei für Russland; Geheimrat Bork erwürgt einen Stricher, der ihn erpresst, und wirft als letzte Handlung des Romans einen weiteren Erpresser von seiner Luxusjacht über Bord. Und die Moral von der Geschicht': «... aufklatschend flog der Körper in die See und über dem Erpresser [d.i. Pickert], über dem Schurken und seinen Plänen schlossen sich die Wogen des Meeres. Die Welt war befreit von diesem Ungeheuer.» Der Doppelmörder Bork fährt «dem Frieden der neuen Welt und des neuen Lebens entgegen». Und das ist gut so?

Joachim Bartholomae

Schwule Nachbarn – 22 Erlebnisse

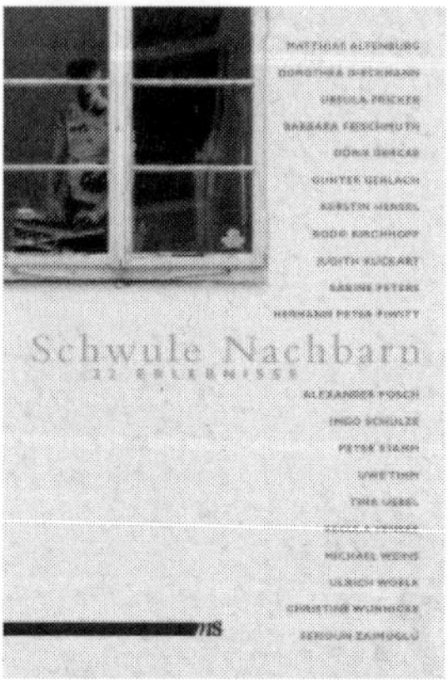

Bekannte heterosexuelle Autorinnen und Autoren
schreiben über Schwule

Es sind die leichten, komischen Geschichten, die vielleicht am meisten darüber verraten, wie tief die Klischees und Vorurteile im gesellschaftlichen Bewusstsein stecken. Denn mal ehrlich, wenn wir uns vorstellen, wie Schwule zusammen leben, machen wir uns da nicht alle die tollsten Gedanken? Heide Soltau in WDR 3

Wie nehmen Schriftsteller von heute Schwule wahr, was erfreut oder befremdet sie, gibt es noch schwule Stereotypen und wenn ja, welche? Hierauf vermag das Buch differenziert Antwort zu geben.
Tilman Krause in Die Welt

Herausgegeben von Detlef Grumbach

ISBN 978-3-969542-02-5

MännerschwarmVerlag